講談社文庫

新装版
虚無への供物(上)

中井英夫

講談社

新装版　虚無への供物（上）目次

序章

第一章

第二章

新装版　虚無への供物（上）

〝虚無〟へ捧ぐる供物《くもつ》にと
美酒すこし　海に流しぬ
いとすこしを
——P・ヴァレリイ

――その人々に

序章

1　サロメの夜

黒天鵞絨《びろうど》のカーテンは、そのとき、わずかにそよいだ。小さな痙攣《けいれん》めいた動きがすばやく走りぬけると、やおら身を翻《ひるがえ》すようにゆるく波を打って、少しずつ左右へ開きはじめた。それまで、あてどなく漂っていた仄白《ほのじろ》い照明は、みるまに強く絞られてゆき、舞台の上にくっきりした円光を作ると、その白い輪の中に、とし若い踊り子がひとり、妖精めいて浮かびあがった。のびやかな脚にバレエ・シューズを穿《は》き、引緊った胴から腰にかけては紗《しゃ》の布を纏《まと》いつけただけという大胆な扮装で、真珠母《しんじゅも》いろの肌が、ひどくなまめかしい。

——一九五四年の十二月十日。外には淡い靄《もや》がおりていながら、月のいい晩であった。お酉様《とりさま》の賑わいも過ぎた下谷《したや》・竜泉寺《りゅうせんじ》のバア〝アラビク〟では、気の早い忘年パーティの余興が始まろうとして、暖房のきいた店の中は、触れ合うグラスや合図めくめくばせ、それに紫烟《しえん》と人いきれで、熱っぽくざわめいていた。

竜泉寺、といっても、あの『たけくらべ』で知られた大音寺《だいおんじ》界隈《かいわい》ではない。日本堤に面した三《み》ノ輪《わ》寄りの一角で、このあたりは、商店にしても蒟蒻《こんにゃく》屋とか炭団《たどん》屋とか、手内職の麵麭《パン》工場などが軒を低く入り組んでいる、つましい装いの下町なので、バアだのキャバレエだのはおよそ場違いに見えるが、土地っ子のマスターは気にもしていない。戦時中の区画整理で、竜泉寺町の一角が日本堤に削り取られるまで、実家は吉原の大籬《おおまがき》、大文字《だいもんじ》や山口巴《ともえ》に眼と鼻だったし、大門《おおもん》湯で白粉《おしろい》臭い産湯《うぶゆ》を使って育った気安さから、昼間はシャンソン喫茶、夜はＢＡＲ・ＡＲＡＢＩＱという、レモン・イエローのネオン看板を暗い路地に輝かせはじめて、もう二年ほど経っている。

この当時、——だが、一九五四年という昔の出来事を正確に記憶されている向きも、いまは少ないであろう。日本流にいって昭和二十九年というこの年には、すこぶる陰惨な事件が多く、警視庁の調べによると、年間の殺人件数は、未遂を含めて三千八十一件、一日あたりほぼ八件という未曾有《みぞう》の新記録を樹立している。——つまり、このとし、この日本では、それだけの人たちが本気で誰かを殺そうと考え、企み、実際に試みたのである。そればかりではない、この年が特に意味深いのは、たとえば新年早々に二重橋圧死事件、春には第五福竜丸《ふくりゅうまる》の死の灰、夏は黄変米《おうへんまい》、秋は台風十五号のさなかを出航した洞爺丸《とうやまる》の転覆といった具合に、新形式の殺人が次から次と案出された年だからでもある。

それは、確かに〝殺人〟だった。中でも、黄変米という毒物を主食として配給しようという政府案などは、鏡子《きょうこ》ちゃん殺しの坂巻《さかまき》や、カービン銃ギャングの大津《おおつ》が、この年に演じてみせたスリラーなど、とうてい及ばない出色のプランニングで、その後も厚生省の環境衛生局あたりから、くり返しおすすめいただいたけれども、それもこれも大方の記憶からは、とうに薄らいでいるに違いない。――それも当然で、すでにこの夜の忘年パーティの客たちでさえ、ことしの事件など綺麗に忘れた顔で、のんびり舞台を眺めているばかりだったのである。

　今夜の余興は少し変った趣向で、この店に勤めるおキミちゃんという子が、習い覚えたモダン・バレエを御披露に及ぶところだが、素人《しろうと》の座興ながら、演《だ》しものは、いまちょうど来日中のコレット・マルシャンを真似た〝七つのヴェールの踊り〟――れいの、妖姫サロメが、舞の褒美にヨカナーンの首を欲しがるというあれで、伴奏の方は、レコードではありきたりすぎるというのか、お花婆《はなばば》あと呼ばれている流しの三味《しゃみ》線《せん》弾きが受け持ち、舞台の袖で仔細《しさい》らしく糸を合わせている。

　従って、舞台といっても、店の片隅を黒い垂幕で仕切っただけだし、床からボーイが差付けている照明は、また、ボール紙で電球をくるんで色ガラスをあてがうというだけのもので、いま、そのハイライトに浮きあがったおキミちゃんは、フォリ・ベルジェールの式に裸、おまけに唇には黄《き》薔薇《ばら》を一輪、横ぐわえにしているというのも、下町風なサービスのつもりかも知れない。得体の知れぬ風体だが、そのとき照明が、突然真黄色に変えられたのは、やはりサロメらしく、満月の夜をあらわしたのであろう。お花婆あが一膝のり出し、シュトラウスまがいに弾き出すにつれて、おキミちゃんは、身ぶりたっぷりに唇から薔薇をぬきとり、煙草の火が明滅する仄暗い客席へ見当をつけながら、いきなり抛《ほう》ってよこした。——造花ではないらしい。薄黄の花弁を痛々しく散らして、薔薇は、ちょうど光田《みつだ》亜利夫《ありお》の足もとに崩れ落ちたのだった。

「あらいやだ、まるで、ここを狙って投げたみたいじゃないの」

　向い合せのシートから、すばやく体を屈めてその薔薇を拾いあげると、奈々《なな》村久生《むらひさお》は、ついでに亜利夫の脚を突ついてそう囁《ささや》いた。

　ざっくりした黒白の七分コートに、緑の革手袋を脱いだところで、白い手と、化粧のない顔とが薄明りに浮いている。見たところただのお嬢さんだが、としは亜利夫より少し上の筈で、錆びた声が日本では珍しいシャンソン歌手——といっても、まだほんの駆け出しだから、奈々緋紗緒《ひさお》という芸名も、まるで知られていない。本人も、あまり売り出す気はないらしく、ラジオ・ライターの仕事を本職にしているが、たまに水を向けるのがいても、自分には唄うたいより探偵の才能があると固く信じこんでい、そのうち難事件を解決して、自伝的な推理小説に書きあげるの、などと太平楽《たいへいらく》を並べていられるのは、現在パリにいるフィアンセの牟礼田《むれた》俊夫《としお》が、もうじき結婚のため連れに帰るという、結構な身分のせいであろう。亜利夫とは父親同士からのつきあいで、いまもただひとりの、気のおけない女友達だった。

「この店にくると、アリョーシャもまんざらじゃないのね」

亜利夫のことを、そんなふうに呼んで、

「キミちゃんていったかしら、あの子。やたらにピルエットばかり見せるのは感心しないけど、テクニックは一応本式みたい」

甘口のカクテルに、小さな唇をふれながら、眼だけが舞台を追っている。

「一週に三べんは、バレエの稽古に通うんだってよ」

亜利夫は、拾われた黄薔薇の、崩れ残った花片をいとおしむように、淡い桃いろ暈《ぼか》しの縁《へり》に鼻を寄せた。鋭い香気が、重なりあった花片の奥から、いきなり昇った。

「ここのマスターが御自慢の子なんだけど、アクロバットでも声色《こわいろ》でも玄人《くろうと》はだしなんだって。奈々も見習って、少し売出しなよ」

「あら、ありがとう。だって、いったでしょう、あたしには女探偵のほうが性《しょう》に合ってるって。……でもとにかく、あれだけ芸人の素質があるっていうのは、それだけでも大変なことね。惜しいもんだわ」

器用なグリッサーを追って、七枚のヴェールをあらわす照明が、黄から赤、赤からオレンジと変ってゆく。緑金のタイツで踊ったマルシャンとは、むろん比較にならぬにしろ、どこか面影を伝えているように見えるのは、あるいはマルシャンの、美少年じみた歯切れのよさを思わせるせいであろうか。——少年じみた、といえば、実際に舞台のおキミちゃんの、あらわな胸をどう眺めてみても、女性特有の、あのやさしいふくらみは見当らない。今夜のこのサロメには、肝心な乳房がないのであった。

2　牧羊神のむれ

乳房のないサロメ。

いかにも、おキミちゃんのむきだしな腿や肩の線は、まだ少年の名残をとどめて、巴旦杏《はたんきょう》めいた円みを描いている。肌の光沢も、女体とは違った、甘酸っぱいほどの輝きを帯びている。——つまり、おキミちゃんは、ことし十九歳になったばかりのこの店のボーイで、〝アラビク〟は、浅草に数多い同種の店を尻目にその道で人気の高い男色酒場《ゲイバア》なのだ。もっとも、この当時で東京に三十余軒、それから十年と経たぬうち、浅草と新宿だけでそれぞれ三百軒あまりに殖えたほど、戦後の新しい享楽として日常化したこの世界は、格別、珍しい眺めでもない。ゲイたちは文字どおり花やいだようすで街に繰り出し、反対に亜利夫のような平凡なサラリーマンが、本物の女性同伴で彼らの城に乗りこんでも、黙殺するのがせいぜいで、毛嫌いされることもなかった。

舞台ではおキミちゃんが、絢爛《けんらん》とアラベスクをお眼にかけたあと、おしまいに真青な光を浴びたまま、ヨカナーンの首ならぬものを手にした思い入れで床に突伏すと、それで陽気な幕になった。吊下げ燈《リュストル》がほどよく明るんで、俄かに客席のさまざまな人影が浮かびあがる。海馬《とど》姫、お牧の方、三田の局《つぼね》、ドレミハ夫人等々の源氏名を持つ大和撫子《やまとなでしこ》たち——といっても、アリョーシャなどと呼ばれている亜利夫同様、素性も風体もありきたりの勤め人がほとんどで、秘密の悪徳という翳《かげ》りなど、まるで見当らぬこの人種を、隠花植物にたとえるのも的外れだが、それだけにまた、〝ニンフのいない午後〟を求めて、水暗《みずぐら》い沼辺につどう牧羊神のむれ、といったふぜいも、いまは乏しい。

亜利夫は、そのどちらでもなかった。久生など、どう見ているか知らないが、少なくとも自分では女嫌いのつもりはない。といって会社の同僚たちのように、女を唯一の慰めとも救いとも思い切れない、いわば性の真空地帯に迷いこんだ都会の独身青年

——この世界の用語でいえば、まったくの純タチでもなければ格別ホモっ気があるというわけでもない中途半端な存在なので、こんな店に出入りはしていても、初めから相手を求めるなどという気にはいっこうなれなかったのだが、それでもひとり、最近に来はじめた若い客で、アイちゃんという呼び名の、まだどこか稚《おさ》な顔の残っている少年だけはひどく気にいっていた。いつも藍《あい》いろのトッパーを着こんで、白い歯の輝きが清潔に美しい。向うも亜利夫の、どことなくバタ臭い容貌が好みに合ったのか、初めのうち、はにかんだような笑顔を向けていたのが段々になついて、このごろは気さくな話相手になっている。

そのアイちゃんが大のシャンソン好きで、ついこの間もその話から、日本の歌手で聴けるのは淡谷《あわや》のり子に越路《こしじ》吹雪《ふぶき》、あとは奈々緋紗緒という新人が少しましなだけだよと、思わぬ名前をいった。奈々ならば学習院でオチョボぐちをしていたころから知っている。嬉しくなって、早速そちらにも御注進に及んでやると、

「それじゃ、たった一度〝黒馬車《くろばしゃ》〟へ出して貰ったのを見てたのね、そのひと。奇特なお話だわ。あたしにもファンがいるなんて夢みたい。いっぺんお顔を拝ませてちょうだい」

すっかり感激したようすで、ついでに、かねて覗いてみたかったゲイバアなるもの

を見学するいい機会だからと、勢いこんできたのが今夜だった。ところが約束しておいたアイちゃんは、サロメが終ったいまも現われる気配がない。ボーイにきいても、さっきまでは確かちょうどこの席にいましたわと首をかしげるだけだが、初めてのゲイバアに浮き浮きした久生は、そんな約束も忘れた顔で、

「ちょっと、ここのマッチったら愉快じゃないの。モハメッド・アリみたいな黒人の少年が逆立ちしてるわ。ねえ、〝アラビク〟なんていったって、アラビア風な飾りはまるでないし、これがそのつもりなのかしら」

ひとりでお喋りしながらごきげんになっていたが、そのうち、ざわめきを縫って聞える、幽《かす》かなレコードの唄声に聴き耳を立てると、また、いきなり頓狂な声をあげた。

「あら、リイヌ・クルヴェかしら。……そうだわ、ねえアリョーシャ、きいてる？古い歌手だけど、断然ごひいきなのよ、あたし」

いかにも、ひと昔まえのレビュー小屋で栄えたような、お俠《きゃん》な鼻声が高っ調子に唄いあげているのは、何やら戦前のシャンソンらしく、針音もひどいしろものだが、

「あれは〝恐い病気よりまし〟って唄。いまどき、こんなレコードがあるなんて、珍しいお店ね。一度でいいから、この人の〝アルフォンソ〟って唄、しみじみきいてみ

たいんだけど、ここにならあるかもしれないわね」

むかし、流行《はや》ったパソ・ドブレの曲名を、うっとりするような調子で口にしたが、

「さあね、マスターにでもきいてごらん」

古い唄などに興味のない亜利夫は、しごく冷たい声で答えた。

「昔のシャンソンなら、たいていそろってるような話だから。……だけどアイちゃんの奴、ほんとにどうしたのかなあ」

中腰になって伸びあがると、久生もやっと思い出した顔できょろきょろしながら、

「そうだったわね。大事なファンを忘れちゃった」

そういって一渡り店の中を見廻してから、ふと思いついたように、

「ねえ、そのアイちゃんて、氷沼《ひぬま》家の方だっておっしゃったわね。アリョーシャ、あなた何か氷沼家のことで、変な噂をきいてらっしゃらない？」

「変なって？」

「代々、当主の方に祟《たた》りがあるといったような……」

久生はエッグ・ノッグのグラスをおいて、妙な上眼づかいをした。

そんな古風な話は知らないが、もう六年ほど前、旧制最後のT——高校で、一年下の理甲に氷沼蒼司《ひぬまそうじ》という秀才がいた。同じ中学から行ったせいもあって、当時は顔を

合せる機会も多かったが、〝アラビク〟でアイちゃんと仲よく話しこんでいるうち、本名は氷沼藍司《あいじ》といって、蒼司とは従兄弟《いとこ》同士だと判った時には、驚くというよりも急な親しみが湧いて、いきなり肩を抱きすくめてやりたいような思いに包まれたほどだった。

もっとも氷沼蒼司とは、高校時代も学校で顔を合すだけのつきあいで、向うは理科系で大学は応用数学へ進んだし、こちらは経済に別れてしまい、さして親しかったわけではない。ついこの秋の洞爺丸事件で、身内に大変な不幸があったと知った時も、ハガキ一枚の悔みは書いたが返事もないくらいだった。藍ちゃんにきいてみると、洞爺丸で死んだのは、蒼司の両親ばかりでなく、その弟夫妻——札幌で装身具店を開いていた藍司の両親とも四人という、乗客の中でも例のない悲運であったらしい。兄弟もいないので、いきなり孤児になった藍ちゃんは、ともかくも札幌の家を畳んで、この十一月初めに、目白の氷沼家へ引き取られたばかりだときいているが、それ以上のことは、藍ちゃんも話したがらなかった。代々の祟りなどといっても、まさか洞爺丸の遭難がそれに当るわけでもなかろうし、けげんな顔で見返すと、

「いえ、古い話なの。迷信みたいなことでしょうけどね」

ぼかすように曖昧《あいまい》なことをいって、久生が莨《たばこ》を一本ぬきとった時であった。両手で

囲んだマッチの炎を、すばやく鼻先にさし出したのは、いつの間にかクリームいろのセーターに着かえたおキミちゃんで、顔いっぱいの愛想笑いをしながら、

「あーらアリョーシャ、しばアらく。あたしのサロメ、見てくだすって？」

頰をすりつけるほどに寄せて、マスカラのこぼれそうな付け睫毛《まつげ》をしばたたく。素顔のままならば、あるいは目もと涼しい美少年なのだろうが、いつ見てもはでな化粧を欠かしたことがない。これで案外、寝タチ――オン・ベッドでは男っぽく、やくざじみたところもあるそうだが、今夜はサロメのつくりのままアイシャドウで青く目尻を吊りあげているので、ピエロまがいのばかばかしい顔になっている。

「ああ見たよ。この薔薇はもらっとくぞ」

亜利夫は反射的に、これもすこしばかりタチっぽい口調になって、テーブルの上の黄薔薇をとりあげた。

「ま、アリョーシャが拾って下すったの。嬉しいこと」

しなだれかかるように、そのまま横坐りに坐りこむおキミちゃんへ、久生が正面から、やんわり莨の煙を吐きかけた。

「でも、ごぞんじかしら？　黄いろの薔薇は花言葉が良くないのよ。嫉妬とか、不貞とかって」

「あら」

おキミちゃんは、わざとびっくりしたように体を起した。ゲイバアの女客も、もう近ごろでは珍しくもないが、やはり初めての顔には本能的な警戒心がチラと動くのか、

「そうでしたの、まあ嫌だこと。でもこれはママさんが好きですのよ。ピースとかって、フランスで戦後にできた、有名な花なんですってね。咲き残りで大事にしてたのを剪《き》ってきたんですけど、嫉妬や不貞だなんて、いけませんわ、女として」

口先でつなぎながら、さもあどけないように眼をみひらいて、黒ずくめな久生の風体をすばやく見定めていたが、それほどのタマでもないと踏んだのであろうか、安心した顔でお愛想をいった。

「こちら、おはじめて、ね？　ずいぶんキレイな方だこと」

久生が持ち前の錆び声で応じた。

「それがもう大変なお婆さんよ。安心して、こっちイいらっしゃいな」

おキミちゃんは、しかし薄い唇を歪《ゆが》めた。久生のさしのべた手を優しく押しのけると、

「いけませんわ、同性愛は不潔ですもの」

すらりと立ちあがって、もう二人のことは忘れた顔で新しい相手を物色しはじめたが、そのとき店へ入ってきた若い客を眼ざとく見つけると、たちまち、けたたましく呼び立てた。

「あーらいやだ、藍ちゃんたら。あたしのサロメ、見てくれてたんじゃないの？　ずいぶんだねえ」

「あ、済んじまったのかい」

藍ちゃん――氷沼藍司は、どこか遠いところを見るような眼で、そう答えた。

3　月の夜の散歩

名前のとおり、深い藍いろのトッパーに、ともいろのスラックスを細身に仕立て、おしゃれな貴公子といったふぜいだが、寒風を受けてきた頬に薄紅く血がのぼって、いかにも北国育ちらしい白い肌が引立っている。死んだ父の菫三郎《きんざぶろう》も、同じように小《こ》柄《がら》でたしなみがよく、若いころから口髭を蓄えていたという話だが、こちらはまだうぶうぶしいほどの少年で、キザなところはどこにもない。

高校三年で同いどしの、ルナちゃんと呼んでいる少女と仲がよく、ことしから進適

〈進学適性検査〉が廃止になったのを幸い、いっしょに東大を受ける準備をしていたというのに、その少女は札幌に残したまま、いまこんな店にたぐまっているという気持は、しかし亜利夫にも判らないでもなかった。

洞爺丸遭難の報に、東京から皆が駆けつけるまで、藍ちゃんは店の連中と、七重浜《ななえはま》から有川桟橋、中央病院、大森公園と走り廻って次々陸揚げされる死体の中に、両親と伯父伯母を探した。母親たちはついに見つからぬままで、まだ洞爺丸と共に沈んでいると諦める他なかったのだが、父親と、伯父の紫司郎《しじろう》とは、砂まみれの水死体と変って、新川べりの慰霊堂に運ばれていた。

その翌朝、七重浜の沖に美しくかかった虹を眺めてから、藍ちゃんは、この地上とはまったく別な次元に迷いこんだ気がしたという。その日から現実を棄てて、非現実の世界に赴《おもむ》くより生きようのない気持でいた少年を誘ったのは、泣くために入った映画街の暗闇の中で、自分の手を求めて忍びやかに近寄る、行きずりの見知らぬ男の掌の、ふしぎに優しい、微妙な囁きであった。……

それはともかく、今夜の藍ちゃんは、まだあまり街で見かけないディキシランド・スタイルの黒靴をつっかけているが、おキミちゃんの眼は、たちまちそれに釘づけとなった。どこへ行ったともいわず足もとへかがみこむと、お脱ぎったらお脱ぎよ、とせかして立て、どぎつい色の靴下をあらわに、自分の萌黄《もえぎ》のスエードと穿きくらべをはじめた。とし恰好《かっこう》も似ているせいか、靴もぴったりで、自分のもののようにとみこうみしている。服装でも言葉でも、男の流行はすべてゲイバアからはじまるのが戦後のならわしだが、中でもおキミちゃんは、いつでも最尖端を取入れようというタイプなので、仕方なくその肩につかまりながら、藍ちゃんがすっかり持てあましていると、いい具合に、奥のスタンドで田舎客の相手をしていたママさん——土地っ子のマスターが、眉をひそめながら出てきた。

〝蘭鋳《らんちゅう》〟という綽名《あだな》だが、そのとおり、やたら肉瘤《にくこぶ》のついた顔を猪首の上にのせ、派手な色シャツを着こんで、泳ぎ出すような手つきをしながら近寄ると、声を落して、

「また例の浅黄《あさぎ》裏《うら》が舞いこんだんだ。今夜はどうでもお前としんみりしてみたいとさ。頼んだよ」

「まあ、ママったら、皆さんにきこえるじゃないの」

ようやく藍ちゃんの黒靴を諦めて、おキミちゃんも渋々立ちあがった。それと見て、外套のお尻を止り木に据えつけた大男が、厚かましくこちらをふり返って、合図するように手をふっている。葉巻を横ぐわえにして、頭は油で黒光りさせたような、遠見にはいかにも喜ばれそうにない中年の風体だった。

「また、あの鯰《なまず》坊主？　いけすかないわねえ」

おキミちゃんも露骨に舌打ちしたが、

「いいわ、そいじゃ、いつものシャトルーズ洗いざらいおリツにするから。寝酒にとっとくんだから、ママったらこないだみたいに、体に毒だよ、アラスカにしておきなんて、余計なこといわないで。カクテルなんかしようがないじゃないの」

「お前のお店思いは、そりゃ嬉しいけどね」

マスターは軽く笑って、

「飲みもの喰べものは、おリツのうちに入らないんだよ、あとにしっかり残るものでなくちゃ。早速、靴でも買ってお貰いな」

潮の引くように、二人がスタンドへ引きあげたあと、藍ちゃんはひどくむつかしい顔に返って、亜利夫の隣へ腰をおろした。

「どうしたんだ、約束しといて。何かあったの？」

「うん、ちょっと……」

「今晩は。握手しましょう」

久生は、いたずらっぽく手を出して、

「あたし、奈々。でも久生って名前のほうを呼んでちょうだいね。もうじきおヨメに行こうってところだから」

藍ちゃんは、育ちのいい、はにかんだ微笑を見せて握手すると、ボーイの持ってきたお冷やを、あおるように一息にのみ干した。話し好きで気のいい二人のことだから、さぞかしウマが合って、賑やかにシャンソン談義でも始めるのだろうと思っていたが、何か、ただならぬことでも起ったような藍ちゃんの表情に気をのまれて、久生まで、もじもじと莨をさぐっている。

「何だか変だなあ、今夜は。急に、どこへ行ってたんだよ、本当に」

「え？　ああ、いまね」

打明けたくない顔でためらっていたが、やっといいわけを考えついたように、

「だって、今夜のお月様ったら、へんに大きくて、低いところにぬっと出てるんだもの。ちょっと散歩して、眺めてたんだよ」

そういえば、きょうあたりが満月で、外は明るい月夜に違いないが、乱れた髪や服の具合からおすと、それほどのんびりした話でもないらしい。黙って莨に火をつけていた久生が、そのとき冗談めかして口を挟んだ。

「お月様っていえば、いま演《や》ってたサロメもワイルドのお芝居じゃ、満月《フルムーン》の夜なんでしょう？　侍童《ペイジ》のせりふにもあるじゃないの、〝月は死人たちを探しておりまする〟

って。今夜のお月様は、どうかしら。やっぱり死人を探していて？」

あ、というように、藍ちゃんは、一瞬、鋭い視線を相手に走らせたが、すぐ眼を伏せてしまった。

「悪いことをいっちゃったわね、御不幸が続いてらっしゃるのに」

いたわるような眼で眺めていたが、ふいに亜利夫にとっても意外なことをいい出した。

「藍ちゃんねえ、あたしが今度結婚する相手って、牟礼田俊夫……御存知ないかしら。いまパリにいるけど、おたくとは遠い姻戚に当る筈なの。蒼司さんのことは、よく存じあげているようよ」

「あの、紀尾井町《きおいちょう》の牟礼田さん？」

「ええ。蒼司さんのお母様、あなたには伯母さまだわね。その方の実家のほうの御関係。ですから、血も何も繋がってやしないんですけど、そんなわけで、あたしもまんざら赤の他人じゃないでしょう？」

「牟礼田さんなら、よく蒼兄《そう》さんのとこへも手紙がくるよ。……へえ、そうなの」

藍ちゃんもようやく打ちとけた顔で、

「ぼくもずっと前に会った。すごく頭のいい人みたい。……だけど久生さん、いま妙なことをいったでしょう、月は死人を探しているって。あれは、何か知っていていい出したの？　牟礼田さんから、何かきいてる？」

「いいえ、何にも」

久生もむしろ不審そうに、

「まるで何かいい当てられたような顔をなさるから、こっちのほうがびっくりしたわ。……氷沼家のことは、何にも知らないのよ。ただ御不幸が続くのは、何かの祟《たた》りで、代々、当主の方が変死されるとか、それがみんな北海道と関係があるとかって噂は、ちょっと耳にしたけど、いまごろそんな因果噺《いんがばなし》もないもんだと思って……」

「そうなんだよ。呪いだの祟りだのっていわれると、ぼくもおかしくなっちゃってたけど、やっぱりうちには、何かあるのかも知れない……」

考え深い眼になって、藍ちゃんは、やっと今夜の出来ごとを話しはじめた。

「へんに大きな満月が出ているのは本当だけど、散歩なんかしていたわけじゃない。……馬鹿みたいな話だけど、さっきまでこの席にいて、あんまり人いきれがするから、この窓を少うしあけたんだ。そしたら、そこの路地のところを、また、あいつがうろうろしてた……」

「あいつ、って？」

「顔じゅう髭《ひげ》もじゃで、あの厚司《あつし》を着たアイヌなんだよ。それですぐ飛び出して、泪《なみだ》橋《ばし》のへんまであとをつけて追いかけたんだけど、逃げられちゃった……」

4　蛇神伝説

「何ですって」

久生は呆気にとられた顔だったが、亜利夫も思わず問い返した。

「アイヌって、あの北海道のかい？」

「そうだよ」

「じゃあ、サンドイッチマンか何かだろう」

黙ってかぶりをふるのに笑い出しながら、

「だって、本物のアイヌが、このへんをウロチョロするものか」

突っ放すようにいって、つけ加えた。

「それとも、花やしきでなにかやっているかな」

実際、明るい月夜の日本堤を、藍紋様の晴着を着たアイヌが飛ぶように走って、そのあとを、やはり藍いろのトッパーを着た藍ちゃんが、見え隠れに小走りにあとをつけているなどという図は、どう考えても突飛すぎ、亜利夫にはくすぐったいような気しか起させない。しかし藍ちゃんは、やはり沈んだ調子で、

「だから考えてるんだよ。あいつを見たのはぼくが目白の家へ来てから、今夜で二度めだもの。同じ背恰好《せいかっこう》の同じ顔のアイヌと、そんなに偶然出会うわけはないし、それに、札幌じゃ一度も現われなかったのに、東京へ来たとたん、思わせぶりに姿を見せるってことがおかしいでしょう。そうなんだ。あいつはただ、ぼくに姿を見せて、ホヤウ・カムイのお使いが来たことを知らせているんだ」

「何だか、お話がよく判らないんですけど」

久生は、それでもすっかり興味を持ったように、のり出してきた。

「そうすると、そのアイヌは、何か目的があって藍ちゃんの前に姿を見せに来たわけね。何かいまのお話だと、不吉な使者が来たようなおっしゃりかたですけど、わざわざ正装して、竜泉寺のゲイバアまで覗きにくるっていうのは、どうかしら」

相手が黙っているので、おっかぶせるように訊いた。

「いま何とかおっしゃったわね。なにカムイですって？」

「ホヤウ・カムイ――洞爺湖の蛇神だよ」

藍ちゃんは、苦々しい口調で繰り返した。

蛇神——。もとよりアイヌ伝説の一つで、熊や狼や梟《ふくろう》など、何によらず神として崇《あが》めるかれらには、ごく自然な動物神だが、蝮《まむし》の群が重なり合って、臭うほどにうごめく岩山や、蛇の入りにくる温泉さえある胆振《いぶり》・日高地方のアイヌにとって、それは内地の山陰地方に見られる白蛇信仰のように、愛敬《あいきよう》半分のものではなく、現実的な恐怖から生まれたものであった。たとえば、観光案内にはないことだが、アイヌ語でシャック・ショモ・アエップ——〝夏、口に出してはいけない〟という言葉が、そのまま〝恐い蛇の神様〟の意味で通用するくらい、この地方で蛇を怖れることは大変なもので、蛇の出てくるユーカラは、夏場だけは頼んでも決して歌ってくれないほどである。

久生も、あら、という顔で、

「蛇神なら、あたしも知ってるわ。この前、北海道へ行ったとき、土地のお友達が教えてくれたけど、洞爺湖じゃ、夏になると、饅頭《まんじゆう》島から中島へ、蛇が群れになって泳いで渡るほどなんですってね。蛇神って、あの地方で一番恐い神様だそうですけど、でも……」

何か、のみこめないというように口をつぐんだ。

いかにも、かりに蛇神伝説が生きているにしろ、それはわずかに残された純粋のアイヌたちが、ひっそりと五弦琴《トンコリ》を鳴らし、膝を打ちながらうたう哯《ほろ》びの唄の中でしかない筈で、氷沼家とアイヌとの間にどういう因縁があるにしても、現実にホヤウ・カムイの使者などが現われるわけはない。

だが藍ちゃんは、まだ一人で考え考えしながら、つぶやくようにいった。

「何のためなんだろう。アイヌを恐れているのは、ぼくじゃあない、紅《こう》兄さんだのに、なぜぼくの前に……」

いいかけて、二人が心配そうに見つめているのに気がつくと、無理に笑っていった。

「大丈夫だよ、そんな顔しなくっても。ただ変なのはね、うちで本当にアイヌの呪いだの祟りだのってことを信じているのは、紅司《こうじ》って、蒼《そう》兄さんの弟だけなんだ。体質的なものかも知れないけど、まだ何にも知らない小さい時、どこかの原っぱで、アイヌの蛇使いが客寄せしてるのを見てひきつけたことがあるくらいだから、洞爺丸の後じゃ、アイヌと蛇って言葉だけでも顔色を変えるんだよ。それなのに、なぜその紅兄さんの前に現われないで、ぼくにだけ姿を見せるんだろう。それに、誰がそんな……」

「それじゃ、こういうことなのね」

久生は急に、しゃんと背すじをのばすように、正面から藍ちゃんを眺めた。

「氷沼家には何かいわれがあって、アイヌを昔から恐れている——つまり洞爺湖の蛇神に祟られているんで、今夜ここに現われたアイヌも、そのお使いらしいって。むろんそれは、氷沼家の当主が代々変死なさったことから出た話でしょうけれど、そこのところを詳しく伺いたいのよ。どういう因縁でアイヌがからんでくるのか……。氷沼家って、もともと北海道の御出身なわけ？」

「違うよ。だけど、曾《ひい》お祖父《じい》さんの誠太郎って人が、開拓使の役人で、クラーク博士の通訳をしてたから……。氷沼っていうのは、曾お祖母さんの実家の姓なんだ」

藍ちゃんはまた意外な名前をいった。

——W・S・クラーク。日本ではもっぱら〝ボーイズ・ビー・アンビシャス〟の一句だけが有名で、新教育の功労者としてのみ知られているが、学者としての本領は、その後に急速な発展を見せた、植物生理学の新研究にあったひとである。曾祖父の誠太郎が通訳になったのは、明治三年に渡米してアマースト州立農業学校に留学した折、そこの学長《プレジデント》がクラーク博士だった縁によるものだが、大島正健《おおしままさたけ》氏の『クラーク先生とその弟子達』に、米国から同行帰朝したとあるのは誤りで、誠太郎だけ明治七年に帰国し、開拓使出仕としてしばらく青山試験場勤務となり、明治九年の博士の来日と共に札幌在勤となった。

それはともかく、博士の帰米後も東京へ来て英語学校に姿を現わし、年端《としは》もゆかぬ生徒だった内村鑑三《うちむらかんぞう》や新渡戸《にとべ》稲造《いなぞう》を得意の弁舌で説きつけて、未開の北海道へ送りこむ役割を果していたのだが、そんな新知識の一人だった彼が、その後半年と経たぬうち乱心状態となり、時の長官の黒田《くろだ》清隆《きよたか》と烈《はげ》しい争論を交したあげく、長崎出張申シ付ケ候事という一片の辞令で、高島炭坑へ追い落されてしまった。誠太郎はそのまま失踪し、最後は郷里へ帰って酒乱の果てに狂死したという噂が、函館の実家へ戻っていた妻子のもとに届いた。……

久生に責められて、藍ちゃんは口重くそこまで語ったが、相手はいっこうに納得しない顔で、

「だって、どうしてかしら。クラーク博士の直弟子《じきでし》なら、熱烈なクリスチャンでもあったでしょうに……。急に乱心状態になったというのは、どういうことなの」

「だから、そこにアイヌとのいきさつが入ってくるんだけど、それも実際にあったことなのか、誰かの讒訴《ざんそ》なのか、誰にも判りゃしないんだ」

「でも、いい伝えはあるんでしょう。おっしゃいよ。今夜のようなことがあるんじゃ、やっぱり放ってはおけないわ」

いい渋る藍ちゃんから無理矢理きき出したのは、明治十年の暮になって誠太郎が、突然人が変ったように狂信的《ファナチック》なアイヌ教化をやり出したいきさつであった。その後も屯田兵《とんでんへい》が、アイヌの襲撃に備えて、つねに厳重な砦を築いていたことでも知られるように、和人のアイヌに対する暴行と、それへの復讐は、松前藩のころに劣らず、正史の陰で酸鼻を極めていた時代だから、アイヌ狩という残虐行為が平然と行われたとしても、それほど珍しい出来事ではなかったのだが、その時の恐怖はいまでも——およそ八十年ほど経った現在にも黒い尾をひいて、奥地の部落《コタン》では、内地人《シャモ》と見れば母親がいそいで子供を呼びいれ、家の中に隠す実情を示している。

ことに〝北海道土人ハ容貌言語陋醜ニシテ……〟という、当時の優越感を背景にした誠太郎のやりくちは、異端審問僧さながらで、火の神を祀る者は火中へ、水の神を祀れば水中へという仮借のないものであった。そして、蛇神を祀る一部落の幼児をことごとく捉えて赤蝮《あかまむし》の谷に平然と投げこんだという訴えは、西南の役から帰った黒田長官をさすがに驚かして追放の措置になったと伝えられているのだが、それがどこまで事実か、或いは悪質な誣言《ぶげん》とすれば誰から発しられたものか、いまとなっては確かめようもないのだが、——

「それ以来、氷沼家の人間は、ろくな死に方をしないって、アイヌ狩が事実ならそれも当然だけど、みんな変死しているんだ。お祖父さんは大正時代に知られた宝石商だけど、それも昭和九年に、生まれ故郷の函館へ帰って、支店を開こうとしたところで火事に逢って焼け死んじゃったし……」

昭和九年三月二十一日夜の函館大火で、祖父の光太郎がむざんな焼死をとげたあと、残された三男一女のうち、まず長女の朱実《あけみ》が、広島の原爆で夫と子供もろとも爆死し、今度の洞爺丸で、長男の紫司郎・三男の菫三郎夫妻が水に葬られた。——それは確かに、個人的な変死というわけではない、いわば日本の災害の歴史に殉じたともいえるのだが、当の氷沼家にとっては、どすぐろい運命の糸に操られているとしか思えない。いま目白の家に生き残っている四代目の当主蒼司と、その弟の紅司、それに藍ちゃん、そして、同居人の叔父橙二郎《とうじろう》夫妻まで、ひとりひとりの胸にはいつとなく、幼児虐殺の行われた部落の親たちが、唇を嚙みしめて復讐を誓う幻の情景が灼《や》きついて離れないのであった。

「むろん紅兄さんのほかは、本気でそんなことを信じてやしないよ。でも今夜みたいに、突然アイヌが出てくるとやっぱり変な気がするじゃないか。だってこの前の時も、たしか満月の晩に見かけたんだ。さっき久生さんが月は死人を探しているっていったけれど、それは本当かも知れないと思っちゃう。この次は、ぼくの番なのかなって……」

5　ザ・ヒヌマ・マーダー

「あのねえ、こういうことは考えられないかしら」

氷沼家の陰惨な歴史を、黙ってきいていた久生が、そろそろと用心ぶかく切り出した。実際の推理力はさっぱりの癖に、たわいもないシャーロキアンで、ホームズの口真似をしては喜んでいる――でなければジュラニアンとでもいうか、久生十蘭《ひさおじゅうらん》の作中人物を理想とするこのお嬢さんは、蛇神に呪われた一家の末裔《まつえい》を前にして、持前の探偵気質が俄かに頭をもたげたらしい。

「いまのお話で肝心なのは、曾お祖父《ひいじい》さんという方が急に乱心した、その動機ね。それはもうすこし探ってみなくちゃならないけど、それとは別に、ホラ、探偵小説によくあるでしょう、怪奇な伝説が甦ったとか、何百年前の予言が実現されたなんていいながら、その実、ごく身近な誰かの犯行だったというお話――。何々家の惨劇だなんて、いいかげん使い古された、おきまりの手口ですけど、当節のことだから、実地に応用してみようなんて奇特な方が現われないとも限らない。……ね藍ちゃん、もしかして『氷沼家殺人事件《ザ・ヒヌマ・マーダー・ケース》』が計画されている気配はないの？　今夜のアイヌにしたって、氷沼家の内情を昔から知っている人物が、あなたを脅すために人を傭《やと》って、と考えたほうが、ずっと自然でしょう。ついそこのドヤ街へ行けば、そんな顔の男なんか、いくらでも拾えるもの」

「それはぼくも考えたさ。追いかけてつかまえようとしたのはそのためだけど、お祖父さんの代ぐらいでならとにかく、いまぼくの知ってる限りの奴で、ただ脅すためにそんな酔狂な真似をしそうな人間、いそうもないな」

「判らないわよ、そりゃ」

　久生は躍起《やっき》になったふうで、

「むろん、そんなことをするのは、するだけの理由があればこそですけれどね。御免なさい、立入ったこと訊いて。でも、これはぜひ教えてほしいんだけど、氷沼家っていうのは凄い財産家なんでしょう？　宝石だけでも随分おありだって伺ったわ。だから、もし誰かがそれを狙って……」

「ちっとも財産家じゃないよ」

　藍ちゃんは簡単に否定した。

「そりゃ、お祖父さんが宝石商だったから、ぼくたち銘々の名前に因《ちな》んだ誕生石は貰ってるけど、それだけのことだもの。ほんとなら目白の紫司郎伯父さんが、そのお店を立てていかなくちゃいけなかったのに、素人学者で植物の道楽ばかりしてたから、戦後はことにひどかった筈だよ。九月に札幌へ来たのだって、もう一度装身具店でもひらいて何とかしなくちゃというところまでになって、パパをかつぎ出しに来たんだもの。一緒に東京へ行って、顔を利かしてくれなんて頼まれたんだけど、おとどし、もく星号であんなことがあったばかりでしょう。飛行機は恐いから船にしようって伯父さんがいい出したおかげで、四人とも死んじゃった……」

「ああ、あの宝石デザイナーの方ね」

三原山《みはらやま》に激突して、宝石とともにさまざまな話題をまいたもく星号の惨事は、同じ宝石仲間にとってことに強烈な印象であったに違いない。神妙にうなずきながら、

「まあでも、財産を狙っているんじゃないにしても、今夜ここにアイヌが現われた以上はアレね、どこか身近なところに黒幕がいると思わなくちゃ」

久生は、自分で思いついた『氷沼家殺人事件』を諦めきれぬらしく、あれこれ考えをめぐらしているようすだったが、そのうちふと亜利夫のほうに流し目をくれると、いきなりいった。

「そういえば、アリョーシャは、目白のおうちに伺ったことがあるの？」

ありそうですもの」
「だっていまのお話きいてると、氷沼家って、黒死館《こくしかん》ふうな大階段や古代時計室でも
「いや、ないよ。どうして？」

ありそうですもの」

　亜利夫には判らないことをいってから、

「いえ、ね。あたしも前から一度、目白にはお伺いしたいと思っているんですけど、いくら牟礼田が蒼司さんの遠縁でも、あたしがいきなり女房でございなんて出て行くのも変でしょう。だからアリョーシャ、あなた、どうかしら」

「どうって？」

　さっきからの話は、亜利夫にとっては余りに意外すぎて、まとまった感想も浮かんでこない。とまどった顔でいると、なんて鈍い男だろうとでもいうように、向う臑《ずね》にロウヒールの爪先がとんできた。

「蒼司さんも、御両親を歿《な》くされてお寂しいんでしょう。お友達も少ないようなら、あなたが慰めに行ってておあげになったら」

　すらりとした調子でそんなことをいうと、

「ねえ藍ちゃん、アリョーシャが目白のお宅へ遊びに行ったら、おかしいかしら。むろんゲイバアで知り合ったなんて、誰にもいわなきゃいいでしょう」

どうやら久生は、ドイルの『隠居した絵具商《リタイアド・カラーマン》』の故智にならって、亜利夫をワトスン役に仕立て、ホームズの代理として氷沼家の内情を探らせたいらしい。

「ああ、いつでもおいでよ」

藍ちゃんは、しかしそんな企みも気に留めないようすで、無邪気にいった。

「こないだ蒼兄さんには、光田さんのこと、話したんだ。友達んとこで偶然会って紹介されたって……。そしたらよく覚えてて、とても会いたがってたよ。アリョーシャ、洞爺丸の後でハガキのお見舞くれたんだって？　高校の時の知合いでお悔みよこしたの、光田さんだけだなんて、懐しがってたもの」

それから変な笑い方をして、

「それに大丈夫さ、一件がバレたって。蒼兄さんにはこんなセンス、まるでないけど、紅兄さんはぼくよりよっぽど凄いらしいんだ」

「凄いって、何が？」

「ここみたいなオカ場所へは出入りしないけど、やっぱりそうなんだよ。どこかの与太者《よたもの》と変なつきあいがあるらしいの。ぼくのことだって蒼兄さん、うすうす知ってるみたい」

「まあ」

久生はいささか辟易《へきえき》したていだったが、

「でも蒼兄さんが覚えていらっしゃるなら、アリョーシャ、ちょうどいいじゃないの。早速、あしたにでもお伺いしてみたら？」

けしかけるようなことをいうと、「今夜のうちに、ちょっとお電話でもして、ね」

と、いまにも自分で立上りそうな気配を見せた。

「目白のおうち、お電話はあるんでしょう」

「ああ、ぼくも来たばかりだからまだよく覚えてないや」

藍ちゃんは手帳を取り出して眺めながら、

「池袋の、と。……いま、ぼくがかけてきいてみるよ。どうする？　あしたが土曜だから、あしたの晩にでもくる？」

それから久生のほうを向いて、

「さっき何とかいってたけど、古代時計室どころか、せいぜい郊外の文化住宅ってところだから、期待しないほうがいいよ。薔薇《ローゼン》・園《ガルテン》ぐらいはあるけどね」

気さくに、電話のあるカウンターのほうへ立ってゆくうしろ姿を見送ってしまうと、久生は急に、おそろしく真剣な表情になって、早口にいった。

「アリョーシャったら、もう少し気を利かせてね。あたしが今夜出てきたのは、ゲイバアの見学だのシャンソンのお話だなんて呑気なことじゃない、藍ちゃんが氷沼家の人間だってきいたから、ただそのために来たのよ。……ついこないだ、牟礼田から来た手紙に、大変なことが書いてあったんだ。近いうち氷沼家には、必ず死神がさまよい出すだろうって。あの頭のいい牟礼田のいうことですもの、間違いはないわ。それで、もうじき帰国するから、それまで何とかして蒼司さんを守ってやって欲しいというの。代々の死人たちの積み重ねてきた業《ごう》が爆発したら、もう防ぎようはないなんて、判らないことが書いてあったけど、そういう話なら、何も手をつかねて殺人を待つ必要もないでしょう。殺人の起る前に犯人を見つけるのがあたしの流儀よ。ですからね、とにかくアリョーシャが代りに行って、いろいろようすを探って来て欲しいんだけど、あなたに出来るかしら。心配ねえ……」

6 鱗光《りんこう》の館

国電の目白駅を出て、駅前の大通りを千登世橋《ちとせばし》の方角に向うと、右側には学習院の塀堤が長く続いているばかりだが、左は川村女学院から目白署と並び、その裏手一帯は、遠く池袋駅を頂点に、逆三角形の広い斜面を形づくっている。この斜面だけは運よく戦災にも会わなかったので、戦前の古い住宅がひしめくように建てこみ、その間を狭い路地が前後気ままに入り組んで、古い東京の面影を偲《しの》ばせるが、土地慣れぬ者には、まるで迷路へまぎれこんだような錯覚を抱かせるに違いない。行き止りかと思う道が、急に狭い降り坂となって、ふいに大通りへぬけたり、三叉に別れた道が、意味もなくすぐにまた一本になったりして、それを丈高い煉瓦塀が隠し、繁り合った樹木が蔽うという具合だが、豊島区目白町二丁目千六百＊＊番地の氷沼《ひぬま》家は、丁度その自然の迷路の中心に当たる部分に建てられていた。

宝石商だった祖父の光太郎が、昭和四年、初孫の蒼司《そうじ》が生れたのを喜んで、半ば隠居所を兼ねて建てた家だが、これという趣味も奇癖も持たなかったせいか、久生の期待したような尖塔も櫓楼《ろろう》もある筈はなく、間取りなどもごくありふれた平凡な建物だった。もっとも、空襲にも会わず焼け残った今になってみると、これでも大邸宅の内に入るだろうし、それに、五百坪ほどの庭には、ところかまわず楢《なら》やぶなや櫟《くぬぎ》を植えこんでいるので、昼間でも陰気に薄暗いのが、外からみれば宏壮な感じを与えている。ことに洞爺丸事件のあとは、無人の邸《やしき》めいて静まり返っているが、蒼司たちは、この死者が遺していった、冷え冷えと陰鬱《いんうつ》な空気の中で、地味な生活を続けているのであった。

〝アラビク〟での相談がまとまった翌日、光田亜利夫《みつだありお》が、いくぶんうしろめたい思いをしながら氷沼家を訪ねたのは、もう夜に入ってからで、十六夜の月が凄まじいまでに照りつけていた。ようやく探し当てた門の前に立って一息つくと、暗い庭木立の上をしきりに雲が走って、切れ目から鋼《はがね》いろの月が陰気に覗いている。庭に入りこんでも、まるで人気《ひとけ》がなく、奥まった洋館の屋根やガラス戸は月光を浴びて冷たく輝いたまま、氷沼家の建物全部が、青い鱗光を放つ生物のように鎮まっていた。

話のはずみで訪ねることになったものの、どうにも気が重くてやりきれない。日本橋本石町《ほんごくちょう》の貿易商社に勤めて、朝夕のラッシュ・アワーにもめげずスポーツ新聞を耽《たん》読《どく》し、昼休みはチョッキの胸をはだけて室町界隈を回避するサラリーマン生活に、しだいに同化しかけている亜利夫にとっては、これも幾分かの退屈しのぎには違いないが、不幸のあった家にようすを探りに行くというのが、そもそもあまり嬉しいことではない。それに、どんなきっかけで、藍ちゃんと知り合った理由を見破られぬでもないと思ったのだが、玄関に出迎えた蒼司は、初めからそんなことは気にもとめていないらしく、ただ無性《むしょう》に喜んでこの旧友を請《しょう》じ入れた。

肌に染みるほどな薩摩絣《さつまがすり》の胸もとから、清潔な白シャツがのぞいている、明治の書生っぽめいた姿も、澄んだ湖を思わせる奥深い瞳の印象も、六年前とほとんど変らない。大変な父思いだっただけに、洞爺丸のあとはショックもひどく、多くの遺族がしたように夜の砂浜に坐りこみ、暗い海に向っていつまでも動かなかったというし、その後も一と月ほどは、自殺するかと案じられるほどに沈みこんでいたそうだが、やっと諦めもついたのであろう、雪花石膏《アラバスター》の中に灯を点《とも》すという形容をそのまま、頰には僅かな紅味もさしている。

つい先ごろまで大学院に籍をおいて、専攻は応用数学——正式の名称は工学部応用物理科数理工学コースという科で、フローセオリーの矛盾を追求していた、などという話をきくと、昨年の春から勤め人生活に入った亜利夫とは、およそ違う星の住人のままで終るはずで、機縁というものを思わぬわけにはゆかなかった。中学が同じといっても、そのころは戦争中の通年動員という時代だから、一年下にそんな生徒がいたかどうかも記憶にはないが、戦後の旧制高校、それも校舎が焼けたため駒場の一高と同居させられたり、三鷹に仮校舎をあてがわれたりというT——高校で、はじめて顔を見知った時の、甘美な誘いにも似た思いだけは忘れられない。食糧事情の悪化から、休校もしばしばという時期だったけれど、亜利夫はいつも、この催眠術師のようにどこか神秘的な顔を、遠くから見守るようにして過してきたのだった。……

感傷が先に立ったせいか、第一日目の氷沼家探訪は、はなはだなまぬるいものになった。久生のほうは、まだ起ると決まったわけでもない殺人事件に大きな望みをかけているらしく、翌日の日曜、早速電話で呼び出してきて、西荻窪《にしおぎくぼ》の南口に近い、壁画《へきが》荘《そう》という自分のアパートで待ち構えていたが、報告することなど何もない。

「とにかく、ゆうべの月は凄かったよ。屋根が蛇の鱗《うろこ》みたいに青く輝いて、まるで墓場へでも行ったようなんだ。……あのへんは奈々もよく知ってるだろうけど、古い住宅地で、いい加減くたびれた家が並んでる。氷沼家はちょうどその真中にあって、さしずめ没落華族の旧家といった趣きさ。広い庭の周りに、風雨に晒《さら》されて苔むした塀をめぐらして……」

「ちょっと、それは詩なの？　せっかくだけど、詩ならまたにしてちょうだい」

セミダブルのディヴァンにもたれこみ、天井に莨の煙を吐きあげながら、薄目になって聞いていた久生は、待ちかまえたようにホームズの口真似で、つけつけといった。

「つまり、高い塀があるってことでしょう」

「そうなんだ。なにしろ迷路みたいな処で、判らなくて閉口しちゃった。やっと門のわきに、電話の番号札が光っていたもんで、確かこんな番号だったと……」

「あのねえ、アリョーシャ」

いたわるような、優しい声を出すと、

「ようすを探るというのは、冷静に観察してきて欲しいということなの。屑みたいな話をしゃべってもらってもしようがないわ。まあどうかしら、月が青く輝いていたのを眺めてきただけだなんて。肝心のことはどうしたのよ。むろん、アイヌに脅やかされてる気配なんて、まるでなかったでしょう？」

「それは、まあね。いきなりそんな話も出来やしなかったし」

「話をするまでもないわ」

久生は、ひとりでのみこんだように、

「ワトスン役のあなたには、ぜひ覚えておいてもらいたいことだけど、殺人事件でね、最初に蛇神の呪いなんてことが出てきたら、それは必ず反対に、どこか身近なところに犯人がいて、合理的な方法の殺人を企んでいる証拠なの。ですから……」

「まだワトスン役を引受けるなんて、承知してないぜ」

亜利夫は苦笑いしながら、

「それにね、君が期待してるような殺人が、必ず起るときまったわけでもないだろう。事件もないのに探偵だけがしゃしゃり出るなんて話、きいたこともないよ」

「殺人を期待してるなんて、いってないわ」

莨を灰皿にねじりつけて体を起すと、

「あたしの考えてるのは、こういうことよ。そりゃ昔の小説の名探偵ならね、犯人が好きなだけ殺人をしてしまってから、やおら神の如き名推理を働かすのが常道でしょうけれど、それはもう二十年も前のモードよ。あたしぐらいに良心的な探偵は、とても殺人まで待ってられないの。事件の起る前に関係者の状況と心理とをきき集めて、放っておけばこれこれの殺人が行われる筈だったという、未来の犯人と被害者と、その方法と動機まで詳しく指摘しちゃおうという試み……。〝白の女王〟のいいぐさじゃないけど、それで犯人が罪を犯さないならなおのこと結構だろうじゃありませんか。むつかしい仕事ですけど、氷沼家をとっこに、それをやってみせようというわけ。登場人物は少ないんだから、何とか出来る筈よ。さあ、見てきただけのことを話してちょうだい」

7　未来の犯人

「そんな話ってあるかなあ」

勝手な気焔《きえん》をあげられて、口の中で小さくぼやきながらも亜利夫は、

「まあ、あの家で誰が怪しいっていえば、まず橙二郎《とうじろう》っていう叔父さんだな。漢方医で、大森のへんに開業していたのが、洞爺丸のあと急に病院が火事になって……漏電ということだけど、とにかく一時、身を寄せるという形で同居してるんだ。それがまるで、目的があって乗りこんできたみたいだから、紅司君なんかすごくきらってるらしいね。……それにさ、漢方医だなんていうから、髭でも生やして、羽織袴で人蔘《にんじん》か何か煎じてるのかと思ったら、ちゃんと医大を出た紳士なのさ。もっとも小柄《こがら》で、魔法使の妖婆みたいな感じだし、へんな星占いに夢中でね、誰と誰との星がぶつかって今月の何日にはどうなるなんてことばかりいってるんだ。もう五十近いっていうのに……」

「だって、奥さんはひどくお若い筈よ」

「ああ、何でも三度目でね、まだ籍も入っていないというけど、看護婦あがりのブスケだって紅司君がくさしてた。それが、きょうあすに赤ちゃんが生まれるって騒ぎで、予定日はとうに過ぎてるし、長いこと板橋の産院に入っている。橙二郎氏もこのごろはほとんどそっちに詰めきりなんだけど、ゆうべは珍しく帰って、早速ぼくの星も占ってくれたよ。……それから紅司君だけど、猟奇趣味はあるかも知れないけど、気味が悪いってところはない。早稲田の英文の学生で、話好きな青年さ。あとは吟作《ぎんさく》っていう、大正時代からいる爺やで、お不動様に凝《こ》ってるそうだから、変り者は変り者だけど、ねえ、ほかには蒼司君と藍ちゃんしかいないんだよ。このうち誰が人を傭《やと》ってアイヌの扮装をさせたり、奈々のいうような殺人を企《たくら》むと思う？」

そういわれても、久生はひるむけしきもない。

「だって、それだけが氷沼家の関係者全部ってわけじゃないでしょう。ふだんよく出入りしている人間なんか、いないの？」

「それも聞いといたけど、洞爺丸のあとは、財産目当てみたいな遠い姻戚まで押しかけて大変だったたって。それが、あそこはほんとに血の続いた親身な親戚がないんだね。何にも残っていないと判ると、キレイに皆いなくなって、いまは八田《はった》皓吉《こうきち》っていう、家屋ブローカーしてる男が、番頭代りに何でもやってくれてるだけ……。しょっちゅう来てるそうだけど、ゆうべは会えなかったんだ」

「じゃ、紅司さんがつき合ってるっていう、与太者とかは？」

「そこまではきき出せなかったよ。〝アラビク〟とは違うんだからね、めったなことまで喋れやしないじゃないか」

「駄目ねえ、アリョーシャったら。せっかくあたしの代理で行きながら、肝心なことは全部見落してきたようね」

久生はまたホームズのせりふになって、土耳古青《トルコ》のビロードの部屋着をまさぐると、釦《ボタン》のうえに何やら書きつけていたが、

「まあいいわ。じゃ今度は殺人の現場よ。間取りとか部屋の構造とかは正確に見てきたでしょうね。氷沼家のどこで殺人が行われるかを、ここに寝ころがったまま当てようというんですもの、それだけはちゃんと伺っておかなくちゃ。……どう？　この伝でいくと、いよいよ犯人はあの〝王様の使者〟みたいに、今のうちから牢屋へ入ってなくちゃならないわね」

「間取りなら正確にとってきたよ」

しゃれの通じない亜利夫は、得意そうに、藍ちゃんに頼んで写してもらった氷沼家の見取図を取り出した。

せいぜい、郊外の文化住宅、と藍ちゃんはいっていたが、それほどお粗末ではないにしても、昭和の初めごろから流行した規格形で、西向きに内玄関と表玄関が並び、西南の角に十畳ほどの応接間がどっしり構えている。そこから南に面して六尺の幅広い廊下が、八畳の客間と、掘ごたつのある六畳の居間とをつなぎ、東南の角が六畳のサン・ルーム、東に向いて八畳の食堂が板の間で続き、北東の角が出窓のついた台所になっている。北側は、それから順に、物置、裏木戸へ出られる土間、四畳半ほどの

タイル張りの浴室、三畳の脱衣室、トイレ、納戸となって西北隅に爺やの部屋がおかれていた。

内玄関から一歩裏廊下に踏みこんだ、すぐ左手の棚に電話があり、右は階段になっているが、二階の書斎や書庫はすこし入り組んでいるので、図面のまま掲げておくことにしよう。

「なんだか、まるっきり当り前なうちね」

久生は一つ一つの部屋を指で押えながら、期待外れな声を出した。

「まあそうだけど、幾分変ってるのは部屋の装飾でね、二階のめいめいの部屋を、みんなが自分の名前に因《ちな》んだ色で統一してあるんだ」

手許《てもと》を覗きこむようにしながら、

「大体、蒼司とか藍司とかいう名前は、誕生石の色からつけたんだね。最初は、お祖父さんの光太郎氏が、二月に生まれた長男を、その誕生石の紫水晶にあやかって紫司郎としたことから始まったことだけど、蒼司君が四月十八日生まれで、誕生石はブルーホワイトのダイヤ、紅司君が七月十二日で、鳩血《ピジョン・ブラッド》色のルビーってわけだよ。ところが橙二郎って叔父さんだけは、いまこの二階の書斎を占領してるんだけども、本当なら八月生まれで誕生石はサードニクスだから、そんな瑪瑙《めのう》いろで飾りそうなものな

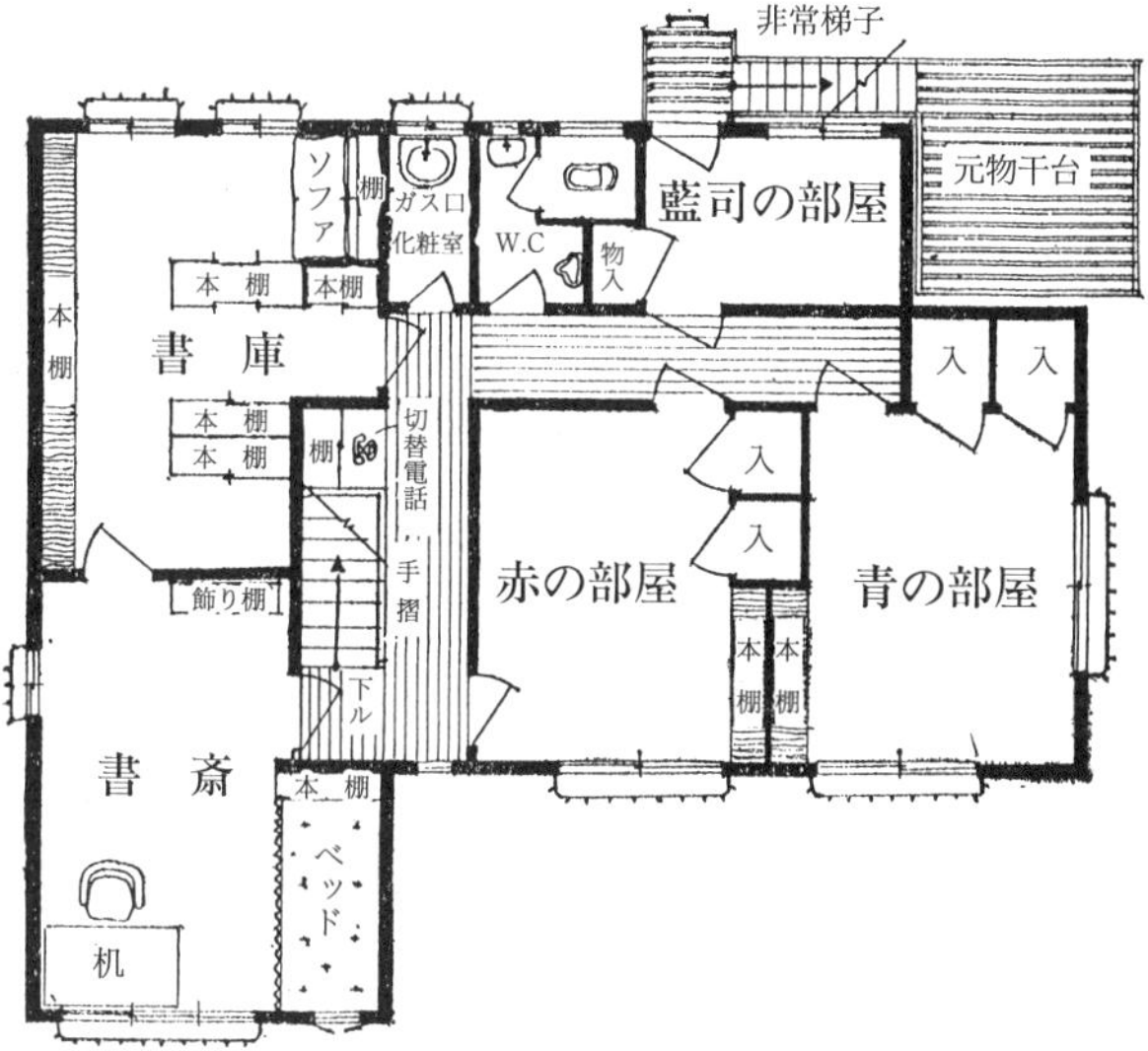

のに、今度生まれる子供の名前を、先に緑司《りょくじ》って決めていてさ、書斎までやたらに緑系統の色で飾り立てているんだ。そりゃ十二月はトルコ石で、中には緑色のまだらが出てるのもあるそうだから、名前は緑司でもいいようなものだけど、だって男の子が生まれると決まったわけでもないだろうに……」

聞いていた久生は、ふいに奇妙な笑いを洩らしたが、すぐまたさりげないように、

「リョクジだなんて、まるで稗史《はいし》小説にでも出てきそうなお名前ね。あんまり趣味のいい方じゃな

いらしいわ、橙二郎さんも」

そういって唇をゆがめた。

「ですけど、そう伺うと、この二階だけはいっぺん覗いてみたいようね。それじゃ紅司さんとこが〝赤の部屋〟ってわけ？　よくまあ、平気で住んでいられるわね。おおいやだ、あたしなんか、道ばたにまるいポストが赤く塗られて立っているだけでもぞっとしちゃう。あのベタベタした赤塗りのお地蔵さんみたいなそばを通ると、いつでもうしろから車を突っかけられそうな気がして、いやでしようがないの」

「紅司君の部屋だけは、絶対に誰にも見せないんだって、入れてくれなかったけどね、まさか、ただ真赤ってわけでもないだろう。蒼司君や藍ちゃんの部屋でも、違った青をうまく使って調和がとれてるし、書庫は紫司郎氏の使っていたままだそうだけど、ソファや窓掛にいろんな調子の紫を配合して、よく出来ていたよ。書斎にも、ヴェルサイユ宮殿の写しだとかって、紫水晶のシャンデリアが吊してあるし。……他に変ったところといえば、二階へあがる階段が古くなったせいか、オルガンみたいな低い音《ね》いろで鳴るってぐらいかな。とにかくぼくの見たことと聞いたことはこれで全部さ。さあ、今度は奈々の出番だぜ。これだけの資料で、未来の『ザ・ヒヌマ・マーダー』の犯人も犯行現場も、ちゃんと指摘出来るかい」

「ええ、出来てよ。やさしすぎるくらい」

久生は、こともなげに答えた。

8　被害者のリスト

「さっきもいったけど、あなたはただ氷沼家を見てきただけで、観察ということをしていない。あたしはここに寝ころがっていても、心の眼で全部を見通しているのよ。……たとえばね、なぜ橙二郎氏が、生まれる前から子供を緑司と名づけて待ち構えているかといえば、アリョーシャ、自分でもいってたでしょう、氷沼家の名前は誕生石に因《ちな》んでつけられているって。その逆を狙っているんだわ。つまり、ある人間が七月に生まれれば、ルビーをもらって紅司と名づけられる。九月ならばサファイヤがもらえて藍司と名前がつくって不文律《ふぶんりつ》があるものなら、それを逆に、先に名前を緑司と決めておいて、トルコ石なんかじゃない、緑系統の宝石《いし》の中で最も高価なもの――ひょっとすると蒼司さんのダイアモンドよりもいいかも知れないエメラルドが、まだ誰にも渡っていないのを幸い、それを取りこもうと考えているのよ。むろん五月生まれの人がもらう筈のものを、横あいからひったくろうというんですから、橙二郎って方の人格の程度も想像がつくわね。奥さんが三度めだというのも、きっとお子さんが出来ないんですぐ別れたからに決まっているわ。……ただの想像じゃない、先例のあることですけれど、もう一つ当ててみましょうか。確か爺やさんは、吟作とかいったわね。お祖父さんの代からいる人なら、きっと橙二郎さんとひどくソリが合わなくて、ツンケンしているんじゃなくって？」

「うん、そうなんだ。蒼司君がそういってこぼしてたよ」

亜利夫も少し不思議そうな顔で、

「どうしてそんなことが判るんだい」

「かんたんなことよ。お祖父さんの光太郎氏は、当然、初孫の蒼司さんばっかり可愛がったに違いないもの。そのころからお守りをしているなら、爺やさんのほうは下の弟の紅司さんを大事にして、親身に育ててきたに決まっている。その紅司さんが、さっきから伺っていると、ひどく橙二郎さんとは仲が悪そうですもの、一緒になって楯ついて、紅司さんのためならという気になるのは、これは当然なことよ。……ね、これで、氷沼家に伝わるエメラルドをめぐって、肉親の間に激しい憎悪と対立があるという、犯罪図式が一つ出来たでしょう。こうやって組立ててゆけば、ザ・ヒヌマ・マーダーの核心に近づくのはわけもないけど、本当をいうとこんな対立なんて、アイヌの蛇神と同じことで、ほんの表面的な葛藤《かっとう》なの。事件の本質は、こうした見せかけの殻を幾重にもかぶって、その底でどす黒くとぐろを巻いているに違いないのよ。ですからね、いまここで判っているだけのことを喋って差上げてもいいけど、それにはまだちょっと、被害者のリストが足りないわ」

「何のリストだって？」

「あのね、こういうことなの。いま氷沼家に生き残っている人間の中には、被害者はいても加害者はない。……氷沼家八十年の歴史を詳しく調べあげれば、間違いなくいえることですけど、ザ・ヒヌマ・マーダーで一番変っているのは犯人がもうとうに死んだ人の中にいるという点よ。いま生きている人は、全部被害者に予定されているにすぎない。死人側の誰が、どんな方法で、生存者側の誰を死者の群れに引きずりこむか、そこが問題のポイントですけれど、それを明らかにするためにはまだ被害者側のリストが出揃わない。八田皓吉という男のことも判ってないし、紅司さんとつき合っている与太者も、まだはっきりしない。そこを御苦労だけど、もう少し調べてきて欲しいのよ」

「それが牟礼田さんのいっていた、死人の業《ごう》がどうとかってことなんだね」

亜利夫はそろそろ渋い顔になって、

「牟礼田って人も、何を考えてるか知らないけど、ずいぶんファンタスチックだね。……お似合いの夫婦で結構だな。……ぼく、蒼司君にちょっといってみたんだ。牟礼田俊夫と親しいのかって。そしたらびっくりして、どうして牟礼田を知っているんだってあまり不思議がるから、奈々のことも少し話してやった。頭がいいって評判だけど、パリで何をしてるって？」

「ラジオと新聞の仕事よ。欧州総局のお手伝い……。それはどうでもいいけど、アリョーシャ、あなた氷沼家で歓待《かんたい》されて？　いえね、ゆうべ一晩だけの話じゃ心細いから、もし度々行っても大丈夫なようだったら……」

「それは大丈夫さ」

亜利夫はひどく自信ありげに受け合った。

「蒼司君も相談相手がなくて、それこそ泣きたいくらいだったらしい。毎日でもいいから来て欲しいって、真剣な顔でいってたもの」

「助かるわ。それじゃぜひ、八田皓吉ってのと、それからその与太者のことをきき出してくれない？　アリョーシャが生きてる人間のことを調べてくれてる間に、こっちは死んだ人間のほうを調べあげちゃうから。そのあとで何もかもお話するわ。実をいうとね、死人の側でまだ一人、広島の原爆で死んだ朱実《あけみ》さんて方がよく判ってないのよ。ですけど、アリョーシャも、もう察したでしょう？　〝アラビク〟では惚《とぼ》けておいたけれど、あたしが氷沼家に関心を持ちはじめたのは、昨日や今日じゃない、あたしの才能を示す絶好の機会ですもの、この一と月ぐらいってものは、大げさにいえば寝ても覚めてもというくらい……。頼むわね、あなたがいてくれるだけで、とっても仕事に張りが出るんですもの」

「ああ何でも報告して差上げるよ。ぼくも観念して、ワトスン並みに詳細な記録をとることにするから」

亜利夫は苦笑して答えたが、それでも約束どおり、四、五日経つと、まず八田皓吉なる男の風体を、喋り方まで真似てしらせに来た。

革ジャンパーを着こんで、四十がらみの、弾むほどに肥ったこの男は、祖父の死ぬ前後にもまだ学生服姿で時折顔を見せていた古い馴染みだというが、今年になってからまたひょっこり現われて、紫司郎が新しく店を興す決心をして北海道へ渡ったのも、だいぶ彼の後押しがあってのことらしい。大阪弁で、万事に如才ない取廻しをするし、女房に先立たれて再婚もしない独り身の気易さから、洞爺丸以後、世慣れない遺族の面倒を見て、東京地区の遺族懇談会などにも進んで代理をつとめなどするうち、いつか氷沼家の番頭格におさまった男だが、その結びつきには、何か納得のいかない、曖昧なところがあった。

その夜、亜利夫が、いつものように茶の間の掘ごたつに通された時は、ちょうど橙二郎に期待どおり〝緑司〟とあらかじめ名づけられた男の子が生まれた——といっても、大変な難産で、麻酔もかけられぬまま帝王切開をするという騒ぎのあげくだが、八田皓吉はそれを見舞った報告に来て、いま帰るというところであった。蒼司から紹介されると、すぐ太い猪首《いくび》をかしげ、「光田、光田」と、何やら覚えがあるように口の中で繰返して、すこぶるいんぎんに亜利夫の父の商売を尋ね、小舟町《こふなちよう》で染料屋を営んでいるときくが早いか、

「光田商会やおまへんか」

と、大げさに手をうった。

「いえもう存じあげとりますとも。あの、お宅はやっぱり目黒の不動前で、へえええそうでっか。いえ実は私もいまは不動産の売買しとりますけど、いっとき染料のほうもナニしまして、小舟町のお店《たな》にはちょこちょこお邪魔さしてもろとりましたもんで。何ともこれは、へえ、さいでございますか」

いそがしく喋りながら改めて膝を折ると、

「いまでもヘマチンだけは多少扱ことりますが、どうぞよろしゅう、八田と申しま

す。家をちょいと直しましたところで、何やもう片づいとりまへんけど、どうぞひとつ、おあすびに……」

丸まっこい体を屈めて丁寧な挨拶をした。そそくさと彼が帰ったあと、亜利夫が笑いながら、

「よくああいう人がいるね。名刺もよこさないで遊びにこいなんて……」

というと蒼司は、

「いつでもああなんです。だってあの人の不動産売買というのは、外国じゃ皆その式だっていうけど、売家に自分が住みこんでいろいろ改築してから買主に引渡すというやり方なんですよ。かたつむりのように、売物の家と一緒に引越して廻ってるわけですね。だけど、いま住んでるところの名刺、どこかにあったな」

そういって探し出してくれた。

八田商事代表取締役　八田皓吉
本社　千代田区九段上二ノ六
電話　九段（33局）二四六二

もったいらしい肩書のその名刺を持ち帰って、亜利夫が父にきいてみると、昔——といっても戦後だが、そのころから体ひとつのブローカーで、六年前までの染料の統制時代、ローダミンの大がかりな闇で面白いほど儲けたなり足を洗ったらしく、近ごろはさっぱり姿も見かけないという話だった。

「革ジャンパーを着て、猪首で、丸っこく肥っているのね」

久生はいちいち念を押すようにしてから、初めて賞《ほ》めてくれた。

「アリョーシャ、大阪弁の真似がうまいじゃないの。いつもその調子で願いたいものね。……さて、と。これでもう、紅司さんがつき合ってるという与太者の正体さえ摑めれば、被害者側のリストは揃うってわけかしら。あたしのほうの調べもだいぶ進んだから、もうそろそろ、誰がどんなふうに殺されるのか、お話してもいいんですけど、どうせなら、ふつうの殺人事件と筋立《すじだ》てを全部逆にしちまわない？　ほら、何かひとつ事件が終るたびにホームズが、さあ服を着替えてアルバート・ホールへでも行こう、今ならまだ第二幕に間に合うよ、なあんていうでしょう。それをひっくり返して、事件より先に、目ぼしい音楽会もないようですから、あたし一人で旅行してきたいの。何でもない、ただの骨休めよ。だってこのごろったら地球が暖かくなったせいか、東京にいると、クリスマスに雪の降るなんてこと、まるでないでしょう。たまにはあたしも詩人になって、雪の中にオレンジ色の灯が点るイブを迎えてみたいわ。一週間か十日ほど留守にしますから、その間に紅司さんと与太者との関係ってのをきき出しておいてちょうだい。紅司さんはだいぶ猟奇趣味がおありのようだから、そこを突ついてみたら何とかなるんじゃなくて？　それじゃ、頼んだわよ」

勝手なことをいい置いて、久生は本当に東京を離れたようすであったが、彼女の空想の中でしだいに組立てられてゆくザ・ヒヌマ・マーダーに、どれだけ本気で打込んでいいものか、考え出すとこの新米のワトスンは、ひどく頼りない気持になるのだった。

9　井戸の底で

「今夜も寒いですね。煮葡萄酒《ヴァン・キュイ》でも一杯やりませんか」

煉瓦《れんが》いろのジャケツを無造作に着こみ、両手をずぼんのかくしに突込んで、紅司はふらりと茶の間に顔をのぞかせたが、亜利夫の来ているのに気づくと、そんな大人びたお愛想をいいながら、自分も掘ごたつに入りこんできた。もっとも、こたつの上の置テーブルには、紅茶が運ばれているだけで、葡萄酒の出る気配はなかった。

数学専攻の蒼司とは正反対に、『詩世紀』という早稲田派の雑誌に拠《よ》って、日夏耿之介《ひなつこうのすけ》ばりのスタイルで詩を書いている文学青年だが、年子《としご》の兄弟だけに、こうして並べてみると、背恰好《せいかっこう》や体つきは驚くほど蒼司に似ている。ただ、兄が湖の性《しょう》とすれば、弟は火山の性であろう。長く心臓を患っているとかで、顔いろはへんに白っぽいが、どういう加減か唇だけは妙に赤く、眉も眼もいっそうくろぐろとして、それなり気性も激しいらしい。

亜利夫がこの家に出入りし始めてから、もう十日近くなるのだが、この紅司については、心臓の故障とか耳が悪いとか、或いは橙二郎との仲が険悪だとかいう程度の知識は得たものの、肝心の与太者の話は、いっこうに匂ってこない。それに本人にも、あの〝アラビク〟で見かけるお仲間たちのような奇妙な柔らかさはみじんもなく、ただ癇症《かんしょう》というのか、自分の下着類は爺やにも触れさせず、さっさと洗濯機で洗ってしまうなどという話をきくと、やはりその気《け》があるのかしらんと思わせる程度であった。

何にしても、もうそろそろ久生も帰京することだろうし、今夜あたり与太者の件は探り出しておきたいところだが、掘ごたつには蒼司もいるし、藍ちゃんも受験の参考書を持ちこんで、半分居眠りをしながら傍に控えているので、いきなりそんな話を持ち出すわけにもいかない。久生のいっていたように、猟奇趣味とやらを突ついてみたら、何か反応があるかも知れぬと思いついて、亜利夫は、紅司の額にうるさく垂れかかる漆黒の髪を見やりながら、それとなく水を向けてみた。

「アレですね、ここの二階の部屋ってのは、だいぶ変ってるけど、確かポウの小説にもそんなのがあったんじゃないですか」

「ええ、『赤き死の仮面』ね」

紅司は、すぐ話にのってきた。

「べつに、意識してあれを真似たわけじゃない、皆の名前から何となくそうなっちまったんですが……。それに、あの小説に出てくるのは、東側から、青・紫・緑・橙《だいだい》・白・菫《すみれ》・黒の順で、それを〝赤き死〟が走りぬけてゆくんでしょう。うちとはどこが違ったっけな。叔父貴の奴が変なことをするから判らなくなっちまう」

青の部屋はうちでもやはり東向きだ、などと指を折りながら、

「いまも書庫は紫のままですが、前は書斎もパパの名前どおり、紫の典雅な部屋だったんです。それを、あの橙二郎って叔父がのりこんで、兄貴が甘いのをいいことに、すっかり緑いろに模様替えしちゃったでしょう。だからあそこを二人一緒に、緑と橙色の部屋に数えて、藍ちゃんの部屋を菫色だとすると、結局うちには『赤き死の仮

面』の白と黒の部屋が見当らない、と、こういうわけですね」

「だけど、紅兄さんの赤の部屋なんて、ポウには出てこないよ」

参考書をひろげて、眠そうな小声で読みあげていた藍ちゃんが、本から眼を離さぬまま口を挟んだ。

「だから、紅兄さんの部屋を白の部屋に模様替えしちゃえば、丁度いいんだ」

「それにしたって肝心な黒の部屋がないさ」

子供っぽいことをいっているうち、だんだん嬉しくなってきたらしい。それも、亜利夫を同好の士だと思いこんだようすで、

「光田さんもなかなか探偵小説はお好きなようですね」

「ええ、まあ」

あいまいな返事も気にとめずに、

「なんといっても探偵小説は、ポウが最高ですよね。代表作を選べっていわれたら、やはり『赤き死』だな。それから『アッシャア家の崩壊』……。こないだ、近代美術館のフィルム・ライブラリーで、ジャン・エプスタンの『アッシャア家の末裔《まつえい》』やったけど、御覧になりましたか」

「お前、床屋に行かなくちゃ」

それまで黙っていた蒼司が、すぐ垂れかかってくる弟の前髪をじろじろ眺めながら、だしぬけにいった。

「うるさいな。人のことは放っといてもらいたいね」

紅司はふりむきもしないで、映画の話を続けかけたが、蒼司は水をさすように、

「話といったって、紅ちゃんのいうことは決まってるんだ。『赤き死の仮面』と『アッシャア家』と、それから『大鴉《おおがらす》』が、ポウの三大傑作だといいたいんだろう？　いつ聞いても同じことばかり繰り返して、まるであの大鴉そっくりだ」

「何がそっくりなんだい」

紅司は口を尖らせたが、その時また藍ちゃんが、寝呆けたようにいい出した。

「大鴉とそっくりなんじゃないよ。紅兄さんは、あの『大鴉』に出てくる学生とそっくりなんだ。〝ひとみなの夢せぬ夢を夢みつつ〟さ。そうでしょう、光田さん」

「え？」とはいったものの、その時はあいにく『大鴉』が、ポウの詩の代表作だということも忘れていたので、何が何にそっくりなのか、さっぱり判らない。それに、この調子では、今夜も与太者とやらのことは聞き出せそうもないので、諦めて腰を浮かせた。

「もう何時でしょう。……いけねえ、十時半すぎてるのか」

蒼司のつき出していた腕の時計が眼にとまって、慌てて立ちあがろうとするのを、藍ちゃんがとめた。

「蒼兄さんの時計は、いつも十時三十九分でとめてあるんだよ。まだいいじゃないか」

「そうなんです。もう少しいて下さいよ」

蒼司は急いで時計を隠すようにしながら、人なつっこい眼になっていった。紅司も自分の腕時計をつき出して、

「ほんとうの時間は、ね」

といいながら、首を捩《ね》じ曲げるようにして反対側から覗いている。なんのためか、逆の向きにはめているらしいそれを心配そうな顔で外すと、耳に当てて振った。

「おれのもとまったらしいや、六時だなんて」

「蒼司君の時計、わざととめてあるの?」

亜利夫がけげんな顔で尋ねると、蒼司はきまり悪そうに答えた。

「ええ、動かないもんだから。……でも、この家に住んでると、時間なんかいらないんですよ。古井戸の底にいるようなもので、何にも動きやしない。ここでは時間は過ぎてゆくんじゃなくって、降りつもるだけなんです」

「十時三十九分てのは洞爺丸の沈んだ時間ですよ」

ふいに紅司が、亜利夫の耳もとに口を寄せて囁いた。驚く間もなく、わざとらしい大声になって、

「それよか光田さんにね、〝新しい時間〟ていうの、教えてあげましょうか」

紅司は、兄の気持などまるで関心のない表情で、いったん紅茶茶碗の受皿においた腕時計をまたとりあげると、さっきのように文字盤を逆の向きにして腕にはめながら、

「こうやって、一日じゅう、わざと時計を逆《さか》しまにはめておくんです。見るたんびにオヤと思ってね、勝手に過ぎちまう時間という奴を邪魔するみたいだし、そんな簡単なことで何かこう、異次元のワンダランドにでも入ってゆけそうな気がして面白いですよ。やってごらんなさい」

この、とりとめもない、どこか調子の外れた会話を、ずっとあと——桜の咲くころになって亜利夫はしみじみと思い返したのだが、その時は帰りそびれて閉口したなり、仕方なく先刻の、大鴉と学生が似ているとかいないとかいう話を思い出して訊《たず》ねた。

「何でしたっけ、ポウの『大鴉』っていうのは？」

「日夏さんに名訳があるでしょう、〝むかし荒涼の夜半なりけり〟って……」

紅司がすぐ引きとっていった。

「ある嵐の晩に、ひとりの学生が、死んだ恋人のことを考えてまどろんでいるという、有名な詩ですよ。〝黄奶《こうねい》のおろねぶりしつ交睫《まどろ》めば〟ってわけですね。そこへ突然、大鴉がとびこんできて……」

「藍ちゃんはまた寝ちゃった。可哀そうに、よっぽど疲れているんだな」

蒼司はそんな話が嫌なのか、また腰を折るように呟いたが、紅司はそしらぬ顔をして続けた。

「……大鴉が突然とびこんでくる。そして、学生が何を訊ねても、〝またとなけめ〟って同じ言葉を繰り返すばかりなんで、学生もしまいには苛立って、〝黄泉《よみ》の国へと立還れ〟と絶叫するんですが、その不吉な凶鳥《まがとり》は、やっぱり部屋の神像の上にとまって身じろぎもしない。おしまいのところはね、こういうんです」

紅司は軽く眼をとじて、日夏耿之介の訳詩を暗誦してみせた。漆黒の睫毛が長い影を作り、唇が気味悪いほどに赤く輝いている。

その瞳こそ、げにや魔神の夢みたるにも似たるかな。

灯影は禽《そ》の姿を映り出で、床の上に黒影《かげ》投げつ。

…………

「ごぞんじでしょう、この詩」
「何だか聞いたことはあるようですね」
亜利夫は仕方なしにいった。
「こんなふうに続くんです」
耳が悪いせいもあるのだろう、紅司は、ひとりで得意そうに暗誦を続けた。

…………

さればこそ儂《わ》が心　かの床の上にただよへるかの黒影を得免れぬ便《よすが》だもあなあはれ

――またとなけめ

「またとなけめ……。この詩がぼくは大好きなんでね、大鴉の黒い影から、自分は決して逃れられぬてえところがいいですよね。それでね、ひとつ『凶鳥《まがとり》の黒影《かげ》』という、大長編探偵小説を書こうと思って……」

この時になって、やっと亜利夫にも推察出来たのだが、紅司の大鴉の話はすぐ自分の小説の自慢話に変るのが癖で、それももう皆、耳にタコが出来るほどなんべんもきかされて、いいかげん腹の立つものだったらしい。まず藍ちゃんが寝言めかして、

「またとなけめ、またとなけめ、またとなけめ……か」

参考書の上に顔を伏せたまま、茶化すようにいい続けるそばから、

「紅ちゃん、探偵小説の話なら、もうごめんだよ」

蒼司が奇妙な笑い方をしていった。

「いつもいうことは決まっているんだもの。四つの密室殺人があって、という筋だろう。凶鳥の黒影だの密室だのって、同じことばかりいうから、きいてるほうでくたびれちゃうよ。もうじき新潟から藤木田さんが出てくる筈だから、そしたらいくらでも二人でやり合ってくれ」

そういいすてると、ぷいと立ちあがって、れいのオルガンめいて鳴る階段を乱暴に踏んで二階へあがってしまった。

10　『凶鳥《まがとり》の黒影《かげ》』前編

藍ちゃんは狸寝入りをしたままだが、紅司はむしろけげんな顔で、

「なんだあいつ。それじゃ約束が違うじゃねえか」

紅い唇を舐《な》め回して、判らないことを呟くと、亜利夫の思惑なぞはおかまいなしに話を続けた。

「もっとも『凶鳥の黒影』といったって、まだ一行も書いちゃいない。トリックだけは自慢出来ますけどね、とにかく四つの密室で、四つの異様な殺人があるわけなんです。それを、シュニッツラアの『輪舞《りんぶ》』、御存知でしょう？　あれの式にね、殺人輪舞という趣向に仕立てたんですよ。……舞台はどこか赤土の丘の上の、遠くに海が見える精神病院で、院長というのは黒い髭を生やして、裏庭でせっせと新種の花を栽培している。そこに患者がＡＢＣＤと四人いるんですが、コンクリートの粗壁《あらかべ》と鉄格子のほか何もない鎖《とざ》された個室で、まずＡがＢに殺される。それからＢはＣに、ＣはＤにと順番に殺されて、最後に、残ったＤは、Ａが殺される前に作っておいたトリックに引っかかって死ぬという筋なんだけど、あとで定石どおり〝驚くべき真相〟という

どんでん返しがあるんです……」

探偵小説のマニアというのは、こんなことを喋っているだけで楽しいのだろうか、くったくなげな紅司の声をききながら、これで久生と嚙み合わせたら、どういう乱戦を演じるのだろう——それより久生にとってこの紅司は、『ザ・ヒヌマ・マーダー』の中の一登場人物にすぎないわけだが、仮りにこの先、紅司が『凶鳥の黒影』の構想を発展させて、その中に久生という女性をも登場させるようにしたら、これはどういう関係になるのかと、思わず亜利夫がにやにやすると、紅司はこいつ傾聴しているとでも思ったのであろう、

「それも、もう小説なんて形式じゃつまらない、歌舞伎仕立にしてみようと思うんです。通し狂言で、一番目は人形写しのでんでん物——時代風に怪奇な伝説でもあしらって、中幕はやたら引抜きの多い、早変りの所作。第三の密室は二番目狂言というわけで生世話《きぜわ》……ね、いままでの探偵小説って、時代はいつでも間に合うように出来てるけど、あんなの、おかしいと思うんですよ。だって、このごろみたいな世相じゃ、向う様のほうがよっぽど進んでますからね。といってただ、汚職だのストだのって現実らしきものを後から追っかけるんじゃなく、小説の日付と現実の日付とを一致させていって、ちょうどその第三の事件の起るべき日に実際起った事件を、何でもいいか

ら新聞記事そっくりにひねり入れて、しかも密室殺人に仕立てようというんです。大詰のどんでん返しは、もともと歌舞伎のお約束だし、そこはまた時代に帰ってお囃子《はやし》も賑やかに打出し……。こっちの題は、むろん『凶鳥の黒影』じゃない、その病院の院長——って、ポウの小説みたいに、むろん初めから気違いなんだけど、その院長が新種の花を育ててるでしょう、だから、〝花模様〟と、植物学の開祖の〝リンネ〟とをひっかけて、こんな外題《げだい》にしてみたんですが、どうでしょう」

藍ちゃんのノートと鉛筆を引きよせると、得意そうに次の七文字を書いてみせた。

花亦妖輪廻凶鳥《はなもえうりんねのまがとり》

ノートを破って、さあというふうに差出すのだが、亜利夫にはさしあたって挨拶のしようもない。「ははあ」といったきり、苦心の外題をぼんやり眺めていると、ようやく紅司も、こいつは話にならぬと気がついたらしく、手をのばして藍ちゃんの頬を軽くつねった。

「起きろよ、藍公」

乱暴な口調になって、

「眠ってばかりいねえで、話をしな」

いわれて藍ちゃんも、ゆっくりと顔をおこした。

「眠ってなんかいなかったよ。話はみんな聞いていたよ」

それから、何か硬《こわ》ばったような、さっき蒼司が見せたと同じ笑い方をしながら、

「だけどその小説、どうして田舎の精神病院だなんていうの？　はっきりうちの名前で書いたらいいじゃないか。紫司郎伯父さんは、実際にあれだけ新種の花を育てたんだし、いっそこうするといいや。昔むかし、目白の古い屋敷にある井戸の底に、三人のきょうだいが住んでおりました。名前はエルシー、レシー、ティリーじゃない、蒼司、紅司、黄司《おうじ》といって、フロー・セオリーや血液学やレモン・パイを食べて生きていましたって……」

そこまでいうと藍ちゃんは、いきなりノート類をひっさらって立上り、これも手早く襖《ふすま》をしめて出ていってしまった。

ぼんやり取残された亜利夫は、たしかに気違い病院なみのきょうの氷沼家に、すっかり呆れながら、もぞもぞと掘ごたつから出て帰り仕度を始めたが、ふっと今の藍ちゃんの言葉に気がついて訊ねた。

「どなたか、もうひとり御兄弟がおられたんですか、三人兄弟って？」

紅司も、何か急に気おちがしたように、ぼんやりと答えた。

「いいえ、誰もいませんよ。兄弟は兄貴とふたりっきりですから」

雪の中でクリスマス・イブを迎えたいなどと、魂胆のあるらしいことをいって出かけた久生が、東京に舞い戻ったのは、十二月二十六日、日曜の夜で、たちまち亜利夫の家に、陽気な電話がかかってきた。

「ハロー……、あたし。いま上野駅へ着いたところなの。みんな、変りはなくって？与太者のこと、何かきき出してくれたかしら」

亜利夫は電話口にしがみつくようにしながら、

「奈々？　奈々なんだね？　どこをいままでうろついてたんだよ、馬鹿」

「いきなり馬鹿ってことはないでしょう。変りはないかって訊いてるのよ。ホラ、あの与太者……」

「与太者のことは判ったよ、紅司君とどんな関係で、どんな性格だかも。それより、まごまごしてるから、ほんとに死んじゃったぜ」

「死んだって……」

おうむ返しにいったが、初めて言葉の意味に気づいたように、

「いま何ていった、もういっぺん……。誰が殺されたんですって？」

「殺されたんじゃない、死んだんだ」

亜利夫はじれったそうに繰り返した。

「とにかく大至急会いたいんだけど、渋谷か新宿のへんまで来てくれないか。ああ、いますぐにだよ」

「判ったわ、渋谷の〝泉《いずみ》〟にでも行っててちょうだい」

それから急に、しらじらとおちついた声が受話器の底に響いた。

「誰が殺されたか当ててみようか。……紅司さんでしょう。そうね？　そうでしょう？　どうして、ったって判るのよ。殺される人は、紅司さんのほかにいないの。だって二十年も前から決まっていたことですもの。ええ、むろん犯人の名前も知っていてよ」

第一章

11　第一の死者

――一九五四年十二月二十二日。水曜。

その夜、氷沼《ひぬま》家は、九月の洞爺丸《とうやまる》以来、ふたたび喪章に飾られた。

それも、久生《ひさお》がいい当てたとおり、第一の死者に選ばれたのは確かに紅司《こうじ》だが、「殺されたんじゃない、死んだんだ」と亜利夫がいい張るのも、理由のないことではなく、紅司の死は病死以外に考えられなかった。

その夜、風呂に入っていた紅司を、いくら呼び立てても返事をしないし、内側から鍵をかけたまま鎮まり返っているので、居合せた連中が戸のガラスを破って入りこんでみると、タイルの上にうつぶせて死んでいた。犯罪めいた匂いも若干はあったが、調べてみると風呂場はひどく厳重な密室で、何者かが忍びこむことはまったく不可能なうえに、死体は毒物や外傷による変死ではなく、主治医の嶺田《みねた》博士の診断では、持病の心臓が急激に悪化したというほか、さしあたって死因が考えられない。それに、監察医を呼んで解剖というわけには、どうしてもゆきかねる特殊な事情があったので、多少の疑いは銘々が抱きながらも、久生の帰ってきた二十六日には、〝急性冠動脈障害による心臓衰弱〟という診断書で、もうすでに紅司は埋葬されたあとだったのである。

そこのところが、久生には何とも納得がいきかねたらしく、〝泉〟で一通りの話をききながらも、しきりに舌打ちしていたが、たまりかねたとみえて、口をはさんだ。

「死に方はどうだって、つまりは密室殺人《ロックド・マーダー》ともいえるわけね。解剖もしないでお葬式を出しちゃうなんて、あたしがその嶺田博士っての、訴えてやるわ」

「それが出来なかったんだよ。奈々も絶対に他殺だなんていいふらさないで欲しいんだ。実際、その場にいたら無理ないと思ったろうし、とにかく藤木田さんの意見では……」

「何よ、藤木田さんて。判らないことをいってないで、その晩のことを、順序立てて詳しく話してちょうだい」

手帳と鉛筆を取り出して、婦人記者のように身構えながら、

「その晩、氷沼家に居合せたのは誰々かしら。つまり、事件の目撃者ね。……その藤木田さんていうのは、何者なの？」

「うん、何でも昔から氷沼家のお目付け役みたいな人で、こんど新潟から出てきたんだ。その人と、あとはぼくに藍《あい》ちゃん、橙二郎《とうじろう》氏に爺やの五人だけ……」

「あら、蒼司《そうじ》さんは？」

「蒼司君は九段の、八田《はった》皓吉《こうきち》のうちに行ってたんだ。それも藤木田さんが来るんで、わざと留守にしたらしいけど」

本当は、夕方、亜利夫と新宿駅で待ち合せて、気晴らしに食事をしたあと映画でも見ようという約束をしていたのだが、双方のカン違いで会いそこね、夜になって目白を訪ねてみたが、まだ蒼司は帰っていない。ふと思いついて、八田皓吉の家に電話してみると、ちょうどそちらに廻ったところで、やはり彼も仕方なくひとりで、〝原子怪獣現わる〟などというアメリカ版ゴジラ映画を見ていたんですと笑ってから、声をひそめるようにして、こんなことをいった。

「いま、そこに藤木田さんて人が来てるでしょう。昔からうちの御意見番みたいな人ですけど、紅司と橙二郎叔父さんのゴタゴタを捌《さば》いて貰おうと思って、新潟からわざわざ呼んだんですよ。今晩は二人にみっちり意見をしてくれるっていうから、ぼくはかえっていないほうがいいと思って、ダシにして悪いけど光田さんと遊ぶつもりだったのに……。すみません。ぼくもちょっとこっちに相談事があるんで、じきに帰りますけれど、光田さん待ってて下さいますか。ぜひ聞いていただきたいこともあるし……」

そういわれて、また茶の間へ戻ったが、帰ろうかと思いながら、つい腰を据えたのは、ひとつには藤木田誠《ふじきだまこと》――きのう新潟から上京したばかりだという、銀髪の美しい老人を、すこし観察したい気持もあった。

年齢は六十をすぎているのだろうが、血色のいい、日本人ばなれのした押し出しの巨漢で、それに渋いツイードの着こなしからも、長い外国生活を送ってきた人という印象だったが、きいてみるとやはり祖父の光太郎と同業で、いつも一緒に世界各国を渡り歩いた間柄だという。このごろは引退して郷里の新潟に引込んでいるものの、昔から氷沼家にとってはうるさい存在で、血縁関係はないのだが、難しいことが持ちあがると、必ず出むいて取りまとめてくれるという、いわば家老格の人物だった。

橙二郎と紅司の仲がひどく険悪だとは、亜利夫も気がついていたことだが、その二人へのお説教ももう済んだところなのであろう、珍しく産院から帰ってきた橙二郎は、二階の書斎に引きこんだままで、爺やは家じゅうの戸締りをして廻っていたが、これもじきに玄関わきの自室に、音も立てず引籠った。茶の間の掘ごたつには、紅司と藍ちゃん、それから亜利夫と藤木田老人とが足を突込んで無駄話をしていたので、床屋へ行ったばかりの、若々しい顔つきになった紅司が、そのとき思い出したようにいいはじめた。

「ゆうべの夕刊に出てたけど、松沢病院で、患者が同室の患者を蹴殺したっていう話、ちょいといけるじゃないか。『凶鳥《まがとり》の黒影《かげ》』に使ってやろうかな」

「そんなことがあったろかの」

新潟弁でそういいかけてから、藤木田老はあわてて、威厳をつくろうような咳ばらいをした。老眼鏡をおしあげてじろりと紅司の顔を見ると、今度はアクセントを変えて、

「松沢病院も満員で、凶暴な発作を起す患者を個室に隔離することも出来んのじゃろう。ナニ、いまの日本と同じことよ。ただ日本人という奴は、元来、悪人の資格がないから、たわいはないが」

「また、オハコの〝日本人〟が始まった」

紅司はまぜかえすように呟いたが、老人は平気な顔で、

「いやいや、近ごろの新聞を読むと、ミイはつくづくこの国が情なくなるな。飲屋の喧嘩でカッとなって殺した。別れ話に逆上して殺した。思いつきの自動車強盗で殺した。どれもこれも、枯っ葉みたいにお粗末な殺人ばかりだて。誰でもいいが、西洋の探偵小説にあるような、ネチネチとたくらみぬいた不可能犯罪でもやって見せぬかな。ミイがたちどころに乗り出して、謎を解いて進ぜるが」

この老人もどうやら久生と同じに名探偵志望らしい。こう誰も彼もスリラーづくようでは、犯罪の方だって負けずに起らぬわけにもいかないだろうと、亜利夫が下を向いていると、

「探偵小説の不可能犯罪ったって、さ」

案じたとおり、藍ちゃんも一枚加わって、皮肉な口調でやり出した。

「このごろは何かっていうと、へんてつもない密室だもの。ねえ、〝密室の中の他殺〟ぐらい無意味なものはないのにさ、御丁寧に、機械仕掛でどこかの隙間から短刀が飛び出したなんて、馬鹿みたい。密室を使うんなら、必ず犯人がその部屋に出入りして殺すんでなきゃ、おもしろくもおかしくもないや」

うす笑ってきいていた紅司が、ふんといった顔で、急に立上って紙と鉛筆を持ってくると、何やら数式めいたものを書きはじめた。それを横目で見ながら藍ちゃんは、

「外から内側の鍵を締めるんでも、もう少し奇想天外な方法がありそうなもんだけど、相も変らずピンセットと紐のトリックに毛の生えたようなことばかりだものね。紅兄さんの『凶鳥の黒影』はどうだか知らないけど」

「まあ、これを見てくれよ」

紅司はいかにも得意そうに、書きあげた数式をその鼻先へつきつけた。

「数学の先生に頼んで作ってもらったんだが、こいつアちょっとしたもんだぜ。藍ちゃんだって眼を廻すこと疑いなしのトリックさ」

それは、後に亜利夫もとっくりと見定めたのだが、次のような訳の判らぬ平衡式《へいこうしき》だった。

$$P_A e\mu(\theta_A - \theta_B) = P_B$$

「よしとくれ、そんなもん。試験だけで沢山だア」

藍ちゃんが相手にしないでいると、

「ホホウ、何かが何かにイコールというわけだな」

当り前のことをいいながら、藤木田老は紙片を手にとって、ひねくり廻している。

「ごく簡単な密室トリックですけどね、めっぽうおもしろいんです」

紅司は舌舐《したな》めずりでもするように、

「この密室には死体が二つ要《い》るんですよ。それも、ホラ、殺人が発見された時って、発見者があわてて死体を抱き起したり、かかえおろしたりしちゃうでしょう？　そこを狙ったんで、発見者がちょっとでも死体を動かしたら最後、トリックの痕跡はあとかたもなく消滅するという仕掛でね……」

　また、ひとくさりスリラー談義が始まろうとした時、れいの階段を低く鳴らして、橙二郎の降りてくる気配がした。しかし、まっすぐこちらへは来ず、途中で階下のトイレへ入ったらしく、両側に動くドアが、ギコギコと小刻みに揺れながら、いつまでも鳴り続けている。紅司はなぜか、すぐ数式を書いた紙をひったくってポケットにしまいこむと、わざとらしい大声で、とってつけたように話題を変えた。

「光田さんは勝負ごとなんか、あんまりお好きじゃないでしょうね」

「ええ、まあ」

「残念だな。チェスなんかどうです？　ぜんぜん駄目ですか」

「チェスはほんの少し……。まあ麻雀《マージャン》ぐらいですね、どうにかっていうのは」

「ホホウ、それは頼もしい」

　突然に変った紅司の態度も気にならぬふうで、藤木田老は嬉しそうな声を出した。

「そうかね。ミイはまた麻雀であれカードであれ、勝負ごとなら何でもこいでな。いつぞやロスでやっためくら賭けの大勝負なぞは、いまだに西海岸《コースト》の話題……」

「そんなら麻雀しようよ、今から」

　遊び好きな藍ちゃんは、もともと今度の試験なぞ振った気でいるのだろうが、こた

つの中で亜利夫の足を蹴とばしておいて、

「いいでしょう、光田さんも今夜は泊ってきなよ」

そういったとき、またトイレのドアがギコギコ揺れ、滑るような足音が近づくと、
襖《ふすま》が静かにあいた。

「紅司君は、もう風呂に入ったのかね。オヤ藤木田さんもまだのようですな」

魔法使いの妖婆めいて、チョコナンと佇《たたず》みながら、橙二郎の小心で陰険そうな視線
が、金ぶち眼鏡の奥から、ひとわたり皆の顔を撫でた。

「お疲れでしょう。たまには風呂に入られてお休みになったら」

「ミイの風呂ぎらいは知っとるじゃろう」

藤木田老はそっぽを向いたまま、苦々しい声で、

「大体、日本人は水に恵まれておるせいか、むやみに風呂に入りたがるが……」

「あれ、もう十時すぎたんだな」

紅司は遮るようにいって、こたつをぬけ出しながら、亜利夫にも風呂をすすめた
が、返事もきかぬうちにすぐ、

「ぼくの部屋、きょうは特別にお眼にかけましょうか」

と、意味ありげにいい出した。

「チェス台もありますから、藤木田さんと一番いかがです。そうだ、お見せしたい本を出しときましょう」

気軽に二階へあがってゆくあとから、帰りそびれていた亜利夫も立ちあがって、もういちど蒼司に電話してみると、こちらで冬至《とうじ》の柚子湯《ゆずゆ》をたててくれたので入りかけたところだが、じきに帰るから、ぜひとも待っていてほしいという。

「九段で風呂に入るんだって、兄貴がそういうんですか？……兄貴もたまげるだろうな」

降りてきた紅司がその電話をききつけて、唇を歪めた、妙な笑い方をしてみせたが、その風呂のことは、このあいだ皓吉の話を耳にしてから、亜利夫にもちょっとひっかかっていた。

八田商事という看板で家屋ブローカーをしているというものの、皓吉のはふつうの不動産売買ではない、彼自身がその売家に住みこんで、注文どおりの凝った改築をしてから買手に引き渡すという外国式のやり方だとは、前にもきいたことがあるけれども、いつだったか蒼司が皮肉まじりに、何しろ八田さんのは道楽半分な商売で結構なことだというと、ムキになって、

「そらな、ちょっとないだ、わが住んでみんことにはアラが判りまへんよって」

などといいながら、それでも本当のところ、時には外人からの注文で、小型ながら淫蕩なローマ風呂めく、浴室と寝室とを兼ねたようなものも作ることがあるのだと打明けた。

「やっぱりあれだんな。向うさんは、えらい外聞気いにして、自分で大工使こたりして評判たてられるのん嫌いますよって、わてが住みこんで注文どおり改築したのを、さりげのう買うちゅう寸法だす。……蒼司さんのいうてのように、気楽に見えるかも知れまへんが、これで存外苦労も多おますねんで」

人が好さそうに、小さな眼をしばたたかせると、何しろ自分の家がないのだから、落ちついて再婚も出来ないといいながら、

「それに、死んだ家内の両親が元気でいよりまんのに、家内の弟がしょのないでんこで……」

と、家庭の愚痴までこぼしかけたのだが、いま改築中という九段の風呂場はどんな仕掛なのか、紅司が思わせぶりにいうところを見ると、いずれは淫《みだ》らでなまめかしいものなのであろう。

それはともかく、藍ちゃん、亜利夫、藤木田老の三人が二階へ上ろうとするあとから、橙二郎も続いたが、その時ふいに電話のベルがけたたましく鳴りひびいた。

「違いますよ」

受話器をとりあげた橙二郎が、ぶっきらぼうにいって切ったあと、脱衣室から紅司が、大声で爺やを呼んで、何かをいいつけている声は、たしかに亜利夫にもきこえた。しかし三人が二階の紅司の部屋に入り、橙二郎が書斎へ姿を消したそれからの三十分ほどの間は、階下からべつだんの物音もきこえてこなかったし、また二階にいる四人のうち、誰も階下へ降りたものはいない筈であったが……

「その三十分ほどの間に、紅司さんは何者かに殺された——、あなたのいいかたなら〝病死〟したというわけなのね」

久生は鉛筆の手をとめて、

「だけど、誰も下へ降りたのはいないって、二階では、四人が四人とも一緒にいたわけじゃないでしょう？」

「そうだけど、いつか図面で見せたろ。二階の部屋の窓には、全部厳重な鉄格子がついているんだよ。藍ちゃんの部屋の外の雨ざらしの踊り場に、非常梯子《ばしご》があるけど、折畳み式でふだんは上に引上げてあるしさ、結局、あの低い音で鳴る階段を使わないでは、誰も下へ降りることは出来ないんだ。ぼくも験《ため》してみたけど、どんなにそっと踏んだって鳴るんだから、寝てる時ならとにかく、誰かが上り下りすりゃ気がつかないわけはない。……それより、紅司君の部屋でタマげちゃったんだけど、藤木田っていう御老人は、たいした曲者《くせもの》だよ」

初めて見る紅司の部屋は、床に厚手な深紅の絨毯《じゆうたん》を敷きつめ、カーテンは古風な天鵞絨《びろうど》で、ほとんど黒に近い赤を使っているが、電気スタンドは眠たいような、淡い鮭《しやけ》いろの光を投げている。一方、ディヴァンには深緋《しんぴ》の繻子《しゆす》を使うといった具合で、多様な色調を巧みにまとめ、調和のとれた〈赤のシンフォニー〉を創り出していることの部屋のようすは、あるていど想像のついていたことだったが、また、なかなかの蔵書家らしく、さっき見せたい本があるといったのはこのことであろう、机の上に、日夏耿之介訳の『大鴉』がはじめて載った『游牧記《ゆうぼくき》』が、三十六部限定の局紙本の揃いで五冊と、同じ黄眠堂《こうみんどう》主人訳になる『院曲撒羅米《サロメ》』の大型本が散らばっていた。

チェスよりも、そのほうに気をとられて、『撒羅米』の鋭い挿し絵に見入っている時であった。ふいに藤木田老が、うしろから声をかけたのである。

「そのサロメも結構じゃが、いつぞやのおキミちゃんのサロメも中々あでやかだったの。あのとき君が連れておった女史は、いったい何者かね。女だてらにゲイバアへ乗りこんでくるなぞというのは……」

12　十字架と毬

「何ですって。あたしのことを……？」

「そうなんだよ。奈々のことも、ちゃんと知っていたんだ」

藤木田老の一言に、『サロメ』のページを繰っていた亜利夫も、チェスの駒を並べていた藍ちゃんも、同時に愕然とふり返った。〝赤の部屋〟の妖しい光の中で、藤木田老が突然、誰か全く別な人間に変ったような気がしたのである。

「いや、驚かんでもよろし。ユウと同じ日にミイも〝アラビク〟へ行っておっただけよ。気がつかなんだかな、あの変装には。藍ちゃんに手をふってみせたが、いっこうに知らん顔をしとったようだが……」

間違いはなかった。おキミちゃんが「またあの鯰坊主《なまず》」とか何とか罵《ののし》っていたスタンドの田舎紳士に、いわれてみれば体つきもよく似かよっている。ただあれは、遠目にも髪の黒い、口髭をはやした中年男のはずであった。

「これかな」

藤木田老は美しい銀髪に手をやって、

「鬘《かつら》もあれば黒チックという簡単なものもあってな、洗えばすぐ落ちる仕掛だて。……どうじゃ、クリスマスのパーテー券は、諸君も買わされとるだろう。ひとつ皆で、盛大に押しかけるとしようか」

「だって……」

亜利夫は考え考えしながら、

「あの店では、この秋ごろから時々あなたを見かけたことがあるけど、きのう上京したばかりだなんて」

「新潟なぞ、半日で往復出来るさ」

「それじゃあの晩、藤木田さんはおキミちゃんと寝たわけ？」

藍ちゃんはあんまり驚いたせいか、思わず失礼なことをきいた。藤木田老は眼玉をむいて大きな手をふると、

「いやいや、このとしでは、そのほうはさっぱりだて。昔から雰囲気を楽しむだけでな、あの晩も夜食につき合って終りよ。もっとも靴やら洋酒やらを買ってやったが。……さあ一番、勝負を片づけるか」

そういって、どっしりとディヴァンに腰を据えてチェス盤に向う傍《かたわら》で、藍ちゃんは「ああタマがった」などと呟《つぶや》いていたが、

「そうだ、〝パリの街角〟の時間だ」

と、向いの自分の部屋へ飛んでいった。

このラジオ番組のおかげで、あとから紅司の死亡時刻もほぼ正確に推定されたのだが、これは、ＬＦで毎週水曜の夜十時三十五分から、おなじみ蘆原英了《あしはらえいりょう》先生の解説、スポンサーは大日本製糖、ジェルメエヌ・モンテロの〝ダ・マ・ラ・ブム・ディ・エ〟をテーマ音楽に放送されていた、シャンソン専門の番組であった。

その時も、じきにもの哀しいような男の唄声が、亜利夫たちにも幽かにきこえはじめたが、あとで聞いてみると、曲はコマン・プチ・コクリコ、〝小さなひなげしのように〟で、唄っていたのは、これで前年のディスク大賞をもらったムルージ——曲名も歌手も、後には日本でも知れ渡ったが、この当時は、ちょうど帰国していた石井好子がしきりに唄いまくったため、ようやく知られはじめたは、しりというところで、一般にはまだなじみの薄い曲であった。

そのあとの音楽は、亜利夫の記憶にはないが、五分も経ったころであろうか、ふいに書斎から橙二郎が、あわただしく出てきた。何事かと思うくらいに、オルガンめく階段を踏み鳴らして階下へ降りかけたが、途中で急に思い直したように立ちどまると、

「藍ちゃん、部屋にいるのか、藍ちゃん」

びっくりするほどの大声で、階段をあがったり降りたりしながら、いつまでも呼び立てている。何が始まったかと思うような騒ぎなので、亜利夫もついチェスの駒をおいて、踊り場に顔をのぞかせてみたが、橙二郎はわざとのようにそっぽを向いて、小さなお婆さんがうろたえているようなさまが、何かいかにも異様に思えた。

やっと藍ちゃんが自分の部屋から、負けないくらいの大声で、

「なあに。いまシャンソンきいてるのに」

それでも、呼ばれるままラジオを切って出てくると、橙二郎について書斎へ入っていった。それぎりで、あとは上も下も、気になるような物音はしなかったのだが、とにかくこの時間——皆が二階へあがった十時二十分ごろから、ちょうど三十分経った十時五十分までの間に、紅司は、鎖《とざ》された浴室の中で死体に変ったのである。

爺やが血相を変えて何事か叫ぶようにしながら階段を駆けあがってきたのは、十一時五分前で、一斉に顔を出した四人に、唇をふるわせながらこういった。

「紅司様のおいいつけで、洗顔クリームを買いに参っておりましたが、只今帰りまして、いくらお呼び致しましても御返事がございません。鍵はどちらの戸も内側からかかっておりますし、もしや心臓の発作でも……」

「よし、すぐカンフルの用意をしてゆく」

　橙二郎は、ひどく悲壮な顔で、待ち受けたようにそう答えた。……

「アリョーシャのお話って、細かいのは結構ですけど、じれったいわね。判らないのはそのお風呂場が念入りな密室だってことよ。そりゃお風呂場にも鍵をつけることはあるけど、そんなもの、簡単な掛金ぐらいがふつうでしょう?」

「そうなんだよ。念入りな鍵がついてるっていうのは、理由のあることだけど、紅司君がこの十月ごろからってていったかな、自分で工夫して、頑丈な鎌錠《かまじょう》を二つの戸に取りつけたんだって」

「鎌錠って、何よ」

「鎌の形になった刃が受金《うけがね》の中に喰いこむ式の、戸の中に埋めこんだ取付け錠なんだ。むろん内側からだけ動かしてかけるようになっているんだけど、それも銀いろにピカピカ光るつまみで開閉するやつでね、あれはどうしたって人間の手で、中から廻す以外に動きゃしないだろうな。……何しろ、ぼくたちも初めは、てっきり殺されたと思って、何とか風呂場に入りこもうとしたんだけれど、戸はそんなふうでビクともしやしないし、窓からはどうかと思って藍ちゃんが裏土間から外に出てみたりしたけど、これは窓の方に鉄格子がはまっているのを忘れてたわけさ。そうでなくっても窓にはちゃんと鍵がかかっていたけれどね。結局、台所に面したほうの戸は同じ鎌錠がついていても厚い板戸で破れないから、脱衣室のほうから皆で入って、ガラス戸のガラスをさ、壊すのに苦心したんだぜ。でも、うまい具合に粉々にならないで割れたから、ぼくが手を突っこんで、鎌錠てえのをあけたんだ。そしたらね、洗面の水道が出しっ放しで出てるのはいいとしても、螢光燈がさ、ほら、よくそんなふうになるだろう、ジーッと点《つ》きかけては、ぽっと消え、またジーッと点いて、ぽっ……」

「判ったったら、バカ。問題は死体よ。お風呂の殺人ていえば、まず電気風呂か、洋風のバス・タッブなら、二本の足をひっぱりあげて頭を浸けこむのが定式ですけど、紅司さんの死因、当ててみようか、ガスでしょう？」

「ガス？　どうしてさ」

亜利夫はけげんな顔で、

「そりゃ、お風呂はガス風呂だけど、匂いも全然しなかったし、あとで嶺田さんも、絶対にガス中毒じゃないっていってた。死体は、前にいったろう、心臓麻痺か何かで、タイルの床の上にうつぶせに倒れてたんだ。むろん素っ裸でだよ。ただ、それがねえ……」

亜利夫がいいよどむのも無理はないので、その時の光景はいかにも異様なものであ

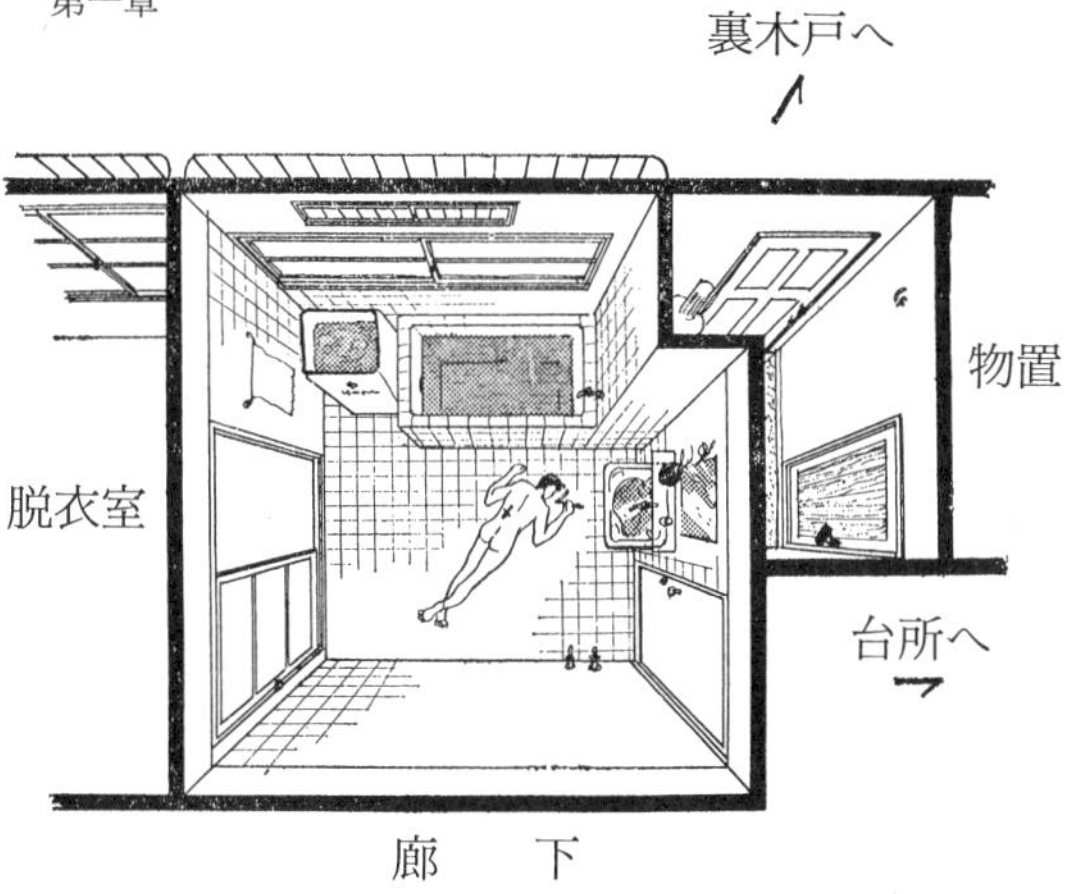

った。皆は脱衣室から折り重なるようにして覗きこんだのだが、あいにく逆光だし、螢光燈がじれったく点滅しているので、はっきりは見えないにしろ、右手に愛用の日本剃刀《かみそり》を持ち、左手は拳《こぶし》を固めてうつぶせている裸の背中に、まるで赤蝮《あかまむし》でもうねくったような、奇怪な十字架型の紋様が浮かびあがっていたのである。おそらく紅司は、この肉体の秘密を隠すために、風呂場にまで厳重な鍵を取りつけたに違いない――というのは、薄暗に眼が慣れるに従って、その十文字に交叉した紅いみみず脹れは、おぞましい鞭痕だということが、誰の眼にも判ってきたからである。

とっさのことだが、亜利夫にはこの鞭の意味が痛いぐらいに判った。紅司は、忌わしいマゾヒストだったに違いない。しかもその相手は、物語にあるような黒タイツの美少女でも、淫蕩な貴夫人でもなく、藍ちゃんのいっていた、どこかの与太者に相違ないのだ。誰にも実行するだけの度胸はないけれど、ハヴェロック・エリスをひもどくまでもない、受身の倒錯者《パーヴァート》には、水夫とか与太者とかに苛《さいな》まれたいという、風変りな願望が根強く巣喰っているので、紅司はそれをあえて実行したと思うほかはなかった。

「ちょっと、どうかと思うお話ね」

さすがの久生も閉口したようすで、眉根に嫌皺《いやじわ》を寄せたが、発見者たちにしてみれば、今の場合、それどころではなかった。爺やなどは前後の考えもなく、おろおろと飛びおりて抱き起そうとしたが、たちまち藤木田老の太い腕で、邪慳《じゃけん》に引き戻された。

「現場に触ったらいかん、絶対にいかん」

そういいながら、自分の大きな図体で脱衣室の上《あが》り框《かまち》をふさいでしまったが、橙二郎は医者だけに、ひとりタイルの上におりると、慣れたようすで左手首を握って脈を取りはじめた。息づまるような数秒が流れ、橙二郎の眼が暗い輝きを帯びた、と思うまに冷やかな顔をふりむけていった。

「死んでいる……」

むろん、それもこれも瞬時のことで、ガラスを壊し鎌錠を廻して戸をあけてからこの時まで、おそらく二分とはかかっていなかったであろう。

「警察など知らせんでいい、すぐ蒼司君と嶺田博士に電話するんだ」

唸《うな》るような藤木田老の声をうしろにききながら、電話へとびつく前に亜利夫は、いまの光景をもう一度しっかりと眼に焼きつけた。

白いタイルの湯ぶねには蓋《ふた》もなく、透きとおった湯が僅《わず》かな湯けむりをあげていた。左手の電気洗濯機は、蓋も絞り機も外され、シャボンの泡が細かに崩れかけている。引き違いの二枚のガラス窓には、差し込みの鍵が根元まできっちり締まっているし、その上の、空気抜きの狭い高窓もとざされていた。ジェット蛇口というのか、しぶきのとばないように栓をつけた水道が、勢いよくほとばしっている洗面台。その棚には、温室咲きの純白のグラジオラスが、一輪差しに差されて暗い鏡に映っている。そして、相変らず緩慢に点滅する螢光燈の下に、ソドミットの烙印のように醜い十字架形の鞭痕を背負って、紅司の死体が転がっている。……

だが、どういうわけか、受話器を外してみると、さっきまでは何ともなかった電話が、急に不通となっているのだった。隣家を騒がせるなという藤木田老の指示で、亜利夫と藍ちゃんは夜道を駆けて、この当時は目白駅前の右手に二つ並んでいた黄色い電話ボックスに飛びこんだ。しばらくお話中が続いたが、やっと通じてからもじれったくベルが鳴り続けたあげく、八田皓吉のどうま声が、

「あ、光田はん、えらいすんまへんなあ、長いこと蒼司さん引っぱってもて。帰りが遅なったよって、せんど目白へ電話してたんやけど、お話中続きで……」

のんびりそんなことをいいかけたが、たちまち顔色を変えるように、

「へ、何ですて。そらえらいこっちゃ。ほなちょっと待って……」

電話口であわただしい声が交錯すると、すぐに蒼司が、

「どうしたんです、大変なことって」

冷静にきき返したが、それもすぐおろおろ声に変って、

「紅司が、まさか……」

呻《うめ》くようにいって絶句した。それは、ついに来るべきものが来たというような、悲痛な声音《こわね》だったが、亜利夫はうろたえたまま、

「とにかく大至急帰ってくれないか。エ？　お風呂でだよ。たったいま……」

だが嶺田医師がまだこないで、橙二郎がカンフル注射をしかけているときくなり、

「駄目々々、光田さん、ダメだよ」

蒼司は半分泣き声になっていうのだった。

「嶺田さんがくるまで、叔父さんに紅司を触らせちゃいけない。光田さんも知ってるでしょう、二人の間がどうだったか。……ねえ、死んでるといったのは叔父さんでしょう？　皆で確かめたわけじゃないでしょう？　もし紅司が、まだ死んでいないんだったらどうなるんです。さあ早く、早く帰って、紅司を見て下さい。ぼくもすぐ車で帰りますから」

そんなふうにうわずった声でいうのは、肉親の叔父が、紅司の仮死状態になったのを奇貨《きか》として、カンフルではなく何か毒物でも注射しかねぬという意味なのだろうか。そこまでは亜利夫も考えていなかったのだが、

「大丈夫さ、藤木田さんが見張ってるもの」

そう答えて電話をきると、それでも急いで氷沼家へ駆け戻った。しかし、いま聞かされた疑惑の言葉が強く耳に残っているせいか、家の中には、何かしら前にも増して異様な雰囲気がみちていた。

まず、風呂場に残っているはずの藤木田老が、どうしたことか階段の上り口に突立って腕組みしながら、二階と風呂場の方とを等分に見較べている。何をしているんですときいても、いま橙二郎君が書斎に麝香《じゃこう》を取りにあがったから、などと、独り言のように呟いて要領を得ない。死体を放たらかしにして何だと、藍ちゃんと二人で呆れ

ながら風呂場へ来てみると、水道だけはもうとめてあったが、螢光燈が相変らず仄暗く点滅する下で、紅司はさっきの姿勢のままうつぶせ、足もとのタイルには爺やが平たくへたりこんで、いっしんに死体へ手を合せて拝みながら、何やら口の中で経文を唱えているのだった。

……………………………………………………………………………………………
にじだいゐういつみやうわう、ぜだいみやうわううだいゐりき、だいひとくこげんせうこくぎやう、だいぢやうとくこざこんがうしやく、だいちえこげんだいくわえん、しゆだいちけんがいとんじんち、ぢさんまいさくばくだんふくしや……
……………………………………………………………………………………………

亜利夫は思いきってそこに膝をつくと、さっき橙二郎がしたように、そっと紅司の左手首を握ってみた。かつて手にしたことのない重味と冷たさを瞬間に伝えて、手首はまた、ふざけてでもいるように、だらりと下に垂れた。ふり返った亜利夫は、そのとき爺やの傍らに、奇妙なものを発見した。小さな紅いゴム毬《まり》がひとつ、濡れて転っているのである。

「どうしたの、これは」

　肩をゆすぶるようにしてきいても、爺やはただ、

「ここにこうしてございました」

　放心したようにいうばかりだが、とにかくそんなものは、さっきまで風呂場になかったことは確かだった。どこの雑貨屋にもあるような、ただのゴム毬で、まさかこれが凶器だとも、犯人の遺留品とも思えない。とりあえずそれは亜利夫がしまいこんで、あとで藤木田老にも見せたが、どこからそんなものが出てきたのか、さっぱり見当がつかなかった。……

「アリョーシャ、あなたったら」

　そこまできくと久生は、胸倉でも取っ摑まえそうな呆れ声で、

「何がそれで殺されたんじゃないのよ。何が病死よ。立派な殺人じゃないか。現場に居合せたくせに、それが判らなかったの？」

「そこまでは、そうだったんだよ。だけど、それからあと何もかも、ガラリと変っちゃったんだ」

　亜利夫は弁解するようにいった。

　そうこうしているうち、十分も経たぬ間に蒼司がとびこんで来、藍ちゃんの電話し

た嶺田医師が駆けつけ、一足おくれて八田皓吉が「えらいこっちゃ」を連発しながらやって来たのだが、それまではいかにも凶々《まがまが》しい装いを持っていた紅司の死は、三人が来たころから、急に白けた、平凡な病死に変ってしまったのである。

水道は先にとめられていたし、螢光燈の点滅は、電気に詳しい蒼司が回路を辿《たど》って、じきに不良の箇所を発見した。バイメタルがどうのということをいっていたが、誰が細工したのでもない、ただ古くなったための偶然の事故だったらしく簡単に直って、たちまち、まばゆいほどの白色光を投げはじめた。急に不通となった電話も、むろん線を切断されていたわけではなく、よくあるローゼット内部の接触不良だったのであろう、試みに亜利夫が受話器を外してみると、さっきまではどうやってもかからなかったのが、ちゃんと通じていて、けげんな気持がするほどだった。

何より、殺人現場と思えばこそ、死体には手も触れずにいたのだが、嶺田医師には、紅司をそのままタイルの上に放置しておいたことが、意外とも非常識ともいいようのない処置に思えたらしく、すぐに指図して座敷へ運ばせてしまった。

むろん紅司はもう完全に絶命していて、死亡時間は、正確なことはいえぬにしろ十時半ごろと思われるので、いまさら手の打ちようもなかったのだが、死体には毒物や薬物の痕跡が全くないうえ、背中の忌わしい鞭痕も何日か前のもので、少なくとも死因とは直接の関係がないときかされてみると、たしかに、紅司を冷たいタイルの上に放たらかしにして電話をかけに走り廻っていたのなぞは、正気の沙汰ではなかったかも知れない。嶺田老博士の一番の不満もそこにあって、他の者はともかく、なぜ橙二郎がれっきとした医者でありながら、発見してすぐ、注射とかマッサージとかの応急処置をとらなかったのか、ことに、なぜ手首の脈をみたくらいのことで、簡単に死んでいると決めこんだかを、激しい口調で問いつめた。

橙二郎の狼狽《ろうばい》ぶりは、たしかに常軌を逸していた。亜利夫が帰ってきた時からあのまま二階へとじこもり、皆に呼び立てられるまで顔を見せなかったくらいだし、渋々おりてきてからも、肝心の紅司の死体には近づこうともしないで、電話が直ったときくとすぐ産院へかけて緑司の安否を確かめるという取り乱しぶりだった。

何かをひどく怖れているのか、それとも憎み合っていた紅司が死んでくれたので、抑えようとしても浮き浮きしてしまうのか、彼のおちつかない原因を、亜利夫には見てとることが出来なかったのだが、老博士に再三面詰《めんきつ》されると、ふてくされたように薄笑って、脈をみただけでダメなのは判ったが、せめてもと思って、部屋で福寿草を煎じていたとか、妻の圭子の手術のことが思い出されて、何かいたたまれぬ気持だったなどと、ヤケっぱちな答え方をしてみせたが、嶺田医師という人は、祖父の光太郎時代からの主治医で、藤木田老とも古い碁敵《ごがたき》だし、氷沼家の内情は知りすぎるくらいに知っている。橙二郎の狼狽ぶりや、皆の異様に昂ぶったさまからも、すぐ今夜の事件の意味を察したように、冷やかな口つきで辛辣《しんらつ》な嫌味をいったあと、蒼司と二人だけ死体の傍らに残って相談を始めた。

亜利夫たちがまた呼ばれて座敷に集ったのは、もう十二時をすぎたころだったが、嶺田医師はうつむいたなりで、もう一度紅司の胸や顎に手をかけ、前のめりに倒れた時の打撲の痕を調べていて、顔をあげようともしなかったが、しだいに苦々《にがにが》しい表情を露骨にあらわにし、乱暴に紅司の腕をまくりあげて、おびただしい注射の針痕を、黙って皆の前に示した。白っぽいその腕には、煤《すす》ぐろく変色したしこりが、あちこちに出来ているほか、最近のものには四角の小さいばんそこが、まだ二つ三つ汚れたまま貼りつけられている。

「ジギタミンやアンナカを乱用していたことは、私も知っていました。最後に診たのがこの九月、洞爺丸の御不幸の前で、ただ悪いなんぞという状態じゃあない、いつだって心筋梗塞ぐらいは起しかねないほどだから、半月に一度は見せに来なさいといっていたのだが、一度も来はしなかった。あの時から、いずれこうなるとは思ったんだが……」

ひとわたり、皆の顔を順番に見廻しておいて、いきなり激しい言葉つきになった。

「背中のみみず脹れは、私としても見たことのない種類のもので、断言は出来かねるが鞭の痕かといわれれば、まずそうだと答えるほかはない。念のため、いま蒼司君にきいてみたんだが、実際にそういう相手がいたらしいというんだから、驚いた気違い沙汰だ。いつ、つけられたかとなると、これも明言は出来ないが、二、三日は経っているらしい。死因に直接関係はないといったって、こんな真似をして今まで保ったのが不思議だね。……皆さんごく内輪の方ばかりと思うから申しますが、マゾヒズムの傾向は小さい時から見えていたんで、案じてはいたものの、こうまでとは思わなかった……」

忌わしい秘密に触れられて、たちまちしゅんとなった一座に、嶺田医師は諭《さと》すように続けた。

「相手の詮索も今からでは仕方ないが、こんな気違いを放っておくわけにもゆかん。蒼司君もよくは知らんそうだが、どなたかお心当りがあるようなら、おっしゃって戴《いただ》きたい。どういうつき合いをしていた、どんな御婦人か……」

言葉を切って待ち受けたが、むろん誰もいい出す者はいない。蒼司も眼を伏せたままのところを見ると、さすがに彼も、相手が女ではないとまでは打明けられなかったのであろう。

「オヤ、どなたも御存知ではない……。そうですか。しかし、いずれは向うから何かいってくるでしょうから、その時は蒼司君も、まず私におしらせ願いたいが、よろしいな」

それから、改まった口調でつけ加えた。

「死亡診断書は格別のことはいらない。冠動脈狭窄《きょうさく》でも狭《きょう》心症《しんしょう》でも、とにかく急性心臓衰弱で済ませれば済むが、この際、それではどうも疑わしい、警察に届けて徹底的に調べて貰いたいとお考えの方があれば、どうか率直におっしゃっていただきたい。背中のみみず脹れも、果して本当に鞭痕か、そうとすればいつごろつけられたものか、これは解剖する以外に正確なことはいえないわけで、これが我々のカン違いだとすれば、紅司君の汚名をすすぐためにも、ことは明らかにしたほうがいい。……ただ心配なのは、マゾヒズムが事実だった場合のことだが、それも或いはやむを得んでしょう。私としては、先々代からのおつき合いだし、大きな御不幸のあとで、また新聞などで猟奇的に騒ぎ立てられるような破目になってもと思い、こう申しあげているだけのことだから、皆さんも遠慮なく御意見を出していただきたいな」

しばらく誰も答える者はなかったが、やがて蒼司が代表格で口を切った。

「まあ、ぼくも紅司の性癖には薄々気がついていましたけど、まさか背中の、あんな秘密を見られたくないために、風呂場に鎌錠なんかを取付けたとは夢にも思わなかったんです……。そういえばときどき、知らない人から電話がかかって出かけることもあったようだけれど」

「その鎌錠を取付けたのは、いつごろからかな」

藤木田老がだしぬけにきいた。

「そうですね、十月に入ってからのことは確かだけど」

「すると、そのころに相手の人物と出会ったわけか……」

ひとりでうなずいている藤木田老にかまわず、蒼司は要件をいった。

「まあそれで、今夜のことですが、きいてみると紅司は、その鎌錠をかけたまま風呂場に倒れていたんだそうで、何か異様な雰囲気ではあったというけれど、ぼくの考えではまず心臓麻痺で倒れたとみていいと思います。ですから……」

「しかしじゃな」

藤木田老は、またしゃしゃり出てくると、

「いま蒼司君のいうのは、風呂場が完全な密室状態にあった、しかも紅司君には際立った外傷も毒物の痕跡も見られぬ以上、これはただの心臓麻痺か何かで他殺ではないと、こういいたいのだろうな。ところが、それをそっくり裏返せば、どうなる？　つまり密室状態の風呂場に出入りするてだてさえ見つけ得たならば、これは殺人事件とも見なし得るという理屈にならんかな。電気風呂とか、静脈への空気注射も古い術《て》だが、病死に見せかけて殺す方法にはこと欠かんよ」

「だって……」

蒼司はさすがに呆れ顔で、

「藤木田さんたちが死体を発見した時は、あの鎌錠は内側からかかったままだったんでしょう？」

「いかにもかかっておった」

場所柄もわきまえぬ勢いのよさで、

「ことにあの鎌錠というやつは、知っての通り、つるつるに滑る円っこいつまみで開閉する仕掛だし、二つの戸は隙間もなくぴったりとざされておったから、糸を通したりピンセットで挟んだり、先例もあることだが水道の水圧を利用したり、要するに何か特殊な装置で外側から動かすような細工は、まず不可能といってよかろう。人間の手で、内側からしめる以外には開閉の方法がないとなれば、すなわち何者もあの風呂場に出入りすることは出来ん。ただひとつ……」

「オイオイ、いいとしをして、まだ幼稚な探偵趣味が抜けんのか」

嶺田医師は、渋い顔で友人をたしなめた。

「そういうたわけた論議は、あとでゆっくりやって貰おう。肝心なのは、紅司君の背中の秘密を、明るみに出すか出さんかということよ。それを決めて貰いたいだけだ、私は」

そういわれてまで、あえて異議を唱える者はいなかった。初めの雰囲気だけはいかにも殺人めいていたし、橙二郎の奇妙な振舞や、紅い十字架だのゴム毬だのという、納得出来ない節は残っているが、やはり紅司は髭を剃りかけていて、突然螢光燈が点滅しはじめた拍子に、いつもの激しい発作に襲われたあげく、声も立てず前のめりに倒れて悶絶したと考えて葬るほかはない。しばらく低い声で意見が交されたあと、最後に蒼司が皆の考えをまとめた形で、もし嶺田さんが特に変死の疑いをお持ちでなければ、願っても警察を呼ぶなどということはやめたいと答えて、それでことは終った。

「判ったわ。それじゃ紅司さんは、氷沼家の名誉を守るために〝病死〟したわけね。何でアリョーシャが、殺されたんじゃない死んだんだなんていい張るかと思ったら。……でもおそらく、そこが犯人のつけめだったでしょうよ。鞭痕の秘密を曝《あば》いて事件を表沙汰にさせないために風呂場を利用するなんて、奸智《かんち》に長《た》けた奴じゃないの。いまごろ赤い舌を出して笑ってるだろうな。旅行が長びいたばかりに先手を打たれちゃって、本当に何もかも逆しまになったけど、いいわ、もう犯人の名前もちゃんと判っているんだし……」

「電話でもそんなことをいっていたね。いきなり、殺されたのは紅司さんでしょうなんていうから驚いたけど、どうして判ったんだか、犯人の名前も、知ってるんならもったいぶらずに教えろよ」

「いったって、背後の事情を説明しなくちゃとてもアリョーシャには判りっこないわ。だけど、殺されたのは紅司さんである以上、逆にそいつの仕業に間違いないのよ。それで……どうなの、藤木田さんは？　犯人のメドがついてるようなことをいっていたかしら」

「うん、何だか、もうすぐにでも指摘して、風呂場の密室トリックも必ず曝いてみせるなんて、自信たっぷりだった」

「冗談じゃないわ。この犯人の動機には、氷沼家の大きな秘密がからんでるんですもの。どんなお爺ちゃんか知らないけど、そうたやすく曝けるもんですか。あたし、一度会ってやろうかしら。何なら推理の腕くらべをしてもいいって……」

「向うでも喜ぶかも知れないよ」

亜利夫はニヤニヤしながらいった。

「藤木田さんにはいってやったんだ。この間〝アラビク〟で一緒だったお嬢さんていうのは、奈々村久生といって、まだ何も起りもしないうちから『氷沼家殺人事件《ザ・ヒヌマ・マーダー・ケース》』を見通して、未来の殺人に躍起になって走り廻っている女探偵だって。そしたら、どうしても一度顔を合せて意見を闘わせたいってさ。どうする？　旅行で疲れてるだろうけど、よければあしたの夕方、目白の〝ロバータ〟っていう喫茶店で、藍ちゃんとも会うことになっているんだけど……」

13　『凶鳥《まがとり》の黒影《かげ》』後編

暮の二十七日、四人は〝アラビク〟以来ひさしぶりで顔を合せた。その日は午後から段々に冷えこみ、雨がいつの間にか変って、白いもののちらつく空模様だったが、一足先に来た亜利夫が、藤木田老と話しこんでいてふっと気がつくと、店の入りくちで久生と藍ちゃんが、ちょうど顔を合せたところで、お互いに肩を叩きあいながらさも嬉しそうに笑っている。再会を喜ぶというにしては仕草が大げさすぎ、そぐわない眺めだったが、じきに後先きにつながって入ってきた。

歳末で学生も少なく、店の中は閑散としていたが、漆黒のアストラカンのオーバーに交織《まぜおり》のスカーフだけが金と黒、手ぶくろも、スエードのパンプスも黒ずくめというでたちで、珍しくハンドバッグを抱えた久生が、ほどよいこなしで一番奥の、窓べりの席につくと、待ちかまえた藤木田老は、挨拶もぬきに話しかけた。

「お噂はいまもアリョーシャ君から承ったところだが、まだ殺人の起らぬうちから、先に犯人を透視してみせるとは、恐れ入った力量だな。なんでも電話をきくなり、殺されたのは紅司君だと見抜いたそうだが、どうしてそれが判ったものか、まずそれをきかせて貰いたいが……」

「どうしてって」

久生はあどけないような口調になって、

「だって、もう二十年も前から決まっていたことですもの」

「ほほう。二十年前といえば、まだ紅司君は四つかそこらで、先々代の光太郎氏が函館で嫌な死に方をしたころだが、そんなことと関係があるわけかな」

「ええ、まあね。正確にいえば、昭和十年の十一月以来ですけど。でもそれより、藤木田さんは、何だって早くから内緒で東京へ来てらしたの。そちらこそ、もう殺人の日取りが、前もって判ってたらしたみたい」

「いやいや、東京へ来ておった理由は簡単明瞭でな、ただの骨休めにすぎん。新潟には、めぼしいゲイバアもなし……。いやしかし、なんだな、してみるとミス・ホームズには、むろんのこと犯人の正体も、犯行方法も摑めておるのじゃろうが、実にどうも偉いものだな。これはひょっとすると、ミイも太刀打ち出来んかも知れんて」

「あら、それほどでもないのよ」

久生は優しく笑っていった。

「でも今度の事件で張合いがあるのは、警察の手が全然入っていないことね。それでいて我々だけには、これが深く企《たくら》まれた密室殺人だってことが、ちゃんと判っている……。まあそりゃ、警察の御厄介にならない代り、現場の指紋がどうだとか、裏庭にどんな足跡がついていたなんていう実況見分調書ぬきで探偵を始めなくちゃならないけど、そんなのも変っていていいわ。探偵小説のたびごとに捜査一課長のお出ましを願ってちゃ、あちらにも御迷惑だろうし、せめて『ザ・ヒヌマ・マーダー』だけは警察も事件記者もぬきで終らせたいの」

「それも変った意見だが、ミイには賛成しかねるな」

藤木田老は遠慮ぶかそうに、

「近ごろは警察も進歩して、戸高《とだか》事件なんぞのように、事件の起る前から犯人が判っておる場合もあるらしいて……。いや、冗談はさておき、もう少しユウの考えておる犯人についてききたいが、その殺人の起る前に犯行を曝くとやら、犯人はいまごろ牢屋に入っておるとやら洩らしたのは、どういう根拠からいい出したものか……」

「いやだ、アリョーシャったら、つまらないことになると記憶がいいのね。そんなことまで教えたの？」

軽く頬を歪めてから、

「犯人が牢屋へ入ってるっていうのは、それこそ冗談よ。ほら、『鏡の国のアリス』って有名な童話があるでしょう？　あれに、『不思議の国』の気違い帽子屋《マッド・ハッター》と三月兎《マーチ・ヘアー》が、今度はハッタとヘイアという王様の使者になって出てくるけど、そのハッタのほうが、罪を犯す前に牢屋へ入ってるじゃないの。あれから思いついた洒落《しゃれ》だわ、ただの」

「へえ、偶然の一致だな」

藍ちゃんが頓狂な声をあげた。

「ぼくたちもこないだ〝気違いお茶会〟をひらいたんだけど、アリョーシャ、気がつかなかったろ？　でもやっぱり帽子屋の役は八田さんにやらせるんだったな」

二人のいうことは何の話だか、亜利夫にはさっぱり判らないが、きいてみると〝気違い帽子屋〟というのは、いつもバタつきパンとティ・カップを持ち、売物の大きな帽子をかぶって歩いている。それが売家と一緒に引越して廻っている八田皓吉にそっくりだし、名前も同じハッタなのだから、〝気違いお茶会〟には当然彼に出て貰うべきだったというのだった。

「白状するとね、こないだの晩、名前も亜利夫だし、光田さんをアリスに見立てて皆でからかったんだ。紅兄さんが得意になって『大鴉』の詩を暗誦してみせた、あの晩さ。ぼくが眠り鼠の役で、紅兄さんが三月兎、帽子屋は蒼兄さんが受持って〝気違いお茶会〟を開いたんだよ。葡萄酒でも召上れとか、髪を刈らなくちゃいけないとか、大鴉と机とはなぜ似ているかだとか、井戸の底に三人のきょうだいが住んでいましたとかって、おきまりのせりふを順番に喋って、最後に、Mで始まるのは、密室、凶鳥《まがとり》の黒影、そして殺人《マーダー》なんてオチにする約束だったんだけど、もともと蒼兄さんがいやがっていたもんだから、途中で投げ出しちゃって駄目になったんだ。でもアリョーシャが、意識しないでアリスの台詞《せりふ》を喋るから、おかしくってさ」

「ちょっと、その井戸の底の三人きょうだいっていうのは、エルシー、レシー、ティリーだったわね」

久生が妙に真剣な顔できき返した。

「それを？　蒼司、紅司、黄司の三人兄弟におきかえたわけ？　ねえ、そのお茶会をすることや、そんな台詞、誰が考えたのよ」

「誰って、いい出したのは紅兄さんだよ。あれですごく敏感だからね、どうやらアリョーシャは、うちに遊びに来てるだけじゃない、誰かに頼まれて様子を探っているらしいから反対にからかってやろうっていい出したんだ。ぼくも仕方ないもの……」

いわれてみれば〝気違いお茶会〟のことは心当りもあったが、はじめてハッタだのヘイアだのといわれて亜利夫は、何やらのみこめぬまま笑っていると、藤木田老が一膝のり出すようにして、

「いや、『不思議の国のアリス』がからんでくるとは、いよいよもって頼もしい。これでこそ『氷沼家殺人事件《ザ・ヒヌマ・マーダー》』は本格推理の体裁を具《そな》え得たわけだて。したが、本日ここに、わが学識高き同僚方にお集まりいただいたのはじゃ……」

ようやく腰を据えたいいかたで本題に入ると、

「このたび氷沼家に惹起した不慮の死の真相を看破することにある。御承知のごとく紅司君は、急性心臓衰弱という診断書によって葬られたが、これはあくまでもあの風呂場が完全な密室であり、従って何ぴともそこには出入り出来なかったという前提に

たって処置されたわけじゃ。そこでこれを裏返して、万一にそれが可能であればだ、憎むべき暗殺者《アッササン》は自由に風呂場へ出入り出来、どのようにも紅司君を抹殺する機会を持ち得たということになる。我々の目下の急務は、その方法を発見することじゃ。すなわち忌むべき犯罪の真相をあばいて、殺人鬼の巧妙・陰険なる密室殺人のトリックを白日の下にさらすことだて。……したが、お断りするまでもなくあの風呂場には、二つの出入口とも内側から鎌錠がかかっておったし、窓には差込みの鍵がしっかとさされり、しかもその外には、厳重な鉄格子が異状なくついておる。空気ぬきの高窓には鍵こそないが、やはり鉄格子が二寸間隔ほどに嵌《は》めこまれて、まず子猫がすりぬけるぐらいがせいぜい——といって、そこに何のトリックを施しようもないことは、ミイの点検したところでも明らかじゃ。天井、壁面、タイルの床などに仕掛のないのはむろんのこと、もとより犯人のひそむ余地などは全くない、完全なる密室であることを念を押しておこう。死亡時刻には若干の疑義も残されておるが、発見者の一人である橙二郎君が、まだ生きておった紅司君をプスリなどという早業殺人でないことは確かで、我々が現場へのりこむ以前に、好漢紅司君の死が訪れたことは、まずもって確実とみなさなければならん。……ところで」

藤木田老はいよいよもったいぶって、

「話にきくと紅司君は、『凶鳥《まがとり》の黒影《かげ》』と題する大長編探偵小説を書きあげる予定だったが、藍ちゃんが彼の部屋を調べたところでは、ただの一行もそれらしきものが書かれておらず、メモとか日記のたぐいも見当らんというが、確かだろうな、それは？」

「え？　何ていったの。聞いてなかった」

「紅司君が『凶鳥の黒影』を一行も書いておらんという話よ」

「ああ、ずいぶん探したんだけど、なかったよ。自分でもまだ全然手をつけてないっていってたもの」

「するとだな、こう考えることは出来んだろうか」

一座を見廻すようにしながら、

「つまり紅司君は、ペンでこそ小説を書かなんだが、憎むべき犯人によって、自分の体でその前編を書きあげさせられた、とな。そこで我々が犯人のトリックをあばいて、その後編、すなわち解決編を書きあげ、それを亡き紅司君に捧げようじゃないか」

「だけど、あの時の話じゃ……」

そういいかけた亜利夫は、急に気がついて声をあげた。

「そういえば、死ぬ前に書き残した数式はどうしたろう。あれは……」

「あれはここにあるよ」

藤木田老は、こともない顔で、かくしからあの時の紙片を取り出して、

$$P_{A} e \mu (\theta_{A} - \theta_{B}) = P_{B}$$

という、れいの数式を指で叩きながら、

「あの晩すぐに、ミイが、紅司君の脱ぎすてた服のポケットから失敬しておいた。それで早速、数学専門の蒼司君に見せて訊ねたが、紅司の奴、誰にこんなものを作ってもらったんだろうと不思議がっておったよ。このＰというのはすなわちパワーで、力というわけだ。ｅはイクスポーネンシャル、特殊な対数の底《てい》とやらで、μ《ミュー》は摩擦係数、θ《セーター》は角度をあらわすことは御存知じゃろう。蒼司君にも数式の意味はよく判らんが、ある力Ａが、別なある力Ｂに釣合うためにはどうならなければならんかという条件式だというておった。といって、あの晩、風呂場に何か得体の知れぬ力が働いたとも思えんから、これはマア今度の事件とは無関係と見てよかろう」

「だけど、紅司君はこういっていたんです」

亜利夫は先夜の話を思い返しながら、興奮した口調でいった。

「自分の『凶鳥の黒影』には、四つの密室殺人があるって。ＡＢＣＤと四人の狂人がいて、それが順番に殺し合ってゆき、最後にＤは、Ａが死ぬ直前に遺したトリックで殺されるという筋を喋っていたんだけど、今度のこの事件は、まるでその通りに始まったじゃありませんか。紅司君をそのＡだとすれば、その数式は、誰だか判らないけどＤの……」

「筋書き殺人かね。古い古い」

藤木田老はあっさりとはねつけた。

「それに、四つの密室など、とんでもない話よ。一つ以上の密室、或いは秘密の通路など用いてはならんと、ノックス先生が『探偵小説十戒』の第三項に記しておるのを知らぬかな」

「バカいってら。あれは秘密室って意味で、ロックド・ルームの意味じゃないよ」

藍ちゃんが通なところを見せたが、藤木田老はそしらぬ顔で、

「何にしても密室殺人なぞは、あの風呂場だけで沢山じゃ。要はこの鉄壁のごときトリックをどう曝くかだが、ミス・ホームズには何か意見がおありかな。大体ユウは、まだ一度も氷沼家を見ておらんのだろう。ここから十分とかからんのだから、牟礼田

氏の代理で、お悔みがてら覗いてきたらどうじゃ。現場を知らんことには、いくら犯人の目星がついておっても……」

「あたしならいいの」

久生はすらっとした顔で、

「ホームズはホームズでも、お兄さんのマイクロフトのほうが性《しょう》に合ってるみたいですもの。鉄道員を訊問したり、レンズを持って腹這いになったりなんてことは、あたしも苦手だし、それにアリョーシャの書いてくれた、氷沼家の見取図があるから、これで充分間に合うわ」

そういいながら、いつぞやの紙をひっぱり出して、

「でも念のために、ひとつふたつおききしておきますけど、二階から下におりるためにはオルガンみたいに音をたてる階段を使うほかはないというお話でしたわね。というのは、二階の窓という窓に全部鉄格子がはまっているからだときいたんですけれど、なんだってそんな、松沢病院みたいなことになってるのかしら」

「松沢病院てことはないだろ」

藍ちゃんはムクれたようにいった。

「ただの泥棒よけさ。なんでも建った時に、宝石商のうちっていうんで、宝石がザク

ザク転がってるとでも思ったのか、コソ泥が絶えなかったんだって。だから……」

「それで、藍ちゃんのお部屋の外にだけは、非常梯子がおいてあるのね。図でみると、その踊り場から物干場へ上るようになってて、その真下がお風呂場に当っているようなことに気がついたのよ。さっき藤木田さんが、お風呂場の高窓はトリックに関係ないようなことをおっしゃったけど、この物干場からだったら、ひょっとして何か出来るんじゃないかしら。ただ今度の場合は、お部屋に藍ちゃんがいたわけだから……」

「これだからアームチェア・ディテクティヴって奴はいやだな」

何やら含みのあるような久生のいい方が気に障《さわ》ったのか、藍ちゃんは拗《す》ねたように遮《さえぎ》った。

「自分で行ってみてくればいいじゃないか。ぼくの部屋はね、もともと洗濯物なんかを、ちょっと取込んでおくといった、三畳の小部屋なんだ。外の踊り場っていうのは雨ざらしで、物干場もいまは使ってやしない。非常梯子がおいてあるのは、窓に鉄格子をつけすぎて消防署から文句の出たせいなんだ。なんだか今のいいかたを聞いてると、誰かが非常梯子を使って上り下りしたり、物干場から逆に風呂場の高窓へ何か細工したようにきこえるけど、誰かってぼくのことなの？」

「あら、何も藍ちゃんのことなんて……」

「いいんだよ遠慮しなくったって。ただあの晩は、ぼくもすぐ伯父さんによばれて書斎へ行っちゃったから、あとのことは知らないけど、少なくともその前だったら、ぼくならおあいにくだよ。物干場から高窓まで、どれっくらいあるか計ったこともないけど、宙吊りにでもならなきゃ細工なんか出来ないだろうし、非常梯子なんて半分錆《さ》びついた、鉄の折畳み式で、あんなもの一人でガチャガチャおろすだけでも大変だア。第一、下へ降りたって、どうやってあのお風呂場に出入り出来るのさ」

「だから、誰も藍ちゃんが降りたのあがったのなんていってやしないわ。ただそういうこともひょっとしたら出来るかしらんて思っただけよ」

久生は面くらったように弁解したが、虫の居所が悪かったのか、藍ちゃんは八つ当りみたいに逆襲してきた。

「そんなふうに誰でも怪しいって疑うんなら、この四人の中で一番怪しいのは久生さんなんだぜ。探偵小説だって、動機もアリバイもシロみたいなのに限って犯人なんだから。久生さんも事件当日は、雪の中でクリスマスを迎えるなんて、とぼけたことをいって出かけたそうだけど、案外、東京にいたんじゃないの？　二十二日の晩のアリバイは、ちゃんとこしらえてある？」

「面白いことをおっしゃるじゃないの」

久生も気色《けしき》ばんで背すじを立てるのを、藤木田老があわてて割って入った。

「マアマア、仲間割れはあとにしてもらおう。探偵自身が犯人であってならんというのも、ノックスの第七項にある重要な戒《いまし》めだて。我々四人は、はじめから容疑の外におかんけりゃ……。それで？　まだ何かききたいことがあるかの」

「ええ、裏木戸のことなんだけど」

氷沼家の略図を指さしながら、

「犯人が内部にいた者ではなく、外部から忍びこんだとすれば、まさか表門からも乗りこまないでしょう。お風呂場に来るのは、この裏木戸が一番近いわけですけど、その戸締りはどんなふうだったのかしら。それに、この木戸を出るとどこへ抜けられるか、それも知りたいのよ」

「それそれ、それも肝心なポイントじゃよ」

藤木田老はわが意を得た顔になって、

「裏木戸は簡単な掛金ひとつで、それも垣根の外からでも、ひょいと手をいれて外せるという無用心さには恐れ入ったな。きいてみると氷沼家でもほとんど出入りはせんし、外の道は隣家の私道とやらで、めったに人通りもないから安心だなぞというが、木戸から風呂場までは石畳みで、誰が通ったとしても足跡さえ判りやせん。あれは早く直さんといかんな。それで、木戸を出たところは狭い坂道となって、池袋へ向う大通りへ出るには出られるが、夜などは猫の子一匹も通らんという、邸町の裏手にはよくあることだが、しんかんとしたものよ。大体あのへんの門構えの家には、人が住んでおるか判らんようなのが多くてな、つい裏木戸の斜め前にも古びた邸があるが、なぜ日本人は表札を出しようらんのか……」

「いえ付近の描写は結構よ。それから、と、お風呂場の中のことですけど、水道が出しっ放しだったのは、髭を剃りかけだったからだとしても、螢光燈が点滅した原因は何ですって？」

「ミイも電気には詳しくないが、点燈器——グローとかいうておったな。それが古くなっていたせいで、蒼司君が取替えたらすぐ直ったということだが……」

「つまり、逆にいえば、何者かがグローを取替えて古いものを取付けさえすれば、点滅を始めるかも知れないってことね」

「そうなるかな」

「頼りない探偵ね。で、洗濯機に泡が立っていたというのは、紅司さんが癇症で、自分の下着はみんな自分で洗濯しちまうからだと、前にきいたんですけど、今度もそうだったのね？」

「爺やや蒼司君の話では、その通りだな」

久生は指で図面を辿るようにしながら、

「ええと何だっけかな、ほかにきくことは。そうそう、お風呂場の窓はむろん磨《すり》ガラスでしょうね。それはいいとして、この土間を隔てた物置には、何が入れてあるのかしら。これは藍ちゃんも知らないかな」

「こないだ、あけてみたよ。古い椅子とか、夏の網戸とか扇風機……」

答えかけるそばから、藤木田老が口を添えて、

「そこはしかし、事件の間じゅう大きな南京錠《なんきんじょう》がおろしてあったからな、まず今度は関係もなかろう」

「その、事件の間じゅうですけどね」

久生はようやく切りこむ調子になって、

「アリョーシャの話で、事の前半は判ったけど、電話をかけに駅へ飛び出してからのあとが判らないわ。なぜ橙二郎さんが急に二階へ引き籠ったのか、それからなぜ、お風呂場に紅いゴム毬が出てきたのか……。あたし、今度の事件の時間表を作ってきたんですけど、いま読みあげますからね、間違ってたらおっしゃってちょうだい。名前は全部頭文字だけで略して、……

事件直前　藤、藍、紅、亜、階下の居間。
　　　　　橙、書斎。爺、自室。
　　　　　蒼、皓、九段。
10時20分　橙、居間へ。亜、蒼に電話。
　　　　　紅、風呂へ。爺、買物へ。
　　　　　藤、藍、亜、二階の〝赤の部屋〟へ。
　　　　　マチガイ電話。橙、書斎へ。

判るかしら？　こんな調子で……。

10時35分　藍、自室へ。ラジオ〝パリの街角〟
10時40分　橙、藍を呼ぶ。藍、書斎へ。
10時50分　爺、帰宅。紅、返事なし。
10時55分　爺、二階へ皆を呼びにくる。

とにかく、この10時20分から10時50分までの間に、紅司さんは殺されたわけよ。

11時0分　死体発見。紅い十字架ほか。

それで、電話にとびついてみると、これが急に不通になってて、二人が目白駅へ駆けつけた。走りづめでもないでしょうから、片道五分として、

11時5分　亜、蒼に電話。藍は嶺に。

11時10分　藍、亜、帰ると橙は書斎に。

藤、廊下。爺、風呂場。

紅い毬出現。

11時20分　蒼帰宅。嶺、皓、来る。

ざっとこんなことなんですけど、問題は死体発見の十一時すぎよ。つまりアリョーシャと藍ちゃんが駅に駆けつけたあと、藤木田さんと橙二郎氏、それに爺やさんが何をしていたのか、そこのところを知りたいの。これは想像ですけど、ほんの一分ぐら

い、爺やさんまでが死体の傍を離れて、お風呂場をカラにしたことなくって？」

久生のいう意味を計りかねたのか、藤木田老はしばらく相手の顔を見ていたが、やがてさも感服したように唸り声をあげた。

「いやどうして鋭いお嬢さんだわい。いかにも一分ぐらいは、確かに誰も風呂場におらなかったが、どうしてそれが判るのかの」

「だって、当然じゃありませんか、それは」

久生は、こころもち首をかしげるようにして、さりげなくいった。

「でなくちゃ紅い毬も出てこないだろうし、第一、それまでお風呂場に隠れていた犯人の、逃げ出す隙《すき》がないんですもの」

14　透明人間の呟き

かすかなどよめきを見せる三人を、女王のような笑顔で制して、

「知ってるわよ。いくら暗かったにしろ、お風呂場の中には、紅司さんの死体があるだけで、隠れるようなところはどこにもなかったといいたいんでしょう。湯ぶねは底まで透けて見えたし、窓には鍵がきっちり差しこんであったし、まさか天井の隅に貼

りつけもしない。床のタイルにも仕掛がないんですから、どこにいようもないわけね。でも犯人は、ちゃんとあそこに隠れていた。そして誰もいなくなった、ほんの一分ほどの隙に、死体を残して疾風のように逃げ出したの。あたしには眼に見えるよう……。えゝえ、れっきとした人間ですとも。あの紅い毬は、その時犯人が落していった遺留品よ。むろんそうやって透明人間になり終《おお》せるために使われた小道具だわ。現場を見ないでも、たちまち犯人のトリックが見破れるというところが、想像力のありがた味ね。でも、説明をきけば何だと思うでしょうし、判りすぎたことをもったいらしくいうのも、皆さんのおつむをバカにすることになるから、まず、さっきの質問の、藤木田さんと橙二郎氏が残って何があったのか、それから聞かせてくださらない？」

一息に喋り終ると、そしらぬ顔でハンドバッグの莨《たばこ》を探している。その顔を眺めながら藍ちゃんがぽつりといった。

「つまり久生さんも、あの晩お風呂場に、もう一人の透明人間がいたって説なんだね。ぼくたち目撃者のほかに……」

「ええ、そうよ。紅い毬の小道具ひとつで、透明人間に……」

いいかけて、気がついたように、

「あら。あたしもって、藍ちゃんも同じ意見なの？　……あのトリック、そう簡単に見破れる筈はないんだけど、藤木田さんはどうかしら。つい鼻の先に犯人が息を殺して隠れていたって説は」

「諸君が何を考えておるかは知らんが……」

重々しく腕組みをしながら、

「暗殺者《アッササン》は外部から来て巧みに風呂場へ入りこみ、また風のごとく外部へ逃れ去った。これは動かせぬ事実じゃよ。犯人が紅司君を殺害した後も、なお風呂場に隠れておったなどというのは、他愛もない空想にすぎんて。今回における、鉄の函のごとき密室を出入りするトリックもいずれはミイが見破ってみせよう。……ところで先刻の、残った二人が何をしておったかという御質問じゃが、これはまあ、ミイと橙二郎君より知らんことだし、口うらを合せたといわれればそれまでだが、正直に打明けんことには、諸君の推理もフェアにゆかん。これはひとつ、嘘偽りのないありのままとして受取って貰いたいが、こんなことだった……」

死体を発見した直後、電話が突然不通になったという、廊下からの大声に答えて藤木田老が、隣家を騒がせてはならんと、亜利夫たちを駅まで走らせたのは前にのべたとおりだが、そのあと、すぐ思いついてもうひとつの出入口——土間を隔てて台所に向いあう、洗面台のわきの板戸に、何か仕掛はないだろうかと、ハンケチを出して、指紋をつけぬようにしながら鎌錠を開閉してみた。こちらの方はまたいっそう固く、亜利夫たちが破った方は、ふだんよく使うせいか、動きも滑らかだが、この板戸となると、銀いろのつまみにしても相当指さきに力をこめて廻さぬと動かぬくらい頑丈だった。むろん板戸と床の隙間にも糸を通してどうのという余地はまったく見当らない。外に出て、土間におりてみる。そんな動作の間にも、背後の橙二郎が何をしているかには、おさおさ注意を怠らなかったのだが、カンフルの用意はしてきた筈だのに、馬鹿のように死体の傍らに突立って、いっこう手をつけようともしないのが解《げ》せなかった。いっぽう爺やの方は、上《あが》り框《かまち》に呆然と坐りこんだまま、憑《つ》かれたように死体を見つめていたが、それに気がつくと橙二郎は、いきなり叱りつけて、すぐ二階へ行って福寿草を煎じろといいつけた。福寿草は心臓の薬に違いないから、それはいいとして、どうも橙二郎の挙動には不審な点がある。ひとつ油断をさせて、どう出るか見きわめてやろうという気になった藤木田老は、もう一度念のため紅司の傍に戻って、脈の絶えていることを確認し、ついでに洗面台の水道をとめると、板戸の方から土間へおりて、姿を隠してみせた。

風呂場の気配に注意をあつめながら、物置のバカでかい南京錠を確かめていた時であった。何か人間の声とも思えぬ、圧《お》し殺した呟きに続いて、橙二郎が、ふいに立上って脱衣室から廊下へと出てゆく気配がした。藤木田老もすぐ浴室を覗きこんだが、どこにも変ったようすはない。橙二郎のあとを追って飛び出しながら、折よく二階からおりてきた爺やに、絶対に死体の傍を離れぬよう固くいいつけたが、爺やも呆気にとられたようにその場に突っ立って、二人をふりむいていたらしいので、一分は経たぬだろうが四十秒か五十秒ぐらいの間は、確かに風呂場は開け放しのまま死体だけが放置されていたわけで、爺やのいうとおり、それからすぐ浴室に戻ってみるとあの紅い毬が、死体の傍に濡れて転がっていたというなら、まったくの短い時間ではあるけれども、どこか思いがけぬところに潜んでいた犯人が、その奇妙な遺留品を残して逃げ出すのに、或いはこと欠かなかったかも知れない。……

「こと欠かないどころですか」

久生はすっかり自信を深めたように、

「皆さんで御丁寧に土間の戸まであけて逃げ道を作ってやったんですもの。どこへでも一目散だわ。……ですけど、その得体の知れない声っていうのは、どこから聞えてきたの？　橙二郎さんが何か叫んだわけ？」

「さあ、それがはっきりせんのじゃよ」

藤木田老が渋い顔でいうとおり、とっさの場合の人間の耳というものは、いっこう当てにならないので、風呂場には橙二郎しかいないから彼が発したのだと、その時は単純に思ったのだが、もし久生のいうように、透明人間のような奴がどこかに潜んでいられるものなら、どの方角からか呟くことも出来たであろう。その言葉も曖昧を極めていて、強いていえば語尾だけは「……ヤル」と、そんなふうにも思えたのだけれど、日本語で何々してやるぞというときの「やる」とは、また違った印象であった。

はなはだ漠然とした、頼りのない話だが、誓っていえることは藤木田老が土間の方に姿を隠したのは、ほんの瞬間的なことで、ぼんやりそれまで立っていた橙二郎が、藤木田老が見えなくなるなり、電光石火の早業で何か特別な注射を――つまり、まだ死んでいない、気を失っているだけの紅司に、あとで嶺田医師が点検しても判らぬような毒物を注射して殺す、などということは、出来得ようもない短い時間だったことである。紅司は、皆がガラスを破って鎌錠を外し、一斉に覗きこむ以前に死亡していたことだけは間違いない――と、藤木田老は自分にいいきかせるように繰り返すのだった。

「そんなこと、解剖してもみないで、判るもんですか。まあ今度の場合は、そう信じて間違いないでしょうけれどね。……で、橙二郎さんのほうは、駆け出してどこへいらしたのかしら」

爺やに死体の傍を離れぬようにいいつけ、藤木田老が橙二郎に追いついたのは、廊下の外れ、階段の真下だった。そこで橙二郎は、しきりとかかりもしない電話のダイヤルを廻し続けていたが、その間ももどかしそうに、「赤ん坊が、赤ん坊が」と呟いているのを、藤木田老はきき洩らさなかった。肩をどやしつけて、一体何があったんだときくと、とにかく緑司のいる産院へ電話をしなければ、と真顔でいう。この電話が壊れているなら、すぐ隣の堂前さんにいって借りるから、と内玄関から出て行こうとするので、夜の十一時すぎ、紅司の死んだという時にそんなことで隣家を騒がせれば、あとあとまで噂が立って、病死でおさまるものもおさまらなくなるぞと、懇々といいきかせてやると、まるで駄々っ子のように、では駅まで行ってかけるといい出した。大丈夫、いま出た二人が気をきかせて故障係へかけるだろうから、電話はおっつけ直る、それよりも紅司君をあのままにしておいていいのかと叱りつけると、急に二階へ駆けあがった。福寿草が駄目なら麝香《じゃこう》で、とか何とかいいながら、薬戸棚を引っかき廻しているさまも上の空で、押問答の末、藤木田老は仕方なく階段の下に突っ立って、亜利夫たちの帰ってくるまで、浴室と二階とを等分に見やりながら待っていたというのが真相だが、何がそれほど橙二郎をうろたえさせ、産院へ電話することを思いつかせたのか——もともと橙二郎という男は、ひどくエキセントリックで、突拍子もない言行が多かったが、今夜のこのふるまいばかりは、確かにただごとではなかった。

電話がいつの間にか直って、——というのは、藤木田老が階段の下に突っ立っているとき、チンと澄んだ音で電話が鳴りかけ、念のため受話器を外してみると、もう通じていた。それでやっと産院へかけ終え、緑司が元気でいることを確かめた橙二郎は、すこし気も落ちついたのであろう、自分の奇妙な行為をこんなふうに説明したが、それは亜利夫たちもきいている。

「紅司君にカンフルを打とうと思ったが、脈をみただけでもういけないのは判ったし、それに、背中のあの忌わしくのたくったみみず脹れを、改めてとっくりと見たのがいけなかった。御承知のように、今度緑司が生まれる時は回旋《かいせん》がとまって、麻酔も無論かけられないまま、十文字に裁ち割った腹の上へ、どさりと腸を取り出して載せるという手術までやる破目になった。それを私ア最後まで、圭子の手を握って見守っていたんです。医者として夫として当然といっても、あの鼻を衝く血腥《ちなまぐさ》さだけは忘れられない。それが、お恥しい話ながら、紅司君の赤い十字架を見たとたんに、その時の情景がゲエッときましてね、何かこう、赤ん坊に大変なことが起ったんじゃないかという……エエ、そりゃ胸騒ぎなんてものじゃない、あなた、この年で始めて父親になったんですから、それアもう確信といっていいくらいのもので、何がどうあっても産院へ電話して、緑司の安否を確かめずにいられなかった、とこういうわけです。いや、どうも、年甲斐のないことで、いやあ、アッハッハ」

ひきつったような笑い方をしながら、なぜか紅司の死から眼をそらそうと努力していたあの時の態度は、何かもうひとつ奥があるに違いないのだが、本人はあれからというもの産院へ逃げ帰って、めったに目白へは顔を見せようともしない。警察の手を借りるなら別だが、いまのところ、泥を吐かせるといっても、何か決め手になる事実でも出てこなければ無駄であろう。あの晩も藤木田老は、蒼司に頼まれたとおり、二人を並べて懇々と諭《さと》したのだが、橙二郎はまるで耳も藉《か》さない態度で、そらとぼけるばかりだった……。

しだいに藤木田老の舌鋒《ぜっぽう》は鋭く、アレだけは氷沼家に珍しい不作だとか、欲のためには人殺しもしかねない、

「アレの姉にあたる、広島で死んだ朱実という御婦人も、たいへんなケチンボウではあったが、まだこのほうは陽性で明るい気性じゃったから救われたな。橙二郎はいかん。紫司郎君ともひどく仲が悪かったのを、いくら病院が自火を出したとはいえ、よ

くもまあ厚かましく乗りこんできおったわい」

などと、とりとめもない攻撃に変っていったが、それまで黙って皆の意見をきいていた亜利夫は、そろそろと確かめるように口をひらいた。

「そうすると橙二郎さんは、風呂場を飛び出すなり〝赤ん坊が、赤ん坊が〟と口走ったんですね」

うなずくのも待たずに、

「それはもしかしたら、アレじゃないでしょうか。本当は病院の緑司のことなんか心配したんじゃない、それはあとのごまかしで、橙二郎さんはあの薄暗い風呂場の、どこか思いがけないところに、例の紅い毬を見つけて、それを畸型な赤ん坊みたいに錯覚した……とは考えられないですか」

「どういう意味かな、それは」

藤木田老が問い返すと同時に、久生が横合いから口をいれて、

「何をいってるのよ、アリョーシャは。それより、あんまりぞっとしないお話ですけど、紅司さんの背中の十字架……。そのお相手ってほうはどうなの。どこかの与太者っていうことはきいたけれど、果して本当に存在してるのかしら」

——それは誰もが頭の中であれこれと思い浮かべはしながら、わざとのように避け

てきた問題であった。あの醜い痕が、ありありと残されていた以上、相手がいることはまず間違いないにしても、紅司の頓死をいぶかしんで氷沼家へ訪ねてでもくれば格別、いまの処はまだ噂の中の、影のような存在にすぎない。

「でも一度、こういうことがあったんだよ」

藍ちゃんが声をひそめるように、伏眼になりながら、

「いつか電話がかかってきて、蒼兄さんが取次いだそうだけど、ゲンジとかケンジとかいう乱暴な口のきき方なんで、あとから紅兄さんに、何だい今の奴はってきいた。そしたら薄笑って、ダチさ、ヤア公だよって答えたんだって、鞭痕の方も一度爺やが見つけて、びっくりして紅兄さんにきくと、ひどく怒って答えない。心配して蒼兄さんに相談に来たことがあるんだってさ。だから、ケンとかゲンとかいう名の与太者がどっかにいて、紅兄さんとヘンな関係にあったという推察は出来るけどさ、でもどうなんだろう、それっきり、紅兄さんが死んでからも電話がかかってきたこともないし……」

言葉を濁《にご》す藍ちゃんに続いて、久生は陽気にいった。

「まあどうかしら。こう何もかもあいまいで中途半端なお話ばかりじゃ、ザ・ヒヌマ・マーダーも始末がつきやしない。だってまだ他にも、考えにいれる必要はないけ

れども、藍ちゃんを脅しに来たアイヌ装束の人物だっているわけでしょう。あれからまた、あいつに出くわした？　そう、まだ満月の晩は廻ってこないわね。ですからさ、そんなアイヌとか、何とかいう与太者とか、それから橙二郎氏の奇妙なふるまいなんかは、一応御破算に考えていいんじゃないの。つまり今度の紅司さん殺しには、どれも直接関係のないことと見なしても真相は歪められない——あたしはそう思うの」

ひどく確信ありげにいうのは、まだ打明けようとしないが、犯人の名前を知っていると断言したくらい、自分の調査に自信があってのことであろう。

「必ずしも関係ないとはいえんな」

藤木田老は藤木田老で、独自の見解に達した顔つきだった。

「いかにも、これまでのところでは、何やらとりとめのない話にきこえるか知らんが、その与太者からさっぱりと音沙汰ないことと、橙二郎の風呂場での奇妙な振舞との間にも、案外な黒い糸がつながっておらんでもない。ま、しかし、橙二郎だけについていえば、紅司君の死んだ時刻にはちゃんと二階におって、風呂場に足踏みせなんだことは確かだな。諸君も知ってのとおり、十時四十分ごろかに書斎を飛び出して、藍ちゃんを呼び立てはしたものの、階下まで降りてはいない。むろんのこと風呂場に近寄る時間的な余裕はまったくなかった。従ってアリバイの点のみから論ずれば……」

「ちょっと待ってくださいよ」

口を尖らすようにして、亜利夫は、

「どうも判らないことがあるんです。そりゃ今度の場合は、もし本当に殺人だったとするなら、ぼくも、ある変な奴が風呂場に隠れていたような気がしますけど、でも犯人は、必ずしも現場に出入りしなくたっていいわけでしょう？　風呂場の外にいたって、中の紅司君に非常なショックを与えることも出来たろうし、反対に紅司君が、怪しい物音か何かするんで裏庭あたりまで出てみると、突然犯人が襲ってくる。あわてて風呂場に逃げ帰って、自分で内側から鎌錠をしめたままではいいけれど、それっきり心臓に変調をきたして、一巻の終りになっちゃったことだってあり得るじゃありませんか。剃刀を握りしめていたのは、犯人の襲撃をおそれたせいかも知れないし、密室殺人だからって、何も犯人が必ず出入りしなくちゃいけないなんて……」

「えへん」

藤木田老はようやく元気づいて咳ばらいすると、

「犯人が外にいて、内部の者に非常なショックを与える。或いは被害者が、犯人の次の襲撃をおそれて、自分で鍵をかけてから死ぬ。いずれも密室トリックとしては上々だが、しかしな、アリョーシャ君」

おごそかなくらいの口調になって、

「それはどちらも、過去の探偵小説に先例のあるものなんだよ。きみ、氷沼家における佞邪奸悪《ねいじゃかんあく》なる犯人が、過去に用いられたようなトリックを使って恥じぬと思うかね。いやいや、犯人は犯罪史上に前例のない、奸智《かんち》に長《た》けた方法を用いて、ちゃんとあの風呂場に出入りした筈じゃ。さればこそ紅司君を、病死とより見えん形で葬り得た。きょうここに額を集めて、推理くらべの下相談を計り、『凶鳥の黒影』後編を各自がしたためて紅司君の霊前に供えようとしておるのも、いかにしてそのトリックを曝くかという、……」

「そうよ、犯人が出入りしない密室殺人なんてばかばかしいもの」

藍ちゃんも尻馬にのってつけ加えたが、亜利夫にはどうも、人を殺すのに、いちいち前例のない方法を用いるものかどうか、はなはだ疑問に思われてならない。しかし、ここに集まった連中には、そんなことこそ最大の関心事なのであろう、得意の持論が出て、

「機械仕掛のなんて、ことに幼稚だよね、密室トリックっていうんなら、どんな厳重

なところにでも、ちゃんと犯人が出入りしてみせなくちゃ。……それで、藤木田さん、その推理くらべって、いつやるの？　条件だの場所だの決めといてよ。『凶鳥の黒影』後編だっても、原稿紙に書かないでいいんでしょう、口で喋りさえすれば」

「それはむろんだが……」

藤木田老は指を折って数えながら、

「きょうが二十七日か。よし、今からちょうど十日の余裕をおくとしよう。暮はお互いに何かといそがしいことだし、明けて来年の一月六日に花々しく開こうじゃないか。場所は……と、ここも静かでいいが、そうそう長居するわけにもゆくまい。どうだね、我ら四人が初めて顔を合せた記念に〝アラビク〟としては。あの二階には、ちゃんと御休憩用の座敷があるから、あれを予約しておこう。それで当日は、めいめい順番に推理の結果を喋って貰うことになるが、条件としては、まず誰にも納得のゆく合理的なトリックで、しかもそれは、必ずこれまでのどんな探偵小説にも先例のないもの……。難しすぎるかな、それでは」

「かまわないよ、ちっとも」

藍ちゃんは、けろりと答えた。

「機械仕掛の殺人はナシ、犯人は飼い慣らした動物なんかじゃない、ふつうの人間で、しかもあのお風呂場に必ず出入りするって条件ね」

「でもねえ、先例のないトリックっていうのは、どうかしら」

久生は小くびをかしげて、

「あたしたちだって、世界中の探偵小説を読み切ったわけじゃなし、絶対に例がないなんて偉そうなことはいえないわ」

「いや、その心配はいらんて」

藤木田老は自信ありげに、何か本のようなものを取り出そうとしたが、それを遮《さえぎ》って、

「まあ少なくともあたしは、方法か犯行動機かどちらかに新味があればいいということにしていただくわ。だってあたしが探り当てたのは、方法より動機のほうが先ですもの。そりゃもう、絶対に世界に類がないって断言出来る動機なのよ、今度の事件の発端は」

「いや、それならばそれで結構。動機の探求もむろんおろそかには出来んことだてな。さて、これは大変なことになったわい。久生女史はミス・ホームズと決まったし、藍ちゃんはボートルレとゆきたいところだが、今回は小柄なところを見込んで、エルキュール・ポワロと願おうか。ミイは、ほれ、藤木田誠の頭文字をとってもH・

Mになるとおり、ヘンリ・メリヴェール卿の役処《やくどころ》が、まず動かぬところだて。ポワロはベルギー生まれとやらだが、何にしても、光栄あるイングランドにその名も高い代表的探偵が一堂に会して、ザ・ヒヌマ・マーダーに取組む趣きを呈したとは、いや壮観なものだ。ではこちらに控えらるる、アリョーシャこと光田亜利夫には、まとめて三人分のワトスン役を引受けていただこうか。何でもユウは、初めて氷沼家を訪れた日から詳しい日記をつけておるというておったが、いい心がけじゃよ。ま、ひとつ。来《きた》る昭和三十年一月六日夜の記録は特に詳細に願って、後年、回顧録を出版する時は誤りのないようにして貰いたい。それこそ世間では、ミイの……」

「あのねえ、藤木田さん」

亜利夫は、いつにない微笑を浮かべていい出した。

「そりゃワトスン役は、行きがかりでお引受けしますけどね、ぼくもひとつ考えたことがあるんです」

「ほう、何だね」

「紅司君を殺した犯人のことですよ。どうもきょうお伺いしてると、話が高尚すぎるというか、趣味的というか、実際の殺人とは縁遠い気がするんです。だってあなた方は、これが犯罪史上に例のない動機と方法の犯行だと決めてかかっておられるけど、べつに犯人がそう宣言したわけじゃないでしょう。で、ぼくはこう考えたいんだけど……」

「考えることくらい、誰でもするわ」

久生はききたくもないというように、ホームズばりで決めつけたが、藤木田老は片手でなだめて話をうながした。

「つまり、もうすこしありふれた人物の、ありふれた行為からだって、事件の核心は摑めると思うんですよ。たとえば、あの吟作という爺やのことなど、少しも問題にされていませんけれど……」

「爺やはいかん、爺やは」

びっくりするような大声で、

「爺やとか女中とかを犯人にしてはならんというのも、ノックスの……いや、これはヴァン・ダインの探偵小説二十原則か。とにかく爺やは問題にならん。ミイは光太郎氏が、あれを傭い入れた大正時代から知っておるが、当時はあれも十八歳ぐらいの、初々しい美少年でな、惜しいことに光太郎氏の変死した年からお不動様に凝りはじめたが、いまのようにすっかり頭にまでこようとは、思いもせんじゃった」

「誰も爺やが犯人とはいっていませんよ」

亜利夫も少し、つっけんどんに、

「そりゃ氷沼家に対しては忠実無比でしょうけど、だからって犯行にまるで無関係だとはいえない。殺人といえば、必ず悪人が善人を殺すときめてかかるのは、おかしな話じゃないですか。……べつに紅司君が悪人だったというわけじゃないけど、その、橙二郎氏が風呂場を飛び出したあと、ほとんど入れ替りに、爺やが死体の傍につききりだったというのは、確かなんですね」

「まず間違いはなかろうよ。ほれ、ユウが帰って来た時、ミイは階段の下に立っておったろうが。あれは抜目なく、二階と風呂場と両方に眼を配っておったのじゃが、土間の側から出入りすればともかく、脱衣室からは一度も顔を出さなんだからな。しかし、なぜそれが……」

「だって、ホラ、最後に爺やは死体を拝みながら、しきりにお経を唱えていたでしょう。あの時あんなことをしていた意味が、ぼくには少し判るような気がするんです。つまり、ぼくは簡単に死体を拝んでいたと思いこんじゃったけれど、本当はあの紅い毬を拝んでいたんじゃないか……」

「それはまた風変りな意見だが、それで？」

「だとすれば、こんどの事件の殺人者は、ただの悪人じゃない、爺やにとっては、むしろありがたいような存在じゃなかったのか、ひょっとするとお不動様が殺したぐらいに思ってるんじゃないかって、どうもぼくにはそう見えるんですよ。だって爺やは、特別に紅司君びいきだったんでしょう。それが、どうも見てると、それほど悲しんでいるようすもないし、何かひとりでニコニコして、まるで嬉しいことがあって、これで一安心てな顔をしてるのが、ぼくには無気味でしようがないんだけど……」

「アリョーシャ、すげえや」

藍ちゃんはひどく感心したらしく、

「ワトスン役にはもったいないよ、そこに気づくなんて」

「……それでね、爺やにも直接きいてみたんだけど、これは無論はっきりしたことはいわない。でもぼく、今度の事件には、何かしら大きな暗い塊《かたま》りのような因果噺《いんがばなし》がつきまとっている、決してただの殺人じゃないってことに、そのとき気がついたんです」

「ですから、それがつまりあたしのいっていた、死人たちの積み重ねた業《ごう》でしょう？」

口紅のついた莨を灰皿へ突っこんで、

「あたしもね、裏木戸がどうの、お風呂場がカラになったのなんて訊いたけど、本当はそんなこと、どうでもいいの。今度の事件は前々からいうとおり、死人たちの仕業よ。曾《ひい》お祖父さんから四代にわたる、氷沼家八十年の秘密が重なり合って生じた事件なんだわ」

「ところが八十年ぽっちじゃない、千年は経っているよ」

亜利夫は、珍しく逆らうようにいった。

「ぼくのいうのは、もっと古い因果噺さ。千年以上も前から、五つの墓が用意されて て、氷沼家の五人の人間が、ひとりひとりそこに埋められてゆくのかも知れないんだ。とにかく、ぼくの発見したことが正しければ、紅司君の死は殺人とはいえない、当然の約束なんだ」

「いやだ、すっかりあたしのお株をとったじゃないの」

久生は問題にしない顔だったが、藤木田老はすかさず乗り出して、

「構わん、構わん。これはまたひとり探偵が殖えたか。しかしユウの考えた犯人——というか、とにかく紅司君の生命を絶った人物じゃな、それはあの風呂場へ、物理的に出入り出来る存在かな？　幽霊のようなものが壁を通り抜けたりするのでは困るが」

「ええ、それも考えてみたんですが、何とか出来そうですよ。ただ、いまもいったよ

うにその本体はどんなものか、ぼくにも見当がつかない。しかし、ぼくらのよく知っている或る人間が、その啓示を受けて犯行をやってのけたことは確かだと思うんです。厳密な意味で、だから犯行とはいえないし、それにぼくは探偵小説なんかロクに読んだことがないから、そのトリックが今までにないものかどうか、そんなことはとても……」

「それには、いいものがある」

藤木田老は、待ち構えたようにオーバーのポケットから、さきほど出しそこねた一冊の本を取り出した。このとし六月に早川書房から出版された、江戸川乱歩の『続・幻影城《げんえいじょう》』で、いつも持ち歩いているのか、カバーの汚れたやつを亜利夫の前に押しやると、

「この中に〝密室トリック集成〟というものがあってな、今までに出た大きなトリックは大抵載っておるよ。ええと、これこれ、(1)の〝犯行時、犯人が室内にいないもの〟という項は、すなわち犯人が現場に出入りせんで行う殺人じゃから、今回の約束に従って不要だが、(2)の、〝犯行時犯人が室内にいたもの〟という、これだな。ここにいろいろと例があがっておって、乱歩自身もまだ不備なものとはいうておるが、めぼしいトリックは落ちておらん。ま、ひとつこれを持っていって勉強してくれたま

え」

いきなり押しつけられて、仕方なく亜利夫がその空色のカバーの本をめくっていると、藍ちゃんが思い出したようにいった。

「乱歩ってば、全集は出すしさ、新年号から二つも長編を書き始めたのね。『化人幻戯《けにんげんぎ》』は読んでるけど、『影男』ってどんなの?」

「いや昔と変らん元気なものだて。鏡の部屋で、とある富豪が怪しげな振舞をするのを、影男が鏡の裏から写真に撮って脅迫するという出だしでな、何でも影男には男の愛人さえあるという謳《うた》い文句までついておるが、いや頼もしい話だわい」

探偵小説の話をさせておくときりもないこの遊民たちは、こうして揃って『氷沼家殺人事件』の解決に乗り出し、そして奇妙なことに、四人四様の犯行方法を指摘したのであった。

15　五つの棺（亜利夫の推理）

昭和三十年――一九五五年が明けた。一月末の国会解散、二月末の総選挙がほぼ確定したこの暮から正月にかけては、民主、自由、左社、右社と入り乱れた政党の動きがあわただしく、浮き足だった世間に歩調を合せるように、犯罪件数も凶悪犯を主にうなぎ昇りとなっている。当時の警視庁の発表によると、殺人の手口がひどく残忍になり、いままでのように衝動的でなく計画的な犯行が目立つということだが、一方、火事は都内一日で四十二件、交通事故が八十件という、新記録のはしりも出たくらい、この頃から東京には、眼に見えぬ悪気流のようにひろがった熱病——誰ひとり罹《かか》ったとも意識せず、いつかまたおさまっていった熱病が、少しずつその兆候を現わしはじめたのである。

正月にも、氷沼家はひっそりと門を鎖したままだった。二日に亜利夫が、爺やに問いただしたいことがあって行った時は、ちょうど九段の家を引払って、麻布谷町《あざぶたにまち》に越したばかりという八田皓吉も訪ねて来ていたが、傍らに控えた蒼司に遠慮して、亜利夫にも軽く会釈をしたなり、

「おめでとうさんもいわれしめへんなあ」

と、ひとりごとのように呟いた。

蒼司はその時も、行者のように端座していた。木々高太郎《きぎたかたろう》が『青色鞏膜《せいしょくきょうまく》』に描いた主人公さながら、重苦しい悲劇を負いこんだその姿は、初めて会った時に較べたら、脱け殻ともいえるほどで、洞爺丸の事件後からしきりと小旅行に出、ふだんでも昼日

中からふらりと家を出たなり、しばらく帰ってこない。どこに行っているのかと思うと、映画館の暗い椅子に何時間でも坐っているのだそうで、薄暗い舟底のようなところにじっとしているのだけが救いだ、盲になってしまえたら幸福かも知れないなどと、苦笑するように語っていたが、誰よりも愛していた父に続いて、何者かの黒い手が、残されたひとりの弟までを奪っていった今は、もう何をする気力もないらしい。紅司の死が、企み抜かれた殺人であるなら、この兄の鋭い頭脳にも、犯人のイメージは自然に浮かんでいるに違いないし、それなりの意見もあるのだろうが、これ以上、人を疑い咎《とが》めることには、到底神経が堪え難いのであろう。何を考えるのも大儀そうに窶《やつ》れきった姿を見ると、亜利夫にはそんな話を持ちかけることも憚《はばか》られた。まして四人が集まって推理くらべをするなどといえば、人の死をおもちゃにするのかと、眉をひそめるに相違ない。

結局、蒼司には何も打明けず、相談もせぬまま、約束の一月六日が来た。寒《かん》の入り——吉例の出初め式のきょうは、朝のうちよく晴れていたが、冷えこみ方はきびしく、季節風の運んできたものか、夕方、亜利夫が出かけようとする時は、十日前と同じように雪となって、一時は、これは積もるなと思わせるほど力をこめて降り続けたが、やはりごく局地的なものにすぎなかったのであろう、〝アラビク〟に着いたころは止んでしまっていた。

　ふだんは勤め人らしい地味な背広で、それがかえってバタ臭い顔を引き立てている亜利夫も、きょうは正月だけにめかしこんで、一つ釦《ボタン》で胴を緊めたフラノの変りジャケットに、スラックスはぐっと濃い目の灰色のギャバという、昨年十一月、帝国ホテルで開かれた、じゃがいも会新作ショウそのままといったスタイルであらわれたが、久生はいっそう派手だった。雪の精みたいに純白なシールのコートを脱ぐと、どっしりした鶸《ひわ》いろの一越《ひとこし》に、洗朱《あらいしゅ》と銀で遠山霞を織り出した綴《つづれ》の帯という仕度は、さすがに常連たちを驚かせたらしい。階下にたむろする一件どもが、まさか男の筈は、と眼をみはる間に二階へあがってしまった。

〝蘭鋳《らんちゅう》〟だの、おキミちゃんだのがいたら、またうるさいことだったろうが、幸い買物とか映画とかに出かけた留守で、いつもこの店を根城にしている三味線弾きの爺い、自分ではお花婆あと名のっているのが、心得顔に、

「ハイハイ、承っておりますわ。もう皆様、お揃いでございます。まあこのお召物は、手描きですのねえ。結構な、またおみ帯」

　押しあげるようにしてついてくる。

「お茶の帰りなのよ、きょうが初釜。あなた方ももうお開きはお済みになって？」

にっこりふり返って、お嬢さんらしからぬことをいうと、呆気にとられるお花婆あの鼻先に、ピシャリと襖《ふすま》をたてきった。

初春らしい、花やかな羽根ぶとんのかかったこたつに顔を合せ、飲物も瓶ごと運ばせて、呼ぶまでは誰も来ないようにいいつけると、どっかりあぐらをかいた藤木田老が、嬉しそうに亜利夫をうながした。今夜はまた前どおりの幼稚な変装で、黒ぐろと染めわけた髪とつけ髭で、すっかり若返っている。

「どうだね、アリョーシャ君。『凶鳥《まがとり》の黒影《かげ》』後編は、うまく出来ましたかな。すべての現象を合理的に説明出来、しかもまったく新しいトリックを用いた解決編は。いや、それよりも、千年も前から氷沼家には、五つの墓が用意されておるとやらいうておったな。まず、それから伺おうか」

「合理的な説明といえるかどうかは判らないけど……」

亜利夫は、コニャックのグラスを両手で暖めながら、自分の奇妙な〝発見〟を話しはじめた。

「紅司君のお葬式が終ったあと、夜だったけど、あのお風呂場の蛍光燈をつけて、もう一度つくづくと眺めてみたんですよ。そのときはじめて気がついたんだけど、ホラ、あそこは、床も腰壁も湯ぶねも、全部白いタイルでしょう？　洗面台もむろん白だし、天井も白く塗られている。それに事件のあった晩は、白い塗装の電気洗濯機にシャボンの泡が浮いていたし、おまけに棚の一輪差しには、白いグラジオラスまで差してあった。何から何まで白ずくめ……そうなんです。つまりあのお風呂場が、ポウの『赤き死の仮面』にはあるけれども、氷沼家には見当らなかった〝白の部屋〟なんです。白の部屋はあそこだった……。そして、紅い十字架型の鞭痕を背中につけた紅司君が、自分自身、〝赤き死〟としてあの部屋に出現した——そう考えていいんじゃないでしょうか」

百年あまりも前に、ポウの卓抜な幻想から生まれた僧院の華麗な仮面舞踏会《マスカラード》が、突然、氷沼家に再現しはじめ、失われた部屋の一つが甦った、とでもいうように言葉を切ると、グラスをおいて今度は笑いながら藤木田老に話しかけた。

「この間いってた、ノックスの〝探偵小説十戒〟っての、見ましたよ。九番目だかに、ワトスン役は何でも思いついたら隠し立てしちゃいけない、おまけに読者より少し知能が低くなくちゃいけない、なんて、ひでえことが書いてあったけど、どうです、〝白の部屋〟の発見はすばらしいでしょう？　それだけじゃない、もうひとつの失われた部屋、〝黒の部屋〟がどこにあるかまで、ちゃんと判っちゃったんだから、とてもじゃないけどワトスン役には、もったいないないな」

「だけど、アリョーシャ」

藍ちゃんが少しせきこんだ調子できいた。

「紅兄さん自身が〝赤き死〟だってことの意味、考えてみた？」

「それは考えたさ」

亜利夫は鷹揚《おうよう》にうなずいた。

「いつか紅司君が喋っていた『凶鳥の黒影』じゃない、歌舞伎仕立にしたほうの『花《はな》亦《も》妖輪廻凶鳥《ようりんねのまがとり》』ね、ぼくはよく知らないんだけど歌舞伎の約束で、通し狂言の一番目というのは、必ず時代物なんだって？　金ピカ御殿か何かで義太夫《ぎだゆう》の出るのが決まりだっていうけど、そうすると、殺人でいえば、時代がかった古い物語だの伝説だのに情景を象《かたど》って見せるということだから、あのお風呂場が〝白の部屋〟で、紅司君が〝赤き死〟だってことは、つまりそれが間違いなく『花亦妖……』の第一幕、一番目狂言に当る殺人だという意味をあらわしていることでしょう。何か訳の判らない数式を残して死んだ点からいっても、狂人ＡＢＣＤのＡに間違いはないし。……

ただ、どうも変だと思うのは、どこかに謎の犯人がいて、紅司君の考えた筋書どおりに殺人を始めたというんじゃ、あんまり物好きがすぎる、あの筋書を知っているのは、ごく少数にすぎないし、誰よりも、もしそんなことを始める人間がいるとすれば、それは紅司君その人のほかにはない。案外紅司君は、死んだと見せかけただけなんで、そういえばあの爺やが、ちっとも悲しそうな顔をしていないことなんか思い合わせると、ひょっとしてこれは、とも思ったんだけど、でも紅司君が死んだことは確かに死んだんだから、一時はさっぱり判らなくなっちゃったんです。……

それが、どうにかメドがついて、この事件の背後には、もっと奥深い、暗い塊りみたいなものがある、百年前の物語なんかに因《ちな》んだことじゃない、もっと古い因縁がからんでいると判ったのは、もうひとつの〝黒の部屋〟ですね、それがどこにあるんだろうと考えていて、ふっとその在り場所が判ってからなんです。どこにあるか、見当がつきますか？　それはね、もしかしたらぼくのうちにあるんですよ。……変だと思うでしょう、ぼくのうちなんて。でも、ぼくのうちは目黒にあって、氷沼家は目白にあるんですよ。目黒という地名は目黒不動があるからだけど、それじゃ目白不動なんてのもあるのかと思って爺やにきくと、千登世橋の向うだかにちゃんとあるんですってね。しかも、そのほかにまだ、目青、目赤、目黄という、全部で五つの五色不動が、千年以上も前から武蔵国には配置されていて、それこそ氷沼家の守り本尊なんだ、とうとうあなた様もそこにお気がついたかなんて、爺やさんは真面目な顔でいうんだけど、それじゃ赤や黄がどこにあるんだってきいても、ニヤニヤして教えない……。だけど、目白の〝白の部屋〟が、げんに紅司君のお墓だったとすれば、目黒のぼくの家のどこかに、ちょっと気がつかないような〝黒の部屋〟が突然出現して、そこがあるいは蒼司君のお墓に予定されているのかも知れないでしょう。それに、まだあと三つ、目青、目赤、目黄という不動が残っていて、氷沼家にもまだ、男だけを数えれば、藍ちゃん、橙二郎、緑司と三人ちょうど残っている。するとその一つ一つが銘々のお墓に昔から予定されているんじゃないか、とこう思ったんです。だから、早く五色不動と氷沼家との間の因縁を探らなくちゃ……」

「よしとくれよ。お不動様なんかと心中するなんて、ごめんだア」

藍ちゃんは、ハイボールに上気した顔をふりむけた。たしかに、この時はまだ亜利夫のちょっとした思いつきとしか、誰にも考えられなかったし、勢いこんでいい放った藍ちゃんの言葉が、自分の運命をいい当てたとは、まさか思えなかったのだが、藤木田老はそんなことより何より、こうした〝非合理な発端〟というものが、たまらなく嬉しいらしく、

「なるほど、すると何だな、ディクスン・カーの『三つの棺』ならぬ『五つの棺』が、千年も前から氷沼家のために用意されておる、と、マアこういうわけかな」

「そうなんです。だからぼく、さっそく目黒不動に行ってみたけど、開運お箸だの兵

たん守なんてお守りを売ってるだけで、縁起なんか判らないっていうから、社務所のほうへ行って目赤や目黄のことをきいたんです。そしたら、青・赤・白・黒・黄の五色は、その順に、東・西・南・北・中央をあらわすんで、べつに仏像の眼玉に色が塗ってあるわけじゃありませんなんてってさ、何でも天台宗三世の慈覚大師って坊さんが、千百五十年前に開いたことは判ったけど、じゃ、なぜその当時は草茫々の原っぱだったこんな武蔵国に、何を中心にして五つの不動尊を安置したのかということになると、さっぱり要領を得ない。むろん目黒不動ってのは、三代将軍の庇護で昔は壮麗な伽藍《がらん》の並ぶくらい栄えていたらしいから、それにあやかって他のが生まれたとも考えられるし、何だか社務所の人もそういいたそうな口ぶりだったけど、でも目黒だけがいきなり出来た筈もないでしょう。結局、そこらへんは判らずじまいで、本尊も見せて貰えないし、ぼく、五百円もお布施《ふせ》を包んで損しちゃったな」

「ふむふむ。まあしかし、五色不動縁起のほうはともかくとして……」

藤木田老はそろそろ本題に入って、

「それと今度の殺人とを、どう結びつけるかというのが、ユウのはたらきじゃよ。非合理な発端と合理的な解決こそ、本格探偵小説の約束だて。まさか紅司君が、お不動様の怒りに触れて頓死したわけでもないからな」

「ええ、そこのところが、ぼくも一般の殺人と違うなと思うんで、つまり紅司君は殺されたんじゃない、むしろ救われたんじゃないか——これは、爺やにももう一度確かめてみたんですが、こういってました。本当はあの晩、北の国の穢《けが》れた神、っていうから、アイヌの蛇神か何かなんでしょうね。それがやってきて紅司君を殺そうとしたんだって。それを氷沼家の守り本尊である不動明王が、とっさにコンガラとセイタカという二童子を遣わして助けられたなんて、すごくまじめな顔でいうんです。まるで本当に不動明王の降臨を仰いだみたいな口ぶりで……」

「爺やの寝言は改めて紹介に及ばんが……」

藤木田老もふっと不安顔で、

「アレも可哀そうだが、そろそろ適当な病院を探してやらにゃならんな。橙二郎が躁病、爺やが分裂症の初期症状を見せはじめたとなると、何のことはない紅司君の小説そのままじゃ。コンガラ、セイタカの二童子きたり助《たす》くとは、また文覚上人《もんがくしようにん》の荒行《あらぎよう》以来の珍事だが、何をいい出すことやら……。それにしても、もうそろそろ、ユウの密室トリックを説明願いたいな。まさか一緒になって、爺やのたわけ話を信じておるわけでもあるまいから」

「ところが信じてるかも知れないですよ。ただ、爺やのほうはほんものの不動明王が来たと思っているらしいけど、ぼくはその啓示を受けた人間だと思うだけの違いで……」

照れたようなことをいいながら亜利夫は、それでもようやく乱歩の『続・幻影城』を取り出して、

(2) 犯行時、犯人が室内にいたもの

という項をひらいた。

「なにしろ探偵小説はろくに読んだことがないから、ここに出てる短い説明じゃピンとこないんで閉口しましたけどね。この項目に分類してあるトリックを順番に見てゆくと、

〔イ〕 ドアのメカニズム

犯人が殺してから外に出て、紐やピンセットを使って外から内側の鍵をしめるという方法ですけど、お風呂場の鎌錠は、外からじゃ動かしようがないし、確かに両方ともガッチリかかっていたから、これは不可能ですね。

〔ロ〕 実際より後に犯行があったと見せかける

これは密室でない時に殺しておいて、あとでその部屋を人が見張っている時に、まだ中で生きてるような悲鳴をきかせたり、動く影を窓に映したりして、駆けつけてみ

ると死体だけあって犯人がいないというトリックでしょう。今度はそんなこともなかったし、

〔八〕　実際より前に犯行があったと見せかける

密室を破って入って、まだ死んでいないのをとっさに殺すというんで、これは可能性がありますね。だけど藤木田さんの話じゃ、橙二郎氏は注射も何もする暇がなく飛び出したというし、そのあと爺やが見張っているのに何者かが来て殺すということも有り得ないし、それに嶺田博士の来たのが、十一時二十分から半の間でしょう？　紅司君の死体は、むろん解剖してみなくちゃ判らないにしても、少なくとも死んでから小一時間は経っているものだと、あの時ハッキリいったんだから、診立て違いもないとすれば、お風呂場が完全に鎖ざされた状態の時に死んだわけで、これも成り立たない。〔八〕の追記にある、密室の一部または全部を持ちあげて隙間をつくるなんて大がかりなことも出来やしないから、あとは一番幼稚な方法らしいけど、最後の、

〔三〕　犯罪発見者たちがドアを押し開いて闖入《ちんにゅう》した際、犯人はドアのうしろに身を隠し、人々が被害者の方に駆け寄る隙に逃げ出す

——これの変型しかないと思うんです。つまりぼくたちが覗きこんだ時、犯人はまだあの風呂場の中に隠れていた。ドアのうしろはないわけだから、もっと突飛なとこ

ろ……。こないだ奈々も同じようなことをいってたから、もし先にいっちまうと悪いな」

「あら、かまやしないわ。どうぞ、おっしゃってちょうだい。大丈夫、あたしの考えたトリックには気がつきそうもない顔してるもの」

「それはね、電気洗濯機の中……」

いい終らぬうちに久生は手をふった。

「そんなことじゃないかと思ったの。ばかばかしい、いくら何だって、あたしがそんな所を考えると思う？」

「電気洗濯機はダメだな、そりゃ」

藤木田老もさすがに呆れ顔で、

「ユウはあの寸法を計ってみたのかね。あれは噴流式305型という、当節最新の型で、水槽は奥行が一尺、左右が一尺二寸、深さが一尺というしろものさ。あんな中に入れるのは、せいぜい生まれたての赤ん坊ぐらいなものだて」

「そうですよ、犯人は赤ん坊みたいに畸型《きけい》な奴なんです。あの晩やってきたコンガラ童子ってのは、そんな形をしていたんだから」

まじめにそう答えながら、そのとき亜利夫の頭には、とっさに真黒な雲のような疑惑と、激しい稲妻にも似た真相のひらめきとが思い浮かび、またたちまち遠のいていった。あまりに荒唐無稽《こうとうむけい》すぎる、と思いながらも、いま自分で口にした〝コンガラ童子〟が何を意味するのか、彼は瞬間的に悟っていたのである。

ほかの三人が、奇妙な顔で見守っているのに気がつくと、亜利夫はいそいで、いまの疑惑を押しのけるように喋りはじめた。

「赤ん坊ならば洗濯機の中に隠れられる。……御承知のように紅司君は、癇症で自分の肌着はみんな自分で洗っていたというけど、それもきいてみると十月に入ってからで、あの鞭痕の秘密と関係があるのかも知れません。爺やはいつもそれを痛わしいことに思って、あの晩も死体の傍にひとり残ってから、泣きながら洗濯機に手を入れて、下着を取り出そうとした。そしたら……」

「そしたら、コンガラ童子でも隠れておったというのかね」

「そこのところが、爺やの話じゃ曖昧で、これだけ聞き出すのも大変だったんですが、そのとき手に触れたのが例の紅い毬だったというんですね。……本当にその通りで、紅い毬は洗濯機の中に入っていたのか、それとも事実コンガラ童子がそこに隠れていて、紅い毬というのはその象徴みたいなものか、ぼくには判断がつかないけれども、とにかくあの晩、赤ん坊みたいな奴が紅司君より先に風呂場に入りこんでいて、理由は判らないけども紅司君を殺してから泡の立った洗濯機の中へ隠れた。ストローでも口にくわえていたんでしょうが、そいつが誰もいなくなったと思って、ひょいと顔を出したのを、ぼんやり立っていた橙二郎氏がチラと見てしまった。藤木田さんのきいた、変なアクセントの声というのは、そのときそいつが驚いて出したんだろうし、橙二郎氏のほうでもおそらく異様な恐怖に襲われて逃げ出したと考えられる。赤ん坊が、赤ん坊がといっていたのは、だから緑司のことじゃなく、そのとき洗濯機から顔をのぞけた、異形のコンガラ童子のことなんです。身代りの紅い毬はこれだけど……」

どこかに穴があいていたのか、お臍《へそ》がとれているのか、ぶわぶわにへこんでしまったその毬を取り出して、こたつの上において見せた。どこの文房具屋でも売っている、へんてつもないゴム毬を、何やら童子の化身でもあるかのように扱う亜利夫を、皆は呆気にとられて眺めていたが、やがて藤木田老が巨体をゆすりあげて豪快に笑いとばした。

「なにをいい出すかと思えば、え？　コンガラだかセイタカだかが、五色不動のお使いで氷沼家の風呂場に忍びこんだとな。こいつは愉快じゃ。それで逃げ場がなくて電気洗濯機の中に隠れた……。コンガラ童子と最新式の電気洗濯機とは、いやどうもアリョーシャ君も、爺や同様、たぶんに宗教性譫妄《せんもう》症の気味があるわい。五つの棺までは大出来だったが、解決はあくまで科学的にやらにゃ。超自然力だの説明のつかぬ作用などは、ノックス先生も第二項において、厳に戒めておるところじゃよ」

あっさりと笑殺されて、亜利夫もそのまま口をつぐんだが、そのとき、やおら久生が体を起すと、涼しい声で割って入った。

「アリョーシャの話は問題にならないけど、でもあの晩、お風呂場で、紅司さんがある人物と会ったことだけは事実ね。れっきとした合図が証拠として残してあったのに、皆さん、どなたもお気づきにならなかったようですけれど」

16　薔薇のお告げ（久生の推理）

ふくらんだ胸もとから懐紙《かいし》と帛紗《ふくさ》をのぞかせ、茶会のあとだけにマニキュアのない指をしなやかに組み合わせると、自信にみちた口調で続けた。

「どうしてかしら、現場に居合せたあなた方より、いなかったあたしのほうが、あの晩の光景をはっきり思い浮かべられるみたい。……いいえ、合図の証拠のといったって、こんなお臍のとれたようなゴム毬なんかじゃない。第一、こんなものを合図においておけば、密会の相手だって変に思うに決まってるわ。そうじゃなくて、相手にも気がつかれようのないもの。……アリョーシャ、さっきいってたわね、洗面台の上の棚の花瓶に、白いグラジオラスがさしてあったって。もうその花はとうに棄てちゃったでしょうけれど、それが証拠だったの。グラジオラスの花言葉は〝密会〟、花の数が〝その時刻〟ということに、昔から決まっているわ。誰も数えてみなかったでしょうけれど、密会の約束はたぶん十時半とすれば、花の数は十と半分ついていた筈よ。もっとも、英国では剣百合《スオード・リリー》って呼ぶから、〝密会〟とは別に〝武装完了〟という意味で使う向きもあるけど、紅司さんはおそらく、その二つを併せた意味のつもりだったでしょうね。〝自分も充分用心して、十時半にある人物とここで密会した〟というのが、なにげなくささされたグラジオラスに托してあった言葉なんですけど、その用心の甲斐もなく殺されたってわけ……」

「ほう、ほう」

藤木田老は奇妙な嘆声をあげたが、久生は知らん顔で、

「誰に会う約束だったか、それさえ判れば密室トリックの見当もつくけど、並の探偵が考えるような現世の人間じゃない。紅司さんは死人と約束があったんです。……よしてよ、あたしがいうのは、もうとうに死んだと思われてる人間という意味。爺やさ

んみたいに恍けた話じゃないわ。アリョーシャにもたびたびいったけど、今度の事件は、そこいらの生きてる人間を突つき廻しても解決はつきやしない、氷沼家八十年の歴史を詳細に調べて、初めて納得のゆく悲劇なのよ。……白状しますけど、雪の中でクリスマスを送りたいなんていったのは、むろん嘘。あれから飛行機で駆け廻って北海道から九州まで氷沼家の資料蒐《あつ》めに夢中だったの。アリョーシャみたいに五百円ぽっちのお布施でかき集めた話と違って、もとがかかってますから、そのつもりで謹聴していただくわ。そうそう、それに藍ちゃん、紅司さんが殺された二十二日の晩は札幌にいて、あなたのお店にいた百々瀬《ももせ》って番頭さんね、あの方に会っていたんだから、あたしのアリバイが怪しいと思ったら、どうぞ問合せてちょうだい。

……それにしても氷沼家って、驚いた父系家族ね。母系はみんな糸の切れたように縁がなくて、やっと牟礼田が一番近く、八田皓吉が遠縁のまた遠縁ぐらいで二番目ですけど、その牟礼田にしても血は続いてやしない。だいたい、氷沼家の家系というのが、まだよくのみこめてない方もおありでしょうから、系図を作ってきたわ」

そういって、次のように記された紙片をとり出した。

誠太郎
- 光太郎
  - 紫司郎
    - 蒼司
    - 紅司
  - 朱　実
    - 黄司
  - 橙二郎
    - 緑司
  - 菫三郎
    - 藍司
- 綾女（妹）

「それでいま、代々の死人たちの業《ごう》を手短に話しますからね、そのうちの何が紅司さんを殺す破目になったか、皆さんで当ててごらんなさい」

一膝のり出すようにして、胸元の、光琳《こうりん》風にあしらった桜と菊の絵柄をいっそう灯に浮き立たせながら、

「氷沼家も蒼司さんで四代目ですから、曾《ひい》お祖父さんから数えて三つの業がからみついているのよ。第一の業は、むろん誠太郎氏とアイヌの蛇神のいきさつですけれど、これは少なくとも、今度の殺人には関係がなさそうね。だってこないだの晩は、そのお使いがわざわざこのお店にまで顔をのぞけたってことだけど、それきりで音沙汰ないのもおかしいし、お風呂場には蛇形のイナウも、サパウンべのきれはしも落ちてたわけじゃない。ですけどね、ここでついでに、なぜ若き学究の徒だった誠太郎氏が突

然失踪したか、八十年前のその秘密を解いておくと、こうなのよ。……

むろんいくら調べてみても、誠太郎氏が本当に残忍なアイヌ狩をやってのけたかどうか、その証拠はどこにもなかった。あるいは人に嫉《ねた》まれて、ひどい讒訴《ざんそ》を受けたのか、それも判らない。ですからそんな風評のたぐいはとりのけて、誠太郎氏に関する事実だけを拾ってみると、この間、藍ちゃんがいっていたように、明治三年に渡米して、四、五年後にクラーク博士と前後して帰朝している。博士の通訳として開拓使の九等官出仕になったことも確かだし、明治十年の四月に、アメリカへ帰る博士を見送ってから、六月に東京へ来て、英語学校で名演説をし、新渡戸稲造さんたちを北海道へ送りこむ役割をしたことは、大抵の『内村鑑三伝』や宮部金吾さんの御本にも見えているから、これも否定できない。ところがそれから半年経つか経たないかのうちに黒田長官と喧嘩して、九州へ追い落されたのもまた事実なのよ。そうなると、その半年の間に、何かあったに違いない。アイヌ狩はしないまでも、何か急に誠太郎氏を殺伐な気持にさせたものは何だろうと考えていって思い当ったのは、誰と一体渡米して、その相手はどうしたのだろうということなの。そしてやっぱりそれが原因だったわ。氷沼家の悲劇のそもそもの初めは、この渡米の時に胚胎していたんです。……

誠太郎氏の出は長州藩ですけど、大志を抱いて江戸へ出奔《しゅっぽん》して、明治元年には神田錦町の森有礼《もりありのり》さんの家で、書生としてごろっちゃらしてらしたのを、藍ちゃんなんか御存知かしら。ええ、あとで初代の文部大臣になったあの森有礼。それが、明治三年に有礼が少弁務使になって渡米する折、本当は大学南校の先生をしていた矢田部良吉さんと、それから橋《はし》和吉郎っていう二人だけを連れてゆく筈だったのに、誠太郎氏が横合いから強引に割込んで、とうとう橋って人を蹴落し、自分が代りについていっちゃった。……この橋和吉郎というのが、後年のダルマ蔵相高橋是清《たかはしこれきよ》の変名ですけど、『是清自伝』を見ると、その時のことを、あんまり愉快じゃない口ぶりで口述していらっしゃるわ。

　勇躍アメリカへ渡った誠太郎氏は、おそらく得意の絶頂だったでしょうけれど、同行した森有礼も矢田部良吉も後になって変死したように、これが悲劇の始まりだった。ことに同年輩の矢田部さんと一緒だったということが運の尽き、というか、とにかく大変な競争相手を背負いこんだわけなの。向うへ渡って矢田部さんはコーネル大学、こちらはマサチューセッツのアマースト農業学校へ入る、そこの学長《プレジデント》がクラーク博士だった縁で、札幌農学校へ赴任してからも、植物生理の講義を受けたり、新天地開拓の情熱を燃やしてた間はいいけど、八ヵ月経つと博士は、ボーイズ・ビー・アンビシャスてんで帰っちまう。残された当座は、それでもまだ情熱が醒めなかったでしょうけれど、ふっと気がついてみると、当時の北海道なんて、川で顔を洗ってると、鮭や鱒が寄ってきて鼻を突つくくらいの未開地ですもの、結婚して二人の子供も出来たけれど、すっかり左遷された九等官何とかヴィッチ氏みたいな心境になっているところへ、前年に帰国した宿命のライバル、矢田部良吉さんがいきなり東京大学の生物科主任教授に任命された。のちには初代の理学部長に推されて、かたわら『新体詩抄』を出したほど文才にも長けた方だから、頭の出来が違うといえばそれまでですけれど、誠太郎氏の気持は考えてもごらんなさい、おないどしの競争相手にどうしても勝てないという〝二流の人〟のみじめさを、嫌というほど味わわされた結果よ、がらりと人が変ったというのは。それが本当にアイヌ狩までに発展したか、あるいは奴ならしかねないという誣言《ぶげん》か、そこのところはさっきもいったように判らずじまいですけれど、アンビシャスの方向が狂えば或いはあり得た、ってぐらいのところね。

氷沼家の第一の業《ごう》は、ですから蛇神の呪いだ祟《たた》りだなんてことじゃない、もっとなまなましい劣等感の産物として考え直さなくちゃいけないんですけど、それじゃ藍ちゃんが満月の夜ごとに見かけたというアイヌ装束の人物は、偶然の重なりか誰かの変装か、紅司さんの死も蛇神とは絶対に無関係かといえば、これもそういい切ってはしまえない。だって、さっきアリョーシャが、お風呂場は〝白の部屋〟であったなんて発見を得意がっていたけど、その伝でいけばこうもいえるじゃないの。ほら、蛇神の守護神には水の神《ワッカ・カムイ》と火の神《カムイ・フチ》とがいて、氷沼家の代々はそれに祟られているんでしょう。だとしたらあのお風呂場は〝白の部屋〟といえるかも知れないけど、同時に〝水の部屋〟でもあるわけだわ。なぜ洗面台の水道が勢いよく迸《ほとばし》っていたか、疑えば疑えるわね。だけどこの程度のことじゃしょうがない。もし蒼司さんが、〝黒の部屋〟で殺されて、そこが同時に〝火の部屋〟だったら、蛇神伝説も改めて考えるとして、大正時代の第二の業をきいてちょうだい。お祖父さんの光太郎氏の代ですから、一緒に中国や印度を旅行して廻った藤木田さんのほうが詳しいわけですけど、ついでに喋りますからね、間違ったところがあったら注意していただくわ。

……それで黒田清隆と喧嘩した誠太郎氏が失踪したあと、うら若い奥さんは仕方なく、まだ三歳の光太郎氏と、生まれたばかりの妹綾女《あやじょ》さんとを連れて函館の実家へ帰った。この綾女さんて方は、あれね、どことかの大使をつとめたほどの方へお嫁にいらしたんだけど、お身内の縁が薄くて、いまは戸塚の老人ホームにいらっしゃるの。もう八十にお近いし、おみあしだけは御不自由ですけど、それでも昔のお話はいろいろときかせて下さったわ。氷沼って姓は函館の実家のお名前なんですってね。藤木田さんもよく御存知でしょう、品のいいお婆さん。……

それはともかく、光太郎氏は、大体が父親の血をうけた海外雄飛型で、少年時代から夢の大きい方だった。宝石商を志しても、当時の細工師たちのように、膝袋にこぼれた金銀を、大事そうにはたいて掻《か》き集めるなんて、いじましいことで満足していられない。そのころは日本でも珍しい旅行家《トラヴェラー》——こっちじゃ、俗に鞄屋さんなんて軽蔑していうけど、シャルダンやタヴェルニエには及びもつかないまでも、大正の中ごろまで南方を主に、盛んに廻り歩いた。綾女さんのお話じゃ、外国では必ず〝日本王室鑑定人〟なんて肩書をつけていらしたそうじゃない。大した心臓だわ。光太郎氏のほうが十いくつも年上で、藤木田さんとは横浜の一土会でお知合いになったというから、古いお話よね、ともかくも大正七年に、内地で三男一女を育ててらしたお祖母さまが歿《な》くなられるまでトラヴェラーで飛び廻って、途方もない財産を残されたんですから、そこに当然、氷沼家の第二の業があっても不思議はないと思うの。案外、藤木田さんも一役買っていらっしゃるんじゃなくて？」

「おだやかならんことをいうが、なんの話かね」

突然、鉾先《ほこさき》を向けられて藤木田老はあわてて体を起したが、

「だってホームズに『四つの署名』という先例があるでしょう。もし光太郎氏の時代に、アグラの大宝物に似た宝の秘密を山わけにする約束をした仲間がいるとすれば、

残された一族をみなごろしにすることにもなりかねない。トンガっていったわね、ジョナサン・スモールが連れて歩いていた、醜怪な犯人が登場してもいい話じゃないの。お風呂場に出入りする約束には背《そむ》くけど、トンガが天窓から吹矢を使って殺したように、あの空気抜きの高窓から、何者かが小さな毒針でも射ちこんで、紅司さんを殺すことだってあり得るわ。光太郎氏の残した意外な秘密が、今度の事件の遠因になっていやしないかしらっておききしてるのよ」

「いかにもミイは光太郎氏について世界中を廻ったが……」

藤木田老は皮肉な笑い方をして、

「このお嬢さんのおつむにあるほどの秘密や冒険には、ついぞお眼にかからなんだ。まあアグラの大宝物を山分けにせなんだことだけは誓って確かだから、安心して貰おう。よく調べ上げたのは感服の至りだが、そんな古い話を突つき廻してどうするつもりかね。何も出て来はせんと思うが、それで？　まだ先があるのかな。早く今回の事件の、密室トリックを説明願いたいものだが」

「慌てることはないわ、夜は長いのよ」

久生はおちつきはらって話を続けた。

「次の話をきけば、トリックの見当も自然についてよ。これからが肝心なところですもの。……それでね、三男一女というのは、紫司郎《しじろう》、朱実《あけみ》、橙二郎《とうじろう》、菫三郎《きんざぶろう》の四人ですけど、これもつつがなく成人するし、第一次大戦後の好況で、銀座に新しく構えたお店も肥るばかり。そのころは、大阪の与田忠《よだちゅう》、東京の角谷《かくたに》と並んで、七彩堂といえばずいぶん聞えたものだって。ここまではホヤウ・カムイの祟りも何もない、氷沼家もめでたく栄えていたけど、昭和四年四月に蒼司さん、五年の七月に紅司さんと、続けて孫の出来たころは、さすがにお疲れになったのか、御自分は会長格で御隠居。あとは紫司郎さんに任せて、新しく建てた目白の家におちつこうとされたんですけど、御承知のように紫司郎氏は植物好きで経営は得手じゃない。光太郎氏はまた持って生まれた事業癖で、昭和九年に故郷の函館へ支店を開いて錦を飾ろうと出かけたばかりに、三月の大火でやられて新川べりで焼け死んだ。ところが今度の洞爺丸で、紫司郎、菫三郎のおふたりが亡くなられて運ばれたのが、同じ大森公園の火災遭難者慰霊堂なんですって？　ちょうど二十年めの親子の対面が、焼死体と水死体だなんて、偶然といってもあんまり悲惨すぎるし、船の沈んだ翌朝、七重浜に七色の美しい朝虹がかかったということも、まるで氷沼家の象徴のように見えたことでしょうから、まぞろアイヌの呪いなんてことが蒸し返されても仕方はないけれど、紅司さんが殺されたのは、本当をいえば第一も第二の業も関係はない、光太郎氏の亡くなったあと、昭和時代の氷沼家に起った第三の業のためなの。藍ちゃんの生まれる前の話だけど、知ってるかな? アラ、寝てるじゃないの、この子ったら。……

さっきグラジオラスの話をしたけど、大体今度の事件に、花が一役買うのは当り前なのよ。紫司郎氏——蒼司さんのパパって方は、商売気なんてみじんもない。七彩堂のほうも人に任せきりで、植物の研究ばかりしていらしたんですってね。さすが昭和聖代の三代目だけのことはあるわ。それも、初めのうちは胴乱をさげて採集旅行に出たりという、素人愛好家にすぎなかったんですけど、ある事件以後急に発心して、まだ学界でも未解決な、花の色が何で決まるかという問題を探って、そこに新しい法則を発見しようとされていた……。牟礼田が前に教えてくれたけど、お二階の書庫には、ドドネウスの『薬用植物史』だの、ディレニウスの『苔の書誌』なんていう、リンネの『ゲネラ・プランタルム』一七五四年版以前の、世界に五冊とないような稀覯《きこう》本《ぼん》が揃ってるそうじゃないの。学問的価値はないにしたって、二階の書庫に鍵をかけておいてあるのが不思議なくらいのものよ。それだけでも、ただの植物愛好家とはちょっと毛色が変ってるけど、研究のほうも色素ばかりでなく、たとえば平地の青い菫《すみれ》が、高山性では黄色くなるとか、とりかぶとの属で、一つ種類のものが、あるときは黄烏帽子《えぼし》草、あるときは麗人草と呼ばれて黄と紫に咲くとか、表日本では紫の花をつける桐が、裏日本へ持ってゆくと黄色く変るといった具合に、風土、気候とからみ合せた系統分類《クラシイフイケーション》まで熱心になすってた。それだけじゃ足りなくて、目白のおうちの庭いちめんに実験用の花を造っていらしたそうだけど、考えの根本になっているのは、一種類の花に、通俗的な意味での三原色が揃って咲くことはないという自然界の事実なの。そしてその証明にのり出した動機が、こんどの紅司さん殺しを引きおこしたんです。……

ごぞんじでしょう、一種の花ならどれを見ても、青・赤・黄の三色が揃っていないのは。たとえば薔薇や百日草にはどんな色でもあるけど、青だけはない。えぞ菊や朝顔には絶対に黄色がないんです。どんな花でも、どれか一色欠けている。もっともことし――ああ、もう去年だわね、マックレディ、コルデス、メイヤンという、英・独・仏の三大薔薇作りの代表的名家が、いっせいに、ライラックタイム、マゲンタ、プレリュードという名の青い薔薇をそれぞれ初めて発表したし、黄色い朝顔のほうも、世田谷の烏山《からすやま》で尾崎さんが、何十年と研究してらっしゃるそうだけど、もともとあり得ない色へ、むりやり似せたものを作り出そうというんですから、こればかりは咲いてみないと判らない。牟礼田にきいてみたらメイヤンのプレリュードも、まだとうてい青だなんていえない色ですってね。……ただね、紅司さんの殺された一九五四年に、英・独・仏の薔薇作りの三大名家が、揃って青い薔薇を作出したってことは、大へんな意味があると思うのよ。それが頭に閃《ひらめ》いたとたん、何もかもすっかり判っちゃったんですから、もしあたしの推理が当っているとすれば、とりもなおさずこれは〝薔薇のお告げ〟っていうわけ」……

17　第三の業（久生の推理・続き）

「前置きが長くなったけど、紫司郎氏がそんな研究を熱心にやり出したのは、昭和十年、妹の朱実さんと大喧嘩をしたのがきっかけだったの。藤木田さんはよくご存じでしょうけれど、若いころの朱実さんは尖端的モガってやつで、写真も残ってるけど、炎いろの夜会服《スワレ》なんか引きずっているところは、女スパイにでもしてみたいくらいの妖艶な美人だったから、取り巻きの讃美者だけでも何人いたか判らない。あの八田皓吉って人も、今でこそ小さな河馬って風体らしいけど、そのころは小肥りの、愛嬌のいい学生で、やっぱり取巻きの一人だったという話よ。まあ、そうやっていい心持にすごして、女王のようにふるまっていた間は無事だったけれど、そのうち流行の赤い恋にかぶれたのか、左翼崩れの田中とかいう、小詰らない男と駆落しちまった。これが堂々たる美丈夫か何かならいいけど、痩せっぽちの貧相な小男で、ルパシカにベレーのほかはどう見たって取得のない奴だったそうですけど、皓吉さんあたりが使者に立って、いくら説得してもききいれない。宝石商の娘なんて階級に留まるのは我慢できない、女工になって働くんだ、女工こそ未来の女王なのよという目覚め方で、その田中某と二人して、広島にちっちゃな世帯を構えたのが赤新聞にすっぱぬかれたからたまらない。むろん、おうちのほうも大変な怒りようで、それっきり勘当、目白にも出入りをさしとめられた。ところが昭和九年に、パパの光太郎氏が歿くなったでしょう。そのころになると、もともと働くなんてことの出来るタイプじゃない、それに、貧乏というものが何より嫌いな朱実さんですもの、あれだけの遺産を紫司郎氏ひとりの手に渡すのが、口惜しくって仕方なくなってきた。裸同然でおん出て、敢然とブルジョワ階級には訣別した筈なんですけど、何とか遺産を、いくらかでも取り込もうと考え出したからうるさくなった。……

藍ちゃんのパパの菫三郎さん、あの方が兄弟の中じゃ、ことに光太郎氏から可愛がられていたようね。お元気なうちから相当なものを頒けて貰って、札幌に装身具店も出せたそうだけど、朱実さんと橙二郎氏が一番つまらない目をみた。といって旧民法の時代ですから、それればかりはどうにも仕方がない。まさか紫司郎氏一族をみな殺しにするほど殺伐な気持にもなれないで、毎日ヤキモキと考えをめぐらしているうちに、翌とし、昭和十年に朱実さんが妊娠したから大へん、腹に一物とはこのことだわね、好機到来とばかりに朱実さんは、大きなお腹のまま自分ひとりで目白の本家へのりこんでくると、切口上《きりこうじょう》でこう挨拶したんですって。子供の生まれる予定日はこの十一月十日前後だから、名前もその月の誕生石の黄玉《トパーズ》に因《ちな》んで、黄司《おうじ》と決めた。たぶん王子のような可愛い子が生まれるだろう。ついてはお祝いとして、氷沼家の慣例に従い、残された宝石のうちから黄系統のものはこちらへ頂戴したい。黄ヒヤシンス、イエローサファイヤ、クリソライト、何でも差支えはないが、お店で自慢のオリエンタル・トパーズだけは、黄司に貰う権利があるといっていいくらいのもので、パパが生きてらしたら当然勘当も許して、可愛い孫のために手ずから贈って下すったに違いないって、そんな高飛車な調子で居直ったんです。……

酔っぱらうと眦《まなじり》を青ずませて、山の手ふうなお行儀も忘れ、わちきは口惜しくってならねヘヨ、なんて芸当もやってのける姐御《あねご》肌の人だったのが、世帯の苦労で衰えの出た美貌をふりたてての啖呵《たんか》ですから、さぞ凄まじい光景だったんでしょうけど、そう出られては、ふだんおとなしい紫司郎氏もオイソレと承知はしない。第一、生まれる子供が男の子かどうかも判らないのに、何が王子《プリンス》だとせせら笑って突っぱねると、朱実さんのほうはそれならということで、とうとう十一月の予定日まで目白に居坐り、そこでほんとうに男の子を産んじまった。それが病院にも行かず、いまの〝赤の部屋〟でだというから恐いみたいよね。橙二郎さんは陰で応援するし、叔母様の綾女さんが間に入って、ずいぶんオロオロなすったって……。それまで氷沼家の家族の名は、誕生石に因んだむしろ洒落たものだったけれど、この時から意味が変って利欲がからみ出したんです。こんど橙二郎さんが五月生まれでもない子供に緑司と名づけたのなんかは、この朱実姉さんの故智に倣《なら》った下司《げす》なやりかたよ。

ところがフギャフギャ泣く赤ん坊をわきに引きつけて、朱実さんは相変らず黄玉《トパーズ》をよこせというのかと思うと、これが打って変ってしおらしくなり、本当は宝石なんて何ひとつ欲しくはない、まっとうにお嫁に行けば持たせてもらえた筈の持参金も何にもいらない。その代りこの黄司を、どうか氷沼の籍に入れてほしいと涙っぽく頼みこんだ。あたしはもう氷沼の家名を汚した女で、好きで出ていったことだから、どこで野垂れ死にしてもかまわないが、何にも知らない赤ん坊だけはこの先とも不幸にしたくはない。必ずりっぱに育てあげてみせるけれども、田中などという、あんな安っぽい男の姓を名乗らせるのだけは我慢がならないんです、と訴えられてみると、もともと気のいい紫司郎氏は、それも嫌だとはいいかねて、承知した上に相当なものをくれてやろうとした。ですから戸籍の上では、蒼司、紅司、黄司の三人が兄弟ということになっているのよ。アリョーシャが気違いお茶会に呼ばれてきいた井戸の底の三人きょうだい、エルシー、レシー、ティリーがどうのというのはここのことなんです。……ちょっと、嫌らしいわね藍ちゃんたら、また眠り鼠みたいに寝こんでさ。起きなさいってば。つねるわよ」

「うるさいなあ、なんだよ」

のみつけないハイボール一杯で、いい気持そうにうつぶせていた耳を引っぱられて、藍ちゃんは渋々顔をあげた。

「少しは人の話もききなさいよ。藍ちゃんは朱実伯母さんて方に会ったことがあるの？ あなたのパパともあんまり仲が良くなかったそうだけど」

「広島のほうにいた人のことだろ。知らないよ」

「そうでしょうね。……というのが、またそのあとがいけなかった。うまうまと氷沼の籍にはめこんだとなると、朱実さんの態度はまたがらりと元に戻って、こうなったからには黄司は氷沼家の人間だ。あたしのもらい損ねたものいっさいを受けつぐ権利が出来たと思ってもらいたいと切口上《きりこうじょう》になって引きあげた。初めからそれだけが狙いだったとまでいわれて、それきり目白のおうちとは完全に絶交。ただ面白いことに、帰ろうとする朱実さんに紫司郎さんは自分から、黄玉の代りにこれでもくれてやろうって、放り出すように猫眼石を渡したんですってね。何か不吉な因縁のある石のような話ですけど、あたしの考えでは傷物か何かにしてもそれほどのものをただやるというのは、それが危険と困難を予知するという石ですから、反対にいつも危険と困難に見舞われていろという呪咀《じゅそ》をこめてのことだったんでしょうけれど、腹立ちまぎれにはそうはしたものの、してやられた気持はおさまらない。それに、むりやり黄司を氷沼家の籍に入れていった腹の底を推し量ると、まさかみな殺しを企んでいるわけもないだろうけれど、いいかげん薄気味が悪いし、これは一番、入籍を後悔させて思い知らせてやろうと、気の弱い人にありがちな、子供っぽい考えにとりつかれて始めたのが、一種の花に三原色は咲かないという現象の証明なんです。

紫司郎さんはその現象を追いつめて、やっと普遍的な一つの法則を発見した。つまり、一種の花に通俗的な意味での三原色がないということを注意してみると、赤と青、赤と黄の組合せで咲く花はいくらでも例があるけれども、赤を除いた、青と黄だけの色を咲かす花は地球上に存在しない——それが、紫司郎さんの新しい発見なの。だから、さっきいった高山性の菫がどう、表日本の桐がどうとかいうのは、例外中の例外で、いかにあり得ないものかという研究のうちなのよ。いいえ、この法則は、赤が優性だなんて簡単なことじゃない。大体、花の色がどうして決まるかということは、色素だけでいっても、青と赤を司どるアントシアン、黄と白を司どるフラボンやカロチノイドの千変万化な、微妙なからみ合いによることで、学者の間でも定説はない。試験管内《イン・ヴィトロ》では多少のことが判ったって、生体内《イン・ヴィヴォ》では何がどう働くのか、神様のほかご存じないんですから、折角の発見を証明するといっても雲を摑むような話ですけど、紫司郎さんのつもりでは、先に蒼司と紅司という兄弟が存在する以上、いまさら黄司なんて名をつけても無駄なことだ、氷沼の籍には入れてやったが、もともとお前の子供なぞ存在しないのも同然だという気持を花の研究に托していいたいんですから、熱の入れ方が違う。商売なんか放たらかしで、新しいデータが揃うたんび、広島へ内容証明をつけて送ってらしたというから、こちらもずいぶん風変りな方だと思うの……

そんな状態が戦争末期まで続いたんだそうですけど、ちょうど八月六日、疎開先から親元に帰った小学生の黄司君が、広島紙屋町の家へ着いたか着かないかのころに、あの原爆だった。爆心地なんだからひとたまりもないわけよ。親子もろとも、枯っ葉みたいに舞い上った、といえるのは、その朝、広島駅を発った人で、黄司君を見かけたっていう、確かな証人がいるの。うちへ帰るんだよってニコニコしていたそうだから、可哀そうだけれどこれは助かりようがない。さすがにあとで、その知らせをきいた時は、買上げ宝石の鑑定人か何かでチンとしてらした時代ですけれども、紫司郎氏も真青になって、ものもいわなかったって。……

　これが氷沼家の第三の業。お判りになるかしら。もしこの黄司君が、原爆を頭の真上から浴びながら、奇蹟的にいのち拾いしたらどうでしょう。ふつうなら助かるわけはない時間と場所ですけど、そんな例も皆無じゃなくてよ。炎と黒煙の渦まく中で、掠《かす》り傷ひとつない黄司君がどうやら生きのび、どこでどうその後の生活を送ったかは判らなくても、とにかく戦後をくぐりぬけてきたら、彼の記憶はどう変化するかしら。小さい時からお母さんに、お前は氷沼家の人間なんだけれども追い出されたぐらいのことをいわれて、さんざん恨むようにしつけられてきていたら、たとえ戸籍は戦災死亡で抹消されたって、紫司郎氏の執拗な嫌がらせに対しては必ずお礼をしてやると逆怨《さかうら》みしても不思議はないし、そうなれば、まず殺そうとするのは誰よりも紅司さんをということになるんじゃなくって？　憎い憎い〝赤〟を除いて〝青〟と〝黄〟だけの、地球上には存在しない新種の花を、氷沼家という系譜の上で咲かせようとするのは、これは当然でしょう。ね、アリョーシャ、あたしが、誰かが殺されたってきくなり、被害者は紅司さんだって当てたわけ、判るわね。逆にいえば、紅司さんが殺された以上、犯人は原爆で死んだはずの黄司に決まっているのよ」

明治・大正・昭和と、氷沼家三代の秘められた挿話《そうわ》を一気に語り終った久生は、さすがに疲れたようすで、膝を崩して思いきり体をそらせた。

「そんだら、黄司が生きてるってか」

途中で起された藍ちゃんは、ごきげん斜めで北国訛りを出しながら、

「それで？　その黄司があの晩、いきなり目白のうちの風呂場に紅兄さんを殺しに来たんか？　はんかくさい……」

「いいえそうなのよ。そりゃ前々から、氷沼家の内情やら間取りやらは充分に調べておいたでしょうけれどね。すっかり殺人の準備が出来たところで、いきなり紅司さんを電話に呼び出す。これがまた人一倍猟奇趣味の強い人なんだからひとたまりもないわ。それに、ボク十年前に原爆で死んだことになってる弟の黄司です、なんていわれれば、誰でもちょっと会ってみたくなるじゃない。そこいらの喫茶店か何かで会わないところが、いかにも紅司さんらしいけど、あの晩十時半に約束しておいて、裏木戸からお風呂場へ呼びこんだんです。

黄司君のほうは、あとの用心のために、抜目なく近くのアジトから番号をまちがえたふりをして、氷沼家に電話する。ね、相手の電話を一時ちょっと不通にする方法で

一番簡単なの、ごぞんじ？　こちらからかけた電話の受話器を、そのまま外しっ放しにしておけばいいのよ。電話が突然不通になって又すぐ直ったということは、犯人が外部から来た何よりの証拠だし、その両方の時刻がはっきり判れば、犯人のアジトと氷沼家の距離がすぐ算出できるじゃないの。あたしはごく近い、二、三分のところと睨《にら》んでるの。案外、裏木戸を出たとこにあるっていう、古いお邸《やしき》かも知れないわ。

一方、紅司さんにしてみれば、黄司君と会うことは誰にも秘密にはしていたけれど、朱実叔母さんとパパとのいきさつを知っているだけに、やはり何か不安な気もする。そこで〝密会〟と〝武装完了〟と、二つの花言葉を持つグラジオラスをさしておいて、万一に備えたわけよ。もしあたしというものがいなかったら、到底ここまでのことは見破れなかったでしょうけれど。……おや、藍ちゃん、何をさっきから笑ってるのさ」

「いやいや御明察じゃよ」

おとなしく拝聴していた藤木田老が、横合いから引取っていった。

「紅司君が風呂場で、ある人物と〝密会〟したという意見だけは、どうして秀抜なものだて。さて、すると尋ねてきた黄司君は、出迎えた紅司君をいきなり、挨拶もぬきに殺したというわけかな。まさか紅司君も、そのときはまだ素裸だったとは思えんが、電気風呂にでも浸けこんだか、それとも……」

「どうやって殺したか、あいにく法医学には興味がないから、まだ決めてないんだけど、延髄に針一本さしても片づけられるし、前例のない方法というなら、こんなのはどうかしら。あのお風呂の洗濯機は、どこから電気を引いていて？」

「コンセントは脱衣室にしかないんだよ。そこからソケットでとって、壁を通してお風呂場の中で洗濯機のソケットと結んであったけど……」

亜利夫が思い出しながら答えるのに軽くうなずき返して、

「つまりお風呂場の中で、簡単に電気をとられるわけね。じゃあそれよ。どんなふうに欺《だま》したかは判らないけど、紅司さんの唇から感電死させたのよ。唇からだと軽い水ぶくれが残るていどで、心臓の悪い人ならショックだけで参っちゃうんですってね。唇はお調べになったかしら。それに、監察医務院へ出てる人にきいてみたら、いくら詳しく解剖してみても、中枢神経から呼吸器から何の異状もなくて、そのくせ二十代から三十代の、元気のいい人に限って急死する例が、最近妙に多いんですって。仕方がないからポックリ病だなんて名付けて、いい加減に片づけちゃうそうですけど、紅司さんもその伝でいこうじゃないの。たしか第四項だったわね。未発見の毒薬だの、長い科学上の説明を必要とする殺し方はいけないって、ノックス先生はおっしゃっているけど、現実に監察医務院でも説明の出来ない死体が存在する以上……」

「判った判った。すると憎むべき犯人黄司君は、ある方法で紅司君を殺してから、あの風呂場の中のどこかに透明人間のように潜み、われわれがいなくなった隙《すき》に遁走《とんそう》した……その隠れ場所を伺おうか。といって、電気洗濯機の中はもう駄目じゃよ。湯ぶねも底まで見透しだったし、天井も床も、壁も、もとよりドンデン返しの仕掛もなければ抜穴もない。ほかにどこか、思わぬ隠れ場所があったかな」

「窓があるわ」

　久生はこともなげに答えた。

「おききなさいよ。黄司君は、まず紅司さんの服を剝《は》いで素裸にした。御承知のように誰が見ても心臓麻痺としか見えない死に方なんですから、いまここでお風呂場を完全密室に仕立てさえすれば、誰も他殺だとは思わない。まず先に死体を運び出すだろうから、その隙に逃げ出そうと、そう考えて螢光燈を点滅するように仕掛け、二つの戸の鎌錠はむろんしめて窓をあけると、窓と鉄格子との間に入りこんだのよ。入れますとも、湯ぶねの湯気でガラスは曇っているし、端っこのほうに体を縮めてまた窓をしめれば、判りっこないもの。問題は、あなた方が覗きこんだとき、窓の鍵は根元まできっちり差しこんであった点でしょう。でもごらんなさい、この部屋だって同じ差込み式の鍵が取付けてあるけど……」

久生はこたつから抜け出して窓の傍に行くと、何やら細工して体を離した。亜利夫たちの見たところでは、鍵はたしかに締まっているようだったが、久生がその引き違いの二枚ガラスに手をかけると、窓は鍵をさしこんだままでガラガラとあき、同時に戸と戸の重なり目から、まるめた懐紙がぽろっと落ちた。

「二枚の戸の重なり目には、薄い紙の入るぐらいの隙間があるでしょう。そこをこじあけて詰め物をするの。鍵はただ差込んであるだけで締まってはいないんですけど、ちょっと見たんじゃ完全にとざされているとしか見えない。ええ、むろん窓の向う側からだって、そろそろと引張れば出来ますとも。うちのアパートで何べんも実験してみたもの。それにあのお風呂場じゃ、外は鉄格子だという観念が皆の盲点になっているから、まさか犯人がそこで息を殺しているなんて、皆さん夢にも思わなかったでしょうけれど、でも黄司君は確かにそこにいたの。そして何か一言、これは腹話術だと思うけど、何とかヤルという語尾のついた、橙二郎さんにとっては思いもかけない過去の秘密を喋る。橙二郎氏はてっきり紅司君が口をきいたと思ってびっくり仰天、無我夢中で逃げ出したあとを追って藤木田さんも飛び出してゆき、入れ替りに爺やが戻ってくるほんのちょっとの間に、黄司君は窓から抜け出て、こんどは本当に鍵を固くしめて土間から裏木戸へと逃げたというわけ。そしてその戸の間に入れた詰め物というのが、来がけに道で拾ったんでしょう、このゴム毬よ。空気の抜けているブワブワのを挟みこんで、逃げ出す時におもしろがって入れたか、偶然落ちこんだかしたんでしょうけれども、洗濯機はむろんお風呂のお湯を使ってたから、中で温まって丸くふくれあがった。これが真相よ。橙二郎さんがそのあとで見せた変なふるまいは、死体が口をきいたと思っているからなの……。何さ、藍ちゃんたら、失礼ね」

「だって、御苦労さまだもの」

大きな生あくびをひっこめながら、藍ちゃんは、

「出発点をまちがえると、そうも見当違いなことになるのかって感心しちゃった。初めに得意らしくグラジオラスの話をするから、ばかばかしいと思って寝ちゃったんだ。……いいかい、あのグラジオラスをさしたのは紅兄さんじゃない、冬に白いのは珍しいなと思ってぼくが買ってきたんだ。〝密会〟も〝武装完了〟もあるもんか。それに、お風呂場の窓をどうとかいう話だけど、あの時は鎌錠があかないんで、ぼくがわざわざ土間から外へ出てみたことを、アリョーシャにきいてないんだな。あいにく鉄格子と窓との間には、黄司も何も人間なんていやしなかった。黄司って、ぼくも会ったことはないし、レモン・パイが好きだったなんて話しか知らないけど、まさか今

ごろ生きてるわけはないよ。……そんなことより、どうして紅兄さんの背中に、あんなものものしい紅い十字架が残されていたか、不思議だと思わない？　みんな、紅兄さんが忌わしいマゾヒストで、どこかの与太者に鞭で責められた痕ぐらいに、まだ思ってるんだろうけど、そんな与太者なんて、初めからどこにも存在していやしなかったんだ」

18　密室と供物殿（藍ちゃんの推理）

桜いろに上気した頰と、黒曜石《こくようせき》めいた瞳を輝かせながら、あっさりと久生の説をくつがえしておいて、藍ちゃんはまた意外なことをいい出した。

「……だって、誰もそいつの居所を知ってもいないし、紅兄さんと二人でいる姿を見かけたわけでもない。まして鞭をふるっている現場を確認したんでもないのに、いつの間にかそいつが存在し、今度の事件にも背後で一役買っていそうな気がしてきている、というのはよく考えてみると、ぜんぶ紅兄さんのほうでそう思いこませようと計画していたふしがあるんだよ。自分で思わせぶりなことを仄《ほの》めかしていたのはもちろんだけど、いつかケンとかゲンとかいう名で、乱暴な電話がかかってきたっていったね。あんなことも、きっと友達に頼んで、わざとそれらしくかけて貰ったともいえる。ダチだ、ヤア公だなんて答え方も紅兄さんの柄《がら》じゃないし、爺やにあの背中を見せたのも、わざとのことかもしれない。お風呂に鎌錠をとりつけたり、自分の部屋には絶対人をいれなかったのも、かえってこっちの好奇心をそそるつもりだったんだろうけど、そうまでとは思わないから、覗き見もしないで悪いことしちゃった。……

つまり紅兄さんは、なんとかして架空の与太者を実在するように仄めかしていたわけだけれど、もう少しあとのことまで考えればよかった、というのは、その紅兄さんが死んでから、もう二週間あまり経つというのに、まだ一度もそれらしい男が門の前をウロウロしていたとも聞かないし、怪しげな電話がかかってもこない。突然に死んで連絡が絶えたんだから、電話ぐらいかけてきそうなものだけど、それが一度もないってのは、すなわち紅兄さんの奇妙な恋男《こいびと》、一件《いっけん》でサジストの不良青年なんてキャラクターは、この世に存在していなかったってことさ。

だけど紅兄さんには、どうしてもそんなキャラクターを創り出して、実在するように見せかける必要があった。話だけで信用されなきゃ、書いたもので信じさせるほかはないだろ。あの晩、自分から進んで〝赤の部屋〟にぼくたちを案内したのは、たぶんこれを盗み読みして貰いたかったからなんだよ」

藍ちゃんはそういうと、一冊の分厚い大学ノートを取り出して、こたつの上に置いた。

「紅兄さんの日記さ。死んだあとすぐ、机の引出からぼくがみつけたの。こないだ、書き遺したものは何もないのかってきかれた時、よっぽど出して見せようかと思ったけど、それじゃ皆の推理が片寄っちゃうでしょう。だから恍《とぼ》けておいたんだけど、探偵は拾いあげた手掛りを隠しこんだりしちゃいけないってノックスの八番目だかに戒めてあったっけ。でもこれは読まないほうがいいんだ、ぼくたちを惑わせるための贋《にせ》日記《にっき》なんだから」

ひとりでそう断定すると、ぱらぱらとページをめくり出すのに、藤木田老が納得のゆかぬ顔で、

「なぜ、贋だといえるのかね。紅司君の自筆ではないという意味かな」

「ううん、自筆は自筆だよ。大学の講義ノートなんかと較べても、ぜんぜん同じ字だし。ただ日付を見るとね、書き始めたのが十二月十日、終りが十八日。たった九日分しかつけていないんだ。おまけに十日より前の日記帳は、どこを探してもない代りに、これだけは鍵もかからない引出の一番上に、さあ見てくれというようにのっかっていたのは、あの晩、自分の部屋へ皆を連れこんだのが、チェスや『院曲撒羅米《サロメ》』の

ためじゃない、これを覗き見させるためだと考えていいでしょう。だからこの内容は、逆に信じちゃいけないんだと思うんだよ。だって、何とかしてその与太者——鴻《こう》巣《の》玄《す》次《げんじ》なんて名前までつけてあるんだけど、そいつが存在していることを信じさせようとするみたいなことしか書いていない。日記というより随想記だけど、項目を走り読みしてみようか。最初の十二月十日が、ハックスレーのメスカリン幻覚の実験のことで……」

大学ノートに美しいペン字で書かれたこの紅司の日記は、あとから亜利夫もつぶさに熟読したのだが、さまざまな想念が、漢字の多い、旧カナづかいの、ことさら古めかしい文体で綴られ、この世ならぬもの、反地上的な世界への憧憬を伝えている。

昨年二月に出版された、オルダス・ハックスレーのメスカリン体験記『知覚の扉』読後感に始まり、中に引用されている子規の〝薔薇を画く花は易く葉は難かりき〟という句は、明治三十三年五月十五日の作、などという注があるかと思うと、メスカリンなどの薬物によらない色彩幻覚——素面《しらふ》でこの地上に〝アダムの朝〟を迎え、ワンダランドの入口を探す自分なりの実験記録を記している。そのひとつは、街上で、ゆきずりの男に「どうです、お茶でも一緒に飲みませんか」と、いきなり話しかけるのだが、無視されたり因縁をつけられたりしたあげく、やっとある男から、「オヤ、何の話です。儲け話ですか猥談ですか」と鮮かに答えられて、なるほどその二つしか男同士を結びつけているものがないとすれば、同性愛者とはいかに偉大な存在であろうと書き加え、さらに小さく〃殴ラレルヨリ惨メダッタ〃などと添え書きしてあるといった調子で、どこまでが藍ちゃんのこれから喋ろうとする推理と関係があるものか、ちょっと判断のつかぬ形だった。

風変りな自殺の仕方がいろいろ記されている。この地上で最も輝かしい人間関係は、奴隷と主人の間だと繰り返し讃えている。そしてふたたび街に〃辱《はずかし》めの栄光〃を求める実験に出てゆくのだが、そこまでくると藍ちゃんは、小さな声で、この九月中頃に紅司が、鴻巣玄次という与太者と場末の映画館で初めて出会った回想記を読み出した。

『……壁際に渠《かれ》は佇んでゐた。仄明《ほのあか》りの中の言ひやうもない孤独な瞳のいろが私を捉《とら》へた。手と手が触れ合ひ指と指が搦み合つて数刻、私の指尖《ゆびさき》には嘗《かつ》て味はひ知らぬ体温が伝つて来た……』

「このあとに、こうあるんだよ」

藍ちゃんは、さすがにくすぐったそうな顔で、続きを読みあげた。

『身を翻《ひるがへ》して館《やかた》を出る渠《かれ》を私は躊《ため》らひもなく逐《お》つた。迂《まが》り角で渠は咄嗟《とつさ》に振返り、憎悪《ぞうを》に庶幾《ちか》い眼で私を見据ゑ、そして其《そ》の眼のゆゑに私に君臨した。仮に名を鴻巣《こうのす》玄次《げんじ》と呼ばう。三十二歳、元電気工といふ無職無頼の徒……』

「なんていってサ、場所は書いてないけど、どこか坂の上の、彼のアパートへ連れこまれて、鞭痕の由来になるんだ。受身の悦びだの、一閃一閃に私の〝アダムの朝〟が展《ひら》かれたなんて、もっともらしく書いているけど、さっきからいうように、これは全部作り話さ。だってあの紅い十字架は、紅兄さん自身のマゾヒズムのせいじゃないんだもの」

「あら、じゃ何のせいなの？」

「それが、これから説明する密室トリックに関係があるんだよ。だってあのお風呂場に犯人が出入り出来る方法は、たったひとつしかない筈だし……」

「それを早く願いたいな」

藤木田老はしびれをきらして、苦い顔でぼやいた。

「どうも諸君の話は、前説《まえせつ》ばかりもっともらしい癖に、トリックはから他愛がなくていかん。藍ちゃんのも、そのくちでなければいいが……」

「まあ待って。この日記に、ひとつ大事な箇所があるの。ええと、『凶鳥の黒影』を早く書きあげて、この時代への虚しい供物《くもつ》にしたいなんて寝言はいいけれど、一番さいご、十二月十八日のところだけは、ちょっと聞いておいて貰わないと、ぼくの説明がよく判らないことになっちまうから」

そういって藍ちゃんが早口に読み始めたのは、次のような〝死んだ母への手紙〟であった。

『　　　　　十二月十八日　土曜

お母さん

……あの愚《おろ》しい舸《ふね》が汨《しず》んで八十余日が経ちました。それでも矢張り水の底に睡つてゐらつしやる、貴女《あなた》。約束を裏切つて私は未だ斯《か》うして生きて居ります。もう直《す》ぐ数へで二十六にならうとしてゐる。

何と云ふ事だらう、若《も》しお母さんが歿《なくな》りでもしたら、それこそ唯《ただ》の瞬刻でも生きてはゐないと、穉《をさな》い昔から云ひ云ひもし、堅く誓つてもゐたのだのに、耻知《はぢし》らずの私は恬然《てんぜん》と今日も生残り、陋《いや》しく物を喰べた、飲みもした、呼吸をさへしてゐた……降注《ふりそそ》ぐ罰を覚悟はして居ります。あの畸型な神の奴僕が程なく訪れたとしても、遁《のが》れやうはない。ほんたうは私をこそ連去る筈だつたワツカ・ウシ・カムヰの異形も、軈《やが》ては眼前に歴々《ありあり》と顕現《あらは》れる事でせう。

夫迄《それまで》の短い時間を、唯ひとつの試みに腐心して居ります。御存知のやうに私の軀体《からだ》はもうすつかりやはになつてゐ、心臓は固《もと》より駄目、耳迄が此頃《このごろ》は錐《きり》を揉込まれるやうに思へて来る。凩《こがらし》の裡《なか》で私は益〻小さく醜い猿めいて縮かまり、いつしんに一つの事丈《ことだけ》を考へ続けてゐるのです。誰も試《こころ》みた事のない「死」。詰りは生と死とを別隔《わけへだ》てず、自在に往来する方法。夫《そ》れが漸《やうや》く可能に近附いたと云へば、お母さんはまた仄《ほの》かに微笑《ほほえ》まれる丈でせうか。

霊界との交通といふ心霊術師擬《まが》ひの奇術では固《もと》より無い、物理的に可能といふ、あの言葉で評されても滑稽ですが、ドイルもフウディニも果し得なかつた夫《そ》れを、いま漸く私が遂げようとしてゐます。その時こそ、かの書記へシラアのやうに、密室《セルダアブ》と供物殿《くもつでん》との間を人は気儘《きまま》に飛来し往反し得るでせう。さう、完全な密室の中で死を迎へる時にのみ死者は不思議な翼を与へられるのです。

此の地上と寸分隙のない容《かたち》で異次元界の存在する事は、穉い時分から薄々気附いては居りました。神秘宗教やS・Fに折々語られてゐる其の世界を藉《かり》に黄泉《よみ》の国と置換へれば、現世との境界を軽々と超える事は存外に容易《たやす》い。方法は唯、死者と生者とが同時に同じ空間を占める他にはなく、従つて私自身があの漆黒《しつこく》の翅《つばさ》を羽撃《はばた》かせる、奇怪な大鴉《おほがらす》に為変《なりかは》る他はありません。

何を御云ひだと、何時《いつ》もの困つたやうな微笑を見せておいでですね。でも是丈が確実な、そして唯一の貴女を裏切らぬ方法なのです。爺やも大きく肯《うなづ》いて、北の国の異教の神などに礙《さまた》げられる怖れはない、夫れよりも早く善童子矜羯羅《こんがら》・悪童子制吒《せいた》迦《か》が疾風《はやて》のやうに天降《あまくだ》つて救つて呉《く》れようなどと判つたやうな事を申して居りましたが、兎《と》もあれ独りでは適《かな》はぬ事とて、此の変身の手助をして呉れる愛人と、密《ひそ》かに研究を重ねて居ります。

愛人、と謂《い》つても世間の慣《ならは》しには無いひとですが――さう、お母さんには黙つて居《を》りましたが、そしてお母さんのはうでは、夙《と》うに御存知なのか哀しい眼をしておいでしたが、その渠《かれ》が冷く笑ひ乍《なが》ら私の計画を聴いてゐて呉れる其時、漆黒の翼は私の腋窩《えきくわ》から肩胛骨にかけて、纔《わづ》かづつ徐々に徐々に育つてゆくやうです。鞭痕や歯型や、恣《ほしいまま》な切創から滴《したた》る血も忽《たちま》ち天鵞絨《びろうど》いろの風切翅《かざきりばね》と変つて、嗚呼《ああ》、今にも如法暗夜《にょほふあんや》の闇を直衝《ひたつ》き、この世ならぬ密室と人間界とを飛行自在に往反出来るかと思へば、心の底から楽しくてならないのですよ。……お母さん、それでもやつぱり水の底に睡《ねむ》つてゐらつしやる、貴女。』

「何よ、その美文調は」

読み終るのを待ちかねたように、先刻やっつけられた久生が薄笑って、

「鴻巣玄次という与太者が架空の存在なら、その日記も同じことだわ。ぜんぶ藍ちゃんの創作なんでしょう」

「バカいってら。ちゃんと紅兄さんの筆蹟なんだぜ」

「たとえ紅兄さんの筆蹟にしても、今夜は推理くらべってお約束よ。折角ですけど、詩の朗読はまたこの次にしてほしいわね」

そばから藤木田老も口を添えて、

「では何かい。あの風呂場で倒れておったとき、紅司君の肩のあたりから黒い翼でも生えかけておったのかな。ミイにはいっこう見えなんだが……」

「案外、そうかも知れないんだよ」

藍ちゃんはすました顔で、紅司の日記を皆のほうへ押してやると、ようやくトリックの説明をはじめた。

「この日記にあるように、この地上と寸分隙のない形で異次元界が存在するってことも、あながち不合理じゃない。あのお風呂場に紅兄さんが死んで倒れていた、それは地上の現実だけど、もうひとつ、その情景とぴったり重なって、二重映しの別の死があったんだと考えられるじゃないか。ぼくたちは二つの死を一つのものに見てるからいけないんだ。あの紅い十字架は、玄次なんていう与太者の存在を教えているんじゃなく、二つの死を一つのものに見せかけるためのトリックだよ」

「どうも話が抽象的で判らんが……」

藤木田老が大きな掌で、ぶるぶると頬をこすり立てながら、

「結局のところ、誰が紅司君を殺したというのかな」

「だから、そう考えるからダメなんだよ。いい？　あの晩、紅兄さんは、十時二十分ごろお風呂に入って、十一時ちょうどぐらいに死体となって発見された。その四十分の間、鍵という鍵は固く内側からとざされ、天井も床も壁も窓もいっさい異状がなく、絶対に外部から犯人などは出入り出来ない状況だったというなら、それはつまり、誰も出入りしなかったということじゃないか。ただひとり、紅兄さん自身を除いてはね……

さっきアリョーシャは、せっかくあのお風呂場が〝白の部屋〟で、〝赤き死〟は紅兄さん自身だって気がつきながら、五色不動なんてバカげたことに話をそらしちゃったけど、むろんあそこが白の部屋だということは、紅兄さんもよく知っていて、自分で〝赤き死〟を象《かたど》ってみせたんだよ。だって今度の事件に犯人といえる者がいるなら、それは紅兄さん自身なんだから」

「というと……紅司君は自殺したわけ？」

亜利夫は考え考えしながらきき返した。

「違うさ。大体皆は、あの事件の時の舞台装置というか、道具立てに迷わされてるんで、もっと単純に、お風呂場なんかじゃない、一つの四角い函のような部屋を考えてごらんよ。中には死体のほか何にもない、むろん窓もない。ただ内側からだけ鍵のかかるドアがついている。その場合、発見者がドアを壊して中をのぞきこんだとしたら、中には何が見える？　死体だけで、むろん犯人はどこにも隠れることは出来ない。だけど、もし犯人が必ずその函の中に入りこんだというなら、当然どこからも逃げ出した筈はないだろ。煙のように消え失せることは不可能なんだから、どうしたって犯人はその死体自身だと思うほかはないじゃないか。それも、犯人自身が死体を装うという方法をもうひとつひっくり返して、今度の場合は、全部紅兄さんのひとり芝居だった。日記に〝死者と生者が同時に同じ空間を占める〟と書いてるのはそこのところだけど、つまりぼくたちがガラス戸を破ってあのお風呂場を覗きこんだ時、紅兄さんはうつぶせに倒れてはいたけれど、ほんとうに死んではいなかった。蛍光燈を点滅させたり水道を出し放しにしたりしたのは、異様な雰囲気を醸《かも》し出す効果も狙ってはいたろうけど、何より自分が生きて呼吸していることを悟らせまいとしたからなんだ」

「ちょっと途中だけど」

亜利夫が口をいれて、

「嶺田博士がいっていたのは、たしか死後一時間ぐらい経っていると……」

そばから藤木田老も、

「オイオイ、まさか紅司君は、印度の行者のように脈も呼吸もとめてみせて、火葬場へ運ばれる途中での棺《ひつぎ》の中から抜け出したなんてことじゃあるまいな」

「そんなことじゃないさ。死後一時間というのはいま説明するけど、お風呂場みたいに暖かいところじゃ条件が違うんだから、もし正式に解剖してみたら、一時間どころか、もっと前、ぼくたちと茶の間で話をしている頃に死んだという結論になったかも知れないんだ。……でも、それなら藤木田さんにきくけど、なぜあの時、橙二郎伯父さんが〝死んでる〟と一言いっただけなのに、自分で調べもせずそれを信用しちゃったの？」

「信用したわけではないが……」

藤木田老は急にへどもどして、

「信用はせん、決して信用はせんが、直感的に殺人と閃《ひらめ》いたのは諸君も同じじゃろ？殺人の現場とあれば一指たりとも触れてはならんのが、発見者の常識……」

「いいんだよ。疑ったり責めたりしてるわけじゃない。それも紅兄さんの計算のうちに入っていたんだから。ホラ、あのすぐ前に茶の間で、ＰＡイコールＰＢという数式を書いて見せながら紅兄さんはこういったでしょう。〝自分の発明した密室トリックでは、ちょっとでも発見者が死体を抱き起したり、抱えおろしたりすれば、すぐトリックの痕跡が消滅してしまう〟って。紅兄さんのつもりでは、それは第四の密室トリックだったんだろうけど、同時にぼくたちへ仄めかした暗示でもあった。それがぼくたちの耳に残っていて、絶対に死体へ触っちゃいけないというブレーキになったんだ。このことからでも今度の事件は、用意周到な紅兄さんの犯行だっていえるじゃないか。それに、あの背中の紅い十字架を見れば、誰だって殺人という気がするし、ぼく、友達に頼んで、素っ裸でうつぶせになって貰ったら、急に死体のような気がして気味悪くなったぐらいだもの、薄暗いところじゃなおさら判りっこないよ。死体と生きてるのとじゃ、一眼で区別がつくなんていうけど、嘘だよね。……

だけど紅兄さんの狙っていたのは、ぼくたちの眼をごまかすことなんかじゃない、目的はもうすこし雄大で、しかも行きがけに、橙二郎伯父さんの正体を曝《あば》いて打ちのめす算段までしていた。自分が薄暗い風呂場にあの恰好で倒れていれば、誰でも殺人と思いこんでいきなり抱き起すことはしない。お医者だけに、必ず伯父さんひとりが、まず脈や呼吸を調べるだろう。瞳孔なんか見るまでもない、脈をとって生きてることに気がついたら、まさかワナだとは思わず、しめた、気を失ってやがるとほくそ笑んで、〝死んでいる〟といって皆を追払うだろう……。だって伯父さんにしてみれば、何とかして可愛い緑司にエメラルドを取込みたいんで、目の上の瘤《こぶ》の紅兄さんを片付けたいと狙っていたんだからね、わざと誘いの隙を作って、あの紅い十字架まで見せつけてやれば一も二もなく乗るだろうし、あの場合なら多少の変死はうやむやに出来るという気になるさ。だから皆を追払って、手早く何かの注射でほんとうに殺そうとする。その現場を取っ摑まえて、証拠の注射器や毒液でも取上げたら、もう文句なしに紅兄さんの勝だろ。事実、その狙いどおりに事は運んで、藤木田さんがちょっと眼を離して土間へ降りた隙に、伯父さんは大急ぎで怪しげな注射か何かをしようとした。そこでいきなり紅兄さんが顔をあげて、証拠はつかんだぞ、いまこそ貴様を地獄へ追い落してやる、ぐらいのことを早口にいえば、伯父さんがびっくりして逃げ出すのは当然でしょう。あの、嶺田さんが来てからの変な態度、見てごらんよ。紅兄さんの死んだことがどうしても信じられないってふうだったじゃないか。それも道理で、たしかにその時までは生きて口をきいたんだからね、いつまたむっくり起き上って、自分を面詰《めんきつ》するか判らないと思って怯《おび》えていたんだ。でも、何も伯父さんを脅すことなんかがほんとうの目的じゃない、そうやって、完全に風呂場から皆がいなくなり、紅兄さんひとりが取り残されたあとで、はじめて奇怪な犯罪が行われた。……

さっきの日記の話だけど、鴻巣玄次という与太者は、紅い十字架の説明のための架空の存在にしても、紅兄さんが、人知れず自分を抹殺して、この地上世界と寸分隙のない異次元に住みたいという、奇妙な情熱を持っていたことは判るでしょう？　一種の変身願望といえるけど、九月のあの事件以来、ぼくたちは皆それに取憑《とりつ》かれているんだ。ぼくがこんなゲイバアにくるのも、一件の世界というものが、その異次元だからさ。階下《した》のお客たちだってそうだろ。昼間は会社で何くわぬ顔の課長か何かで、家庭には幸福な妻も子供もいてさ、夜は大悶《おおもだ》えの大姐《ねえ》さんてのがザラじゃないか。それだけにぼくもよく判るんだけど、紅兄さんがメスカリン幻覚によらないワンダランドを探してたというのは嘘じゃない、本音だよ。ただ紅兄さんの場合は、ただの一件と違ってもう少し行動的な意図があったんで、街へ出ては行きずりの男に声をかけていたのが事実とすれば、何も人間関係の本質を研究してたわけじゃない、自分の計画のために必要な人物を物色していたんだと思うな。探していたのは自分と顔や背恰好のよく似た青年で、とうとうそいつは見つかった。――ところが、見つけたのはいいけど、その青年というのがリンパ腺炎か何かで、背中には紅い十字架型のみみず脹れがのたくったようについている奴だったんだ。つまり紅兄さんはマゾヒストでも何でもなかったんだけれど、相手の方にそんな瘢痕《はんこん》があったたってわけさ。でも二人を似せるためには仕方がない、紅兄さんも、わざと苦痛をこらえて同じ十字架型の鞭痕を同じ箇所につけさせた。……相手の青年というのは、どうせ東京に巣喰う高等浮浪者で、むろん紅兄さんが何のためにそんなことをするのか、深い意図は考えても見なかったろうし、行方不明になったたって、不審がられるような身許でもない……」

「待った待った」

とつぜん藤木田老がびっくりするような大声で、

「何をいい出すかと思えばそれでは何かね、あの晩紅司君はまだ生きていて、誰もいなくなった隙に、どこからか顔かたちもそっくりな自分の替玉死体をひっぱり出し、お手前は大鴉に変じて如法暗夜の闇の中に飛び立ったとでもいうのかな。やれやれ、コンガラ童子よりまだ始末に悪い話だて。替玉死体だの酷似した人物だのを用いてはならんという、ノックス第十項……」

「ノックスの話はもういいよ」

藍ちゃんはおちついた声でいった。

「知ってるでしょう、五番目に、シナ人を登場させてはならないっていってるのは。

彼らからみれば、ぼくたち日本人もシナ人も変りはないさ。そんなことをいえば、もともとアングロ・サクソンの思考形式に合って発達した本格推理なんてしろものを、日本人が書いたり読んだりするほうがよっぽど滑稽じゃないか。十戒だの二十原則だのってふり廻すこともない。……聞きたくなけりゃ、あとは話さないよ」

「あら、怒らなくてもいいわ」

これは自分の話以上にお粗末だと見きわめをつけた久生が、意地悪くとりなし顔で、

「たいへんおもしろくうかがってるところよ。だけど紅司さんが、その替玉死体と入れ替るだけの時間があったかしら」

「そりゃいくらでもあったさ。爺やは初めからグルなんだから。藤木田さんが橙二郎氏を追っていったあとは、ぼくたちが電話をかけて帰ってくるまで、まるまる十分間も風呂場には紅兄さんと爺やと、二人きりしかいなかったんだもの。……あの晩の話の筋はこうだよ。むろん爺やが洗顔クリームを買いに行ったなんてのは嘘で、十時半の約束で裏木戸から訪ねてきた相手の青年を、二人がかりで殺して土間のわきの物置に入れた。それから紅兄さんは自分で鎌錠をかけて風呂場にうつぶせる。爺やは、さあ目撃者の出番ですとばかりに顔色を変えて皆を呼びに来たのさ。それでまた誰もい

なくなった隙に、物置から死体を引張り出し、いままでうつぶせていたとおりの位置におくと、紅兄さんだけは爺やの部屋かどこか、あらかじめ用意しておいた処に隠れたんだ。この紅いゴム毬は、その『続・幻影城』にも出てるだろ、脇の下にはさんで腕をしめつけ、脈をとめてみせるための小道具だし、あとで爺やが死体を拝んで早口にお経を唱えていたのも、それが紅兄さんじゃない、べつな死体だと知っているからお詫びしていたのさ。ぼく、ぶっつけに聞いてみたんだよ、紅兄さんはいまどこにいるんだって。そしたら爺やの奴、みごとなくらいに顔いろを変えて、何もいわなかった……」

「お話は判ったけど」

表情だけは優しそうに、久生は、

「それじゃ皆さんは、どこの馬の骨だか判らない男を、紅司さんだと思ってお葬式をなすったことになるわね。まあ大変。それに、そうお手軽に死体が殖《ふ》えても困るんじゃない？　それから、替玉死体がいれてあったという物置には、大きな南京錠がガッチリかかっていたというお話でしたけど」

「紅兄さんは右手に剃刀《かみそり》を持って、左手は握り拳《こぶし》を作っていた。あれはすぐ起きあがって物置をあけられるように、その鍵を握っていたんだ」

「オヤ、そうでしたの。でも藤木田さんは、あとで物置の中まで確かめてごらんになったんでしょう？　鍵は元の置場へ戻したとしても、替玉死体がいれてあったんじゃ、中にはきっと痕跡が残っていたでしょうね。体は多少でも濡れていたろうし。……どうでしたの藤木田さん、物置の中は」

「びしょびしょに濡れて、いちめん血だらけじゃったよ」

藤木田老は渋い顔で笑いもせずに答えた。

「だけど、こうは考えられないかな」

亜利夫はふっと思いついて、

「さっき自分でもちょっといっていたけど、いまの話を逆に、犯人が死体を装った。つまり、はじめにうつぶせていたのが犯人で、紅司君はやっぱり殺されて物置の中に……」

「それは考えてみたけど、ダメさ」

藍ちゃんは指を折るようにして、

「第一に動機がありゃしない。それに、もし紅兄さんと本当に瓜二つの男が犯人なら、どこか他の場所で殺して死体を隠し、自分が氷沼紅司になりすませばいいんで、何もお風呂場を舞台に危ない芸当をすることはない。それともただ、背恰好だけ似た奴が犯人だとしても、紅兄さんが秘密にしている背中の鞭痕をそっくり同じにつけておくなんてことは不可能だし、あの時間に紅兄さんが風呂へ入ってるなんてことも判りゃしないだろう。何より爺やが、死体の入替えを黙って見てるもんか」

「ですけど、とにかくね」

じれったくなった久生がとどめをさした。

「鴻巣玄次という与太者が実は存在せず、紅司さんの背中の鞭痕は御自身のマゾヒズムのせいじゃなくて、替玉死体の特徴に合せて作ったものだという着想は着想で面白いけど、実現されるとなると、やっぱりあちこちに無理が出るようね。継ぎはぎだらけのボロ推理も、こうなるとお気の毒みたい」

「だってそれじゃ、爺やが哀しんでもいないのはどういうわけ？　それに、鴻巣玄次って男がもし実在しているんなら、どうして一度も、うちのようすを探りにこないのさ」

藍ちゃんは照れかくし半分のやけくそで、ウイスキーをストレートで呷《あお》りつけながら反問したが、藤木田老は、さて真打の出番だというようにゆらりと体を起して坐り直すと、

「爺やは気の毒だが、分裂症の初期症状と思うほかないな。与太者のことはミイの話

をきけば判る。……それにしても、諸君は呆れ返った怪奇幻想派だな。合理的な解決をつけるというのが今夜の建前のはずだったが」

皮肉にいって皆の顔を見廻した。

19　ハムレットの死（藤木田老の推理）

「背後関係や動機の探求には、多少卓抜な意見も出たようだが、肝心の犯人がコンガラ童子だの、原爆で死んだ黄司だの、さては紅司君自身などと夢幻的なことをいい出すようではこれはまるで解決とはいえぬよ。いいかな、ミイの推理方法はごく簡単だが、これに限って間違いはない。あらゆる史上の名探偵が用いた消去法、つまり容疑者を洩れなくあげて、絶対に白の者だけを除いてゆく、あの手を用いればよいのじゃ。その除き方に誤りがなければ、残った者がすなわち真犯人だて」

久生は帯の間に垂れた根付《ねつけ》の珊瑚《さんご》をまさぐりながら、ぼんやりきいている。亜利夫はスラックスの皺ばかり気にしているし、藍ちゃんはウイスキーをのみすぎたせいか、耳たぶまで火照《ほて》らせていかにも眠そうだ。藤木田老ひとりが得意満面で、取り出した葉巻を嚙み嚙み、H・Mのイミテーションよろしく、紅司殺しの犯人をあばきはじめた。

「さて、その容疑者だが、これはミス・ホームズの折角の調査は御苦労ながら、死人などに関係のあるわけはない。考えても見給え、今度の事件の犯人は、ひとつ、厳しい条件を充さねばならんのだ。つまり、あの晩あの時刻に、紅司君が風呂に入ったことを知っている者に限られるわけだろうが。まさか久生女史も、二十年も前から紅司君が、昭和二十九年十二月二十二日午後十時二十分に、風呂へ入るべく運命づけられていたなどとは考えんじゃろ？　黄司が電話をかけてきて密会したなぞという空想は、空想としてはユカイじゃが、なんら裏付けの証拠を具有しておらん。紅司君はあの時刻に風呂へ入った。白の部屋も水の部屋もない、ただの風呂じゃ。事実は厳粛にして平凡だが、しかしこの平凡な事実から逆に辿って、その事実を存知する者のみに容疑者を絞れば、指を折る必要もない少数の名が浮かぶはずだ。ましてそこから、約束に従ってわれわれ探偵と爺やの四人を除いてみたまえ、ホレもうそこに、犯人は笑って立っていようというものさ」

「だって、そんな……」

久生と藍ちゃんが、同時に声をあげた。

「そりゃ、あたしの犯人黄司説は少しばかり突飛かもしれないけど、でもこの事件の背後には、それぐらいの拡がりがあるって意味よ。藤木田さんたら、さっきは紅司さんが風呂場で誰かと密会した説に賛成した癖に、おかしいわ。もし紅司さんが、あの時刻に誰かと会う約束をしていたんだったら、その条件をみたす人物はいくらでもいるわけじゃないの」

「そうだよ、インチキだよ」

藍ちゃんは、まだ中《ちゆう》っ腹《ぱら》らしく口を添えたが、もう本当に眠り鼠のような声だった。

「何がインチキなものか」

藤木田老はいよいよおちついて、

「いかにも密会した説には賛成したが、まさか二十年もの昔から犯人を呼び出すとは思わなんだからな。それに、ミイのは今からのべるように、純然たる推理の結果〝密会〟をつきとめたので、グラジオラスがさしてあったなぞという偶然には頼っておらんよ。探偵は偶然に援《たす》けられてはいかんというのも、第六項にノック……とっと、これは禁句か」

しかし藍ちゃんはもう文句をいう気力もなく、子供っぽい寝顔になって、こたつの上にうつぶせていた。

「おやおや、眠ったな。これは狸寝入りでもなさそうだわい。……ところでいまの話だが、紅司君は風呂に入る前、爺やに洗顔クリームを買いにやらせておる。藍ちゃんは確かめもせんで、それは爺やの嘘だなどというておったが、こちらはちゃんとあの翌日、駅前の化粧品屋に当ってみた。するとそこの店員は顔見知りだと見えてな、こういうておったよ。〃ハイ、いかにも十時半ごろ爺やさんが、何とかクリームを買いにお見えでした。でもその何とかクリームは、あいにくうちでは切れておりまして、二、三日しませんと入りませんの。そのことは夕方、紅司坊ちゃまが買いに見えました時にも申しあげたんでございますけれど〃……

お判りだろうな。紅司君は、ないと知っているクリームを探させに、わざわざ爺やを使いに出しておるのじゃ。忠実な爺やは、可哀そうにそれから二、三軒も歩き廻ったことだろうて。この事実から判るのは、紅司君が腹心ともいうべき爺やを遠ざけてまで、一人になりたがっていたということだな。それはわれわれを、見せたことのない自分の部屋に案内したり、チェスをさせたがったりしたことからも推察できるが、さてあの風呂場で一人になって、何をしようとしていたか、と考えて初めて〃密会〃という説に賛成してよいことになる。しかしそれは、腹心の爺やを遠ざけたことでも判るように、紅司君にとって危険な、未知の人物に会うためではない。むしろ秘密の快楽に属する種類の〝密会〟と見なすべきじゃ。さよう、ここにあるこの日記は、藍ちゃんのいうごとく我々を瞞着《まんちゃく》するために書かれたものではない。余分な詩情も氾濫しておるが、すべて事実を基底として記されたと見ねばならん。鴻巣玄次などという名前はおそらく偽名にしても、そやつは立派に実在しておる。それがあの晩の〝密会〟の相手に違いなかろう？」

「だってそれじゃ、日記の最後にある、密室《セルダーブ》と供物殿との間を気ままに飛行するかいう点はどうなんです。鴻巣玄次だけが事実で、あとは余分な詩情なんですか」

亜利夫が当然な質問を発したが、藤木田老はいっこうに平気だった。

「いかにもそうだ。空想家の紅司君は、ふだんから死後の生を、古代エジプト人のようにさまざまに思いめぐらして、日記に記したたぐいのことを爺やにも吹きこんでおいたことだろう。それをすっかり真に受けた迷信深い爺やが、いまもって紅司君は死んでおらんなどと思いこんでいるから、しばらくはニコニコもしていようが、あれで本当に死んだと気づいた時は、可哀そうに、まず完全に松沢行きになることだろうな。それはやむを得んとしても、もし鴻巣玄次が実在しておるものなら、少しも様子を見にこんのはどうしたわけだと、先刻藍ちゃんがいきまいておったが、それは当然な話で、玄次は紅司君の死んだことを、よく知っておるから、電話もかけてよこさんのだよ。

しかし、ここまではいわばミイが暗算で出した答でな、この答と、さっきいった消去法による答が合うかどうか、ひとつこれから試してみよう。アイヌの呪いもアグラの大宝物も三原色も、折角だがこの際うっちゃって、事件当時の関係者だけを調べあげれば、犯人はおのずと明らかになるて。われわれ探偵や爺やは除く約束だが、藍ちゃんだけは氷沼家の人間だから、一応容疑者のリストに入れておこう。それにマア万が一、われわれの気づかぬ犯人がいるとして、それを怪人 x 氏とでもしておくか」

そんなことをいいながら、藤木田老が、ちびた鉛筆をなめなめ、『続・幻影城』の余白に書き記した関係者——事件の容疑者は、次の七人であった。

蒼司、紅司、藍司、橙二郎、皓吉、玄次、x。

「このミスタ x は、つまるところ悪童子セイタカか黄司君ごときものだが、実在もしない犯人などは成り立たんし、何者かわれわれのまったく知らぬ奴が、無動機、無目的に紅司君を殺したというのでは話にならん。一方、殺されたのはどこの馬の骨でもない紅司君にまちがいはないのじゃから、この二人は無条件に除いていいな。つまり、あとの五人の中に犯人は潜んでいるというわけだ」

まず二人の名が、鉛筆でくろぐろと消された。

蒼司、藍司、橙二郎、皓吉、玄次。

「この五人について、一人ずつ、動機、アリバイ、犯行方法と検討してゆけば、たちまち黒白は明らかになるて。……そこでまず蒼司君だが、かれをこのリストにのぼせるのは、いささか不穏当ながら、ま、彼は動機の点だけでいっても九分九厘シロと見てよかろう。この『続・幻影城』には、異様な犯罪動機という分類の結果も出ているが、感情、利慾、異常心理、信念のどれをとっても、該当するものはなさそうじゃ。金銭的にいって、紅司君を殺して独占するほどの遺産もなし、自分のダイヤのほかに紅司君のルビーまで手に入れたいという宝石狂でもない。数学者の卵には違いないが、れいの〃僧正《ビショップ》〃のように高踏的な殺人哲学はまさか持ってもおらんし、さきほどミス・ホームズがいうておった、三原色の花がどうだから〃赤〃を抹殺するというほど狂ってはいない。いささか正常すぎるのが気がかりだが……」

「でも、考えられる動機がひとつあるわ」

何を思いついたのか、久生が眼を輝かしながらいった。

「もっとも原始的でありながら、誰の心にもくすぶっている、単純で強烈な動機。……お判りになるかしら。それはね、ただ単に紅司さんが〃弟〃だから、ということなの。嫉妬も劣等感も利害も何にもない、紅司さんが弟だから殺した、ってことはないかしら。誰だって、すべての〝兄〟には、理由もなくカインの血が騒ぐ時があると思うのよ。ねえ、すばらしい動機じゃなくって？」

はしゃいだ調子で皆の顔を見廻しながら、

「前に牟礼田からきいたんだけど、スタインベックの一番新しい小説に『エデンの東』ってのがあって、映画にもなったらしいけど、それがそんなテーマだとかいってたわ。カインがアベルを殺してから、エデンの東、ノドの地に逃れた話の現代版だそうですけど、映画になったのは逆に弟が兄を殺すことになってるから無意味だとかって。ただ、ジェームス・ディーンとかいう、すばらしい個性の俳優が新しく……」

調子にのって喋り出すのを、藤木田老は立て続けに空咳《からぜき》をして遮った。

「よしよし、それを九分九厘の残り一厘としておこうよ。何とかデーン君については、いずれ暇な時にゆっくりうかがうとして」

久生のお株を奪ったようなことをいって、口を封じてから、

「もっとも蒼司君も、アリバイの点になるといささか疑わしいな。あの晩わざと家をあけて貰ったのは、ミイとの話合いで、おらんほうがよかろうということになったためだが、光田君とのスレちがいには解《げ》せんところも残っておる。一体、どこで待合せたのかね」

「ええ、たしか新宿駅の東口っていったと思うんですが……。二幸《にこう》の側だねってきき返した時に、ただ改札を出たところで待ってますなんて、ぼんやり答えて、彼は上の、甲州口でずっと待ってたんだそうです」

「ふむふむ。それで映画は何を見るとも決めておらなかったのかな」

「ええ、それは。ぼくは新宿劇場で〝愛の泉〟を観たんだけど、彼は新宿日活にいて、アチラ物のゴジラ映画をみてたらしいですね。でも、待合せの点は思い違いってこともあるけど、べつに疑うっていうんじゃなくて、ちょっと変だなと思うのは、あの晩いつまでも九段の家から帰らなかったでしょう。ぼくが目白についたのは、ちょうど、そうか、力道山《りきどうざん》と木村のプロレス選手権がラジオで終ったあとでしたね。だから九時半ごろだのに、それから十一時ごろまで、何を八田皓吉と話しこんでいたのか、それが……」

「それはミイも訊きだしてみたが」

　藤木田老は腕を組みかえて、

「これは藍ちゃんも知らんことらしいが、意外にも目白の家を近々売り渡す相談だというんだな。諸君も薄々は察していようが、氷沼家も三代目の紫司郎氏ですっかり傾き、めぼしい宝石《いし》はむろんのこと残ってもおらん。手つかずにあるのは、ただあの家と五百坪の土地だけとなると、家屋ブローカーの皓吉輩《はい》に頼るのも、無理はないところかも知れん。あの晩もその相談で遅くなったというておった。

ただそれは本人の弁だから、ミイはミイで独自の方法を用いてアリバイを調査してみた。九段の皓吉の家というのは、もう本人は麻布《あざぶ》谷町《たにまち》に越しておらなんだが、注文流れとかいうことでさかんに壊しとる最中じゃった。場所は靖国神社の正面へ向って右横、九段高校の真裏に当る一角に、二丁目六番地という同番地が数十軒あるうちの一軒でな、ミイはぬからず、そこから目白の氷沼家までの最短距離を、車では何分かかるか計ってみたが、片道ちょうど八分というのが、まちがいのない所要時間だて。

ところで光田君は、事件の前後に、蒼司君とは電話で話をしたわけだが、その二回ともまさか電話の声は、テープ・レコーダーとか声色とかいうことはなかったろうな。いやいや、笑っちゃいかん。誰によらず一度容疑者のリストに加えたからには、徹底的に洗いあげるのがミイの主義でな、こうしなければ消去法を用いるといっても意味はない。電話にしても、これがどこかの山の奥なら、贋電話を近くに取付けるというテも出てくるが、東京のドまんなかでダイヤル式のものを、自在に移動することは出来ん。従って電話口に出た際の声や態度に不審がなく、本人に間違いはないとなれば、すなわち蒼司君は確かに皓吉の家におったに相違なく、目白まで往復するには最低十六分はかかる距離にいたということじゃ。

　久生女史の作った表によると、光田君が電話をかけたのは、最後が二階へ上る前で十時二十分、あとが死体発見の直後で、十一時五分というところだから、その間は正味四十五分あって、目白へでもどこでも往復するには事かかんわけだが、ここに、白黒を決定するキメ手がただひとつある。これをパスすればまず絶対にシロとみなさねばならんが、すなわち彼はあの時間に、紅司君が風呂へ入ったことを知っておったか否かということじゃ。光田君は電話をかけた際に、彼に教えたかな、いまから紅司君が風呂へ入るところだと」

「まさか、そんな詰らないこと……」

　亜利夫は苦笑しながら答えた。

「ただ早く帰らないかっていっただけです。そしたら向うがいったんだ、いまからこちらで柚子湯《ゆずゆ》に入って、それから帰りますって」

「なるほどな。そうなると八田晧吉もむろんのこと知らんわけだから、まさか蒼司君を柚子湯に入れておいて大急ぎで抜け出し、目白まで紅司君を殺しにくることもあり得ぬし、あの晧吉という男もどちらかといえば紅司君びいきで、橙二郎についてはあまり快く思っておらんふうだから、買収されてどうという心配もない。何にしろ犯人の条件は、再々いうように、あの時刻に紅司君が風呂へ入る——即ち密会の相手を迎え入れることを熟知しておる者に限られるし、〝密会〟という通行手形を持たん限り、あの風呂場は金城鉄壁の密室で、手軽に忍びこむなどというわけにはいかん。ま、八田皓吉の身許はもうすこし洗ってみる必要があるにしても、あのオットセイ面では、今度のように考えぬかれた犯罪とはまず縁もなかろう。以上の調査によってこの二人はリストから除いて、と、さてお次は藍ちゃんか」

藍司、橙二郎、玄次。

残った藍ちゃんの名前の上を、トントンと鉛筆の尻で叩きながら、

「こんな可愛い顔をして眠っておるが、怒りっぽいのには驚くよ。容疑者に入れたなぞと知ったら、また何をいうか判らんから、早いところ片づけよう。……見取図にもあるように、彼の部屋の外の踊り場には、折畳みの非常梯子がおいてあるもんじゃから、この間、久生女史がそれをいい出した時は、疑われたかと思ってごきげんすこぶる斜めだったが、いかにもあの梯子を、僅かの暇にあげおろしするなんぞということ出来るものじゃない。また仮りに、綱を使うか何かして下までおりたにしろ、十時三十五分にラジオをつけて、四十二分ごろかな、橙二郎に呼び立てられて顔を見せるまでの七分間に、どういう方法でか浴室へ忍びこみ、痕跡も残さずに紅司君を殺し、ま

た上へあがってくるなどという器用な真似は出来ん。またあの時間には確かにラジオで〃パリの街角〃という番組をやっておったし……。あれは何といったな、あの時うたっておったあのシャンソンは」

専門のことで、久生も含み笑いしながら、

「あたしも旅行してたからきいてないけど、藍ちゃんがいってたわ、その時かけた曲は、ムルージの〃コマン・プチ・コクリコ〃――小さなひなげしのように、だって。こんな唄でしょう」

得意の声で、低く唄ってみせた。

「そうそう、それそれ。さて、と。アリバイは片付いたが、藍ちゃんの動機については、ミス・ホームズに何かまた新案があるかな。さっきは彼自身、変身願望にとりつかれておるようなことをいうておったが、まさか紅司君を殺して、殺人者に変身してみたいなどと物騒なことも考えておらんだろうし、当節の密室トリックの機械仕掛が気に入らんから、自分で発明した奴を実地に験《ため》してみる気になったわけでもあるまい。……いや冗談はともかく、金銭的にも、札幌の店の者がしっかりしておったおかげで、いまでは目白の本家よりも遥かに実質的な恵まれ方をしておる筈なんじゃ。まず動機は百パーセント白だな」

常識で考えても、まさか蒼司や藍ちゃんが手間暇をかけて紅司を殺す理由など見当らないが、藤木田老はなおも得意げに消去法とやらを続けようとするのだった。

ようやく亜利夫も苦い顔になって、

「さっき藤木田さんは、皆の話が前説《まえせつ》ばかりもっともらしいってことだったけど、どうも今度のお話もそんな気味合いですね。そろそろ、その、もっとも合理的な密室トリックの説明というのをきかしてほしいけどな」

めずらしく、つけつけという顔をにやりと見やって、

「よしよし。しからば探偵仲間のよしみとして、これぐらいで藍ちゃんも、容疑者のリストから除いてやるとするか。さて……」

橙二郎、玄次。

追いつめた獲物を前に、舌なめずりするような表情で、

「この二人を調べて、トリックを明らかにする前に、どうしても藍ちゃんにききたいことがある。可哀そうだが、ちょっと起してもらえんかな」

亜利夫にゆすぶられて、はね起きた藍ちゃんは、きょとんとした顔で、

「どうしたの、もう帰るの？　藤木田さんの話は、おしまい？」

「いいえ、これからなの」

久生がいたわるようにいった。

「消去法とやらで容疑者を見つけてらしたんだけど、いま橙二郎さんと、れいの与太者が残ったところ。鴻巣玄次って人物は、やはり実在するって話よ。目白へようすを探りにこないのは、紅司さんの死んだことを知っているからですって」

「いやそれでな。あの晩、十時四十分に、橙二郎が何やら急にあわてて書斎から飛出してくると、オルガン階段を踏みならしながら、うるさく藍ちゃんを呼び立てたろうが。そのまま書斎へ引込んで、二人して話しこんでおったが、一体どんな火急な用事で、何の話があったものか、それをききたいのじゃよ」

「何だ、そんなことか」

藍ちゃんは、まだ寝呆け顔で、

「話なんか別になかったよ。東大を受けるつもりなら、夜遊びしないで勉強しろとか、医学部へ行く気はないかとか、大きなお世話だよねえ。あいつ、親代りのつもりだから嫌になっちゃう」

「とにかく、急用ではなかったわけだな」

「うん、ちっとも」

「そうだろうて」

藤木田老は、いかにも満足そうに肯いた。

「これといって話なぞあるわけはない。橙二郎が十時四十分に藍ちゃんを呼び立て、傍に引留めておいたのは、ひとつには紅司君殺しのアリバイを作るためと、同時に密室トリックを完成するためだったからじゃ。真犯人は、ほかならぬ、二階にいた橙二郎その人なのだ」

「だって、彼は一度も階下まで……」

亜利夫がいいかけるのを制しながら、

「確かに階下へまでは降りなかったな。だがそこにこそ怖るべき奸計《かんけい》が秘められておったのだ。……何を妙な顔をしとる。あのローレル夫人が考えたように、オルガン階段を踏み鳴らすと、パイプ仕掛で青化《シアンか》水素が風呂場へ噴出するとでも思っておるのかね。ミイの喋っておるのは、完全密室に人間が出入りする方法のはずじゃろ。……

いいかな、我々が居間の掘ごたつにいた時、紅司君は時間に気づいて急に皆を二階へ追いあげようとした。それは前にいったとおり、風呂場で玄次と密会するためと推定されるが、その、風呂へ入れとわざわざすすめに来たのは橙二郎だったことを忘れちゃいかん。断わると知って奴はミイにまで入れなどといいおったが……。つまり紅司君は、単に一層あくどい刺激とスリルとを求めるために、鴻巣玄次を自宅の風呂場へまで呼びこんだのだが、橙二郎は、もうちゃんとその密会の約束を知っておった。知っておればこそ、ぜひとも約束の時刻に二人を会わせたくて、さりげなく催促に来たのだ。なぜといえば玄次は、紅司君を裏切って密室殺人の贄《にえ》となすべく、橙二郎から詳しい策略を授けられていたからなのじゃ。……

その手筈をどこでつけたか、そもそも橙二郎がどうして玄次の居所をつきとめたかといえば、これは腹心の部下に紅司君のあとを蹤《つ》けさせればわけもないことで、いま、例の産院には、橙二郎の軍医時代からの子分で、衛生兵あがりの吉村という男が女房ともどもで詰めておるのを、きいておらんかな。色眼鏡に薄あばたの、いけすかん面構えだが、そやつに紅司君の日記にもある〝坂の上のアパート〟を探り出させたと見てよい。その居所さえつきとめてしまえば、もともと玄次という男は無職無頼の、市井《しせい》の小悪党じゃろうから、買収するのもわけはないて。二十二日の夜十時半、月のない晩を選んだことでも知れるように、密会の相談は紅司君からではなく、玄次のほうから持ちかけて取り決めたものだろうな。

まさか橙二郎と玄次の間で、陰の取引が行われたとは夢にも知らず、約束の時間が近づくと紅司君は、いそいそと皆を風呂場から遠ざけにかかった。爺やは買物に出し、我々は二階へ追いあげる。折から駅前あたりでかけたものだろうが、予定どおり今から行くという玄次の電話だ。橙二郎はニンマリして、違いますよ、などとさりげないことをいうと、何くわぬ顔で書斎へ引き取る。……さきほど久生女史は、電話の不通になった時間と直った時間とから犯人のアジトが判るなどというておったが、なに、公衆電話からかけて受話器を外し放しにし、故障と貼紙でもすれば済むことで、アジトの距離を測定出来るとは限らんな。……さて、そうやって丁度十時半に、玄次は裏木戸から忍びこむと、コツコツと風呂場の窓を叩いて合図したという寸法だて。ポウの『大鴉』にある〝忽然《こちねん》と叩々《こうこう》の訪《おと》なひ〟は、その詩句どおりに実現したわけじゃ。橙二郎から悪企みを授けられ、夜陰に乗じて窓を叩く玄次こそ、不吉な大鴉の化身といってよかろう。……

「その玄次を、紅司君は髭《ひげ》を剃りかけたままの素裸で、いそいそと迎え入れた。まさか、この男が、自分を裏切って殺しに来たとはツユさら思わない。可哀そうだが、おぞましい嗜好の度が過ぎた報いじゃ。喜ぶ紅司君を冷やかに見やって玄次は、むろんのこと服も脱がず、万一だれかに覗かれてはことだから電気を暗くしようといい出す。ホレ、日記にも〝元電気工〟とある、これだけでも彼の実在は疑えぬよ。ためしに蛍光燈が、どうしたらあんな具合に暗くなって、間をおいて点滅するようになるか、誰かにきいてみたまえ。一番簡単な手段は蒼司君のいうておったように点滅器《グロー》をわざと古いものに取替えることで、これは中々、素人に思いつく芸当じゃない。こうして細工を終るとまた玄次は、刺激が強すぎて心臓が苦しくなってもいけない、先にいつもの強心剤を注射しておこう、などといい出す。おそらくこの二人の間では、日常茶飯に行われていたことで、あのおびただしい腕の針痕からもその察しはつくが、それにも紅司君はまだ無邪気に裸の腕をさし出した。ところがその強心剤というのが曲者《くせもの》でな、蛍光燈が暗くなっておるから紅司君も気づかなんだろうが――いや何も、橙二郎に授けられた漢方秘薬というわけではない、或いはただの油ではなかったか、と、ミイは睨んでおるのじゃ。

探偵小説には静脈に空気を入れる話も出てくるようだが、あれはどうも、実効があるかどうか疑問だな。50ccぐらいを押しこんでも確実に死ぬとは決まっていない。気胸の折など下手な医者が間々やらかすように、脳エンボリーを起させて七転八倒というこどもあって、効果のほどは疑わしいが、油ならば少量でカタがつく。どうせ背中いちめんの鞭痕を見れば医者も家人もたまげて、警察沙汰にする気づかいはない。まして完全密室の中で、外傷もない自然死にみせかければ、他殺の疑いを抱く者もいなかろうと、こういう見通しのもとに橙二郎が厚かましく差図したとおり、玄次は紅司君の静脈へ油を注入し終ると、その痕へわざと汚れた古いバンソコを貼りつけた。

……さあ、それからどうやって玄次が、あの密室を脱け出すことが出来たか、もう諸君にはお判りだろうが、紅司君がふだんから鞭痕の秘密を少しでも人に見られまいとした、その心理を利用したまでじゃ。玄次が注射を終って、手早く道具を片付け、いつでも飛出せる用意が完了したのが、ホレ、あの十時四十分よ。前もって打合せしておいたとおり、その時刻、間髪を入れず橙二郎は二階の書斎を躍り出て、オルガン階段を乱暴に踏み鳴らし、部屋にいるに決まっておる藍ちゃんをうるさく呼び立て、今にも風呂場のほうへまで探しに来そうな気配を見せたのだ。待ち構えていた玄次は、その足音をきくなり、誰か来るぞ早く戸をしめろ、といいざま、台所に面した板戸から飛び出す。紅司君は反射的に、自分の裸を見られまいという気持で、しっかり鎌錠をかけてしまう。それから点滅する暗い灯の下で、ドキドキと胸を高鳴らせて耳を澄ましながら、気をおちつかせるために剃りかけの髭を剃ってしまおう、ま、玄次はそこいらに隠れてまたすぐ合図をするだろう、などと気楽に考えて水道の栓をひねり、あの日本剃刀を手にしたのだが、そのとき、注射された油は心臓動脈に廻って、呻《うめ》く間もなく前のめりに倒れたのじゃ。

この紅い毬の意味も、そうなれば他にはない。玄次が自分の来たことを橙二郎に知らせるために、紅司君の眼を盗んで、折よく泡立っていた洗濯機の中に忍ばせたものと考える以外にはないな。ゴム毬とはまたふざけた合図を考え出したものだが、なるほど、こんなに空気の抜けた奴をポケットにひそませて、あとで風呂の熱を利用してふくらませるというのも、ひとつのアイデアだて。ま、それはどうでもよいが、風呂場を飛び出した玄次は、爺やのいないのを幸い、土間の戸をしめ、足音を忍ばせて内玄関から逃げ出したものじゃろう。つまり我々が橙二郎の呼び立てる声に何事かと階段の上の踊り場に顔をのぞけたところ、奴は悠々とつい眼下《まなした》を横切っていったというわけじゃ。

だが一方、橙二郎にしてみれば、紅い毬の合図は残されているにしても、果して玄次がいいつけた手筈どおり事を運んで、紅司君がうまく御陀仏《おだぶつ》になってくれたかどうか、さっぱり判らない。そこで風呂場へ入りこんで、いい加減に脈を見るなり、すぐ〝死んでいる〟といって皆を追っ払い、もし死に損ねでもしていたら、すぐ注射でとどめを刺すという二段構えの殺人計画で臨んだ。もっともあの晩はミイの慧眼《けいがん》も光っておったし、予定にない光田君もおるので、さぞへドモドしたろうし、最初は自分のほうが動悸して、人の脈どころではなかったろうが、少しおちついて、ミイが風呂場の外へ出た一瞬の隙に、もう一度よくよく確かめてみると、やれ嬉しや、紅司君は完全にことされておる。洗濯機に手を突っこんでみると、ツルリとしたゴム毬の手触りも確かにする。こうなるとあの時ミイのきいた、何とかヤルという、押しつぶしたような声も、これは透明人間などではない、橙二郎が思わず、しめた死んでやがると、うわずった声を出したものと考えてよかろう。病院へ電話して緑司の安否を確かめようとしたのも、それがかねて紅司が死んだというしらせの暗号とみねばならん。あれからの橙二郎の異様な態度も、内心、嬉しくてたまらぬ気持を匿《かく》すためだて。……思えば氷沼家も、とんだエルシノア城だわい。紅司君というハムレットは、叔父のクローディアスに剣の一突きを与えもせぬうち奸計に破れて、自ら作った密室に己れの屍体を横たえたのじゃ」

20 〝虚無への供物《くもつ》〟

話の途中では疑問をはさみたいところもあったが、藤木田老がこう語り終って一息ついた時には、いかにも他の誰よりも合理的なその解決に、みんなしばらく黙りこんだ。ことに亜利夫は、どうやら次第に実在のいろが濃くなってきた鴻巣玄次という男の風貌を、あれこれと思い浮かべずにはいられなかった。久生もそんなことを考えているのか、

「与太者っていうなら、せめて『泥棒日記』のスティリターノか、『蛭川《ひるかわ》博士』の混血児ジュアンぐらいな男前ならいいけどねえ、薄汚いんじゃ、ごめんだわ」

などと、よけいなことを呟いている。藤木田老は、まだ釈然としない顔の藍ちゃんへ、説いてきかせる調子になって、

「どうだね、これでなぜ玄次が氷沼家のようすをさぐりにあらわれないか、はっきりしたろうが。自分の手にかけて殺したのじゃからそれも当り前というわけだな」

悠然と葉巻に火をつけはじめたが、藍ちゃんは納得したようすもなく、口の中で何やら呟いている。

「どうしたな。まだ不審な点があるのかね」

「だって……」

ようやく考えをまとめたように、

「藤木田さんの説もさ、後半は臆測みたいなものだもん。そりゃ、かりに鴻巣玄次って人間が、紅兄さんの日記どおり実在してるっていうなら、それでもいいし、その居場所を伯父さんがつきとめて、金で買収したって認めてもいいよ。あの晩、階段を踏み鳴らしたのが密室を作るためのトリックで、ぼくはダシに使われたのなら、そうとしたっていい。でもその玄次が本当に買収されたかどうかは判りゃしないじゃない

か。もしかしたら金だけ貰って何もかも紅兄さんに打明けたかも知れないしさ、二人して逆に伯父さんの計画の裏をかくように手段をめぐらしたとも考えられるじゃないか。だから、そこから先はぼくの説の方が正しいってことだってある。紅兄さんが替玉死体と入れ替るのも、その玄次が手伝ったんで、死体は物置に入れてあったんじゃあない、十時半に玄次が、裏木戸から届けてきたかも知れないんだ」

藍ちゃんは大まじめだったが、久生はたちまち花やかな笑い声を立てた。

「冗談じゃないわ、デパートの配達じゃあるまいし、死体なんてものが、そう簡単に届けられるもんですか。……藍ちゃんが自説に執着がおありのようだから、私もついでにいいますけど、かりにいまのお話のように、玄次が何もかも紅司さんに打明けたとする、ええ、二人で橙二郎さんのトリックの裏をかく相談までしたとしてもよくってよ。ですけど、そこから先はあたしの説のほうが正しいってことにならない？　つまり、二人の内密の相談をわが黄司君が嗅ぎつけたとするのよ。どこかの坂の上のアパートに玄次がいるっていうなら、黄司君も前からそこに住みこんでいて、いきさつをすっかりききだし、もうひとつ裏をかいて別な密室トリックを作りあげたとも考えられるじゃないの。三者三様のトリックがいっぺんにあの晩に重なって、その結果、残されたのが紅司さんの死体だとしたら……」

「いやいや、三者三様とはいえんな」

藤木田老が、ようやく話のケリをつけるように、

「そんな具合に今夜の推理くらべを逆、逆と蒸し返してゆくなら、最初に光田君の喋ったコンガラ童子降臨説こそ、もっとも真相に近いわけだて。いかにも四者四様、四人の犯人が四つのトリックをいちどきにぶつけあって、その結果あの晩の密室が出来上ったというのは、話としては結構じゃが、それにはまず、裏付けとなるトリックの説明がされねば何もならん。どうかな、ミイの指摘したほど合理的な方法が他にあり得るか、どうか」

そういわれて三人がまた黙ってしまうと、藤木田老はその合理的方法に、もったいらしく注をつけはじめた。

「御承知のように密室トリックも、近来はすっかり出つくした観があるが、ミイの見破ったこれは、史上にもまだ前例がない。光田君は気がついたかどうか、その『続・幻影城』の(1)と(2)、〝犯人が室内にいなかったもの・いたもの〟とは折角ながら関係のないことでな、実はそれ、そのあとにもうひとつ、(3)として〝犯行時、被害者が室内にいなかったもの〟という項がある、それに該当するわけじゃ。ここには、〝被害者自らが密室を作るのは、犯人をかばうためか、敵の追撃を恐れるためか、い

ずれかである〟

と記されておる。ところが今度の事件では、被害者は犯人をかばうつもりはない。第一、殺されるなどとも思っておらんのだからそれも当然で、ひたすら、自分の秘密を守ろうとするとっさの心理を巧みに利用されたまでじゃから、ここにもうひとつ、新トリックとしてつけ加えて貰わねばならんて。それはまあ、いずれミイが乱歩さんに手紙でも書くとして、ここでぜひ明らかにしておきたいのは、橙二郎がこうした奸《かん》策《さく》を弄《ろう》してまであえて紅司君を葬る決心をした、その動機だな。これはただふだんから仲が悪く、眼の上の瘤だなどという単純なものではない。橙二郎が現在もひた隠しに隠しておる一つの秘密を、ついに紅司君が嗅ぎつけ、その確証を摑んでしもうた、まさにそのためとミイはにらんでおるが、何のことか、諸君にはお判りになるかな」

「そんなこと、簡単じゃありませんか」

火照《ほて》った額《ひたい》に軽く手をあてると久生は、

「あの緑司って子供のことでしょう？　つまり、そんな名前の子は、生まれやしなかった。それこそこの世に存在していないってことじゃなくて？」

「ほほう、さすがに眼力は鋭いな。したが、ミス・ホームズは、どこからそれを？」

「そうね、それも〝薔薇のお告げ〟だっていっときましょうか。荒正人《あらまさひと》さんが、つねづね不思議がっていらっしゃるけど、この世に緑色の花なんてものはない——って」

冗談めかして答えたが、またすぐ、

「それでもイギリスのウールマン一家が、せっせと緑色の菊を作ってるっていうから、黄色の朝顔と同じで、もうすぐ見られるかも知れないけど、すくなくともいまのところ、この地上にはない——ないというのは花がその色を必要としないためでしょう？　まあね、この緑色色素の研究というのが、また大変なしろもので、一応のはたらきはどんな理科の本にものってるし、紫司郎氏にはまた、鉄とマグネシウムを関連させた風変りな研究もあるんだけど、本当にやり出したら量子力学や高分子化学にまで通暁しなくちゃならないのよ。ですから簡単にいって、この世に緑いろの花はない、とすれば植物の精みたいな氷沼一族にも緑司なんて子供は生まれるわけがないという〝薔薇のお告げ〟で我慢していただくわ」

「何をいっておるのか、さっぱり判らんが……」

藤木田老は憐れむように顔をみながら、

「それがミス・ホームズの『緑色研究《スタディ・イン・グリーン》』とは情ない次第だな。いかにも、事実はそのとおり、緑司という子供は生まれておらん——いや大手術のあげく生まれはしたが、死産だったというのが橙二郎の秘密だが、緑色の花がどうだから緑司も存在せんなどという飛躍は、探偵として許すべからざる暴言じゃよ。ミイのすぐれておるゆえんは、直感力に秀でる反面、足まめな調査も怠らぬところでな、れいの板橋の産院を直接間接に調べた結果の結論としてはっきりいうが、げんにあそこで泣いておる赤ん坊は橙二郎の子ではない、吉村という衛生兵あがりの子分の子よ。第一に、院長という人物が医大以来の橙二郎の親友、第二に吉村の女房が圭子女史と同じころの予定日で、これも早くから入院しておったという事実がある。しかもそちらの子は死産だったというのに、吉村の女房は乳があふれて困るなどというて、いまだに緑司につききりという、これだけのことからも何が行われたか察しはつく。つまり橙二郎にしてみれば、どこの厩《うまや》でも木の股からでも、とにかく緑司と名のつく赤ん坊さえ手に入ればそれでいいという気持で、万一にそなえて予定日が近いのを幸い、吉村の女房を亭主ぐるみ抱きこんで同じ病院にいれた。どれだけ金を積んだか知らんが、吉村と子供を取り替えて緑司と名乗らせたことは確実だが、それだけに紅司君がその秘密を摑んだとなれば、これは葬り去る以外にないと決心したとしても不思議はなかろう。……いやどうも、諸君のような怪奇浪曼派は、こうしたなまぐさい現実や背後関係には、いっさい背を向けて、薔薇がどうの大鴉《おおがらす》がどうのと、ほんの思いつきを喋るだけじゃから気楽なものだが、本物の探偵ともなると気骨の折れることさ。何よりの証拠に圭子女史の手術の経過が悪いなどというて、いまだに退院させる気配もないが、それも道理で赤ん坊は女史にも橙二郎にもまるで似ておらん。その吉村の女房と瓜ふたつで、それだけに実の母親が離そうとせんのじゃよ。そのへんの消息は八田皓吉にきいても判るだろうが、ま、かまわんから諸君も遠慮なく産院を訪ねてみることだな。ミイの訪ねた折の狼狽ぶりといってはなかったが、しかしまた、それほどまでにエメラルドに取り憑《つ》かれたかと、さすがに暗然とさせられたわい」

ひとりでうなずきながら紅司殺しの動機を指摘すると、藤木田老は改まった顔で、

「さてそこで、まじめな提案だが、こうしてさしもの難事件も、ミイがこともなく見破って真相をあきらかにしたとなると、残るのは後の始末だな。凶鳥《まがとり》にも似た暗殺者玄次と、主犯の橙二郎をどう処置するかという問題については、諸君に何か名案があるかな。いまさらおそれながらと警察に訴えてみても、物的証拠も残されておらん今となっては、ただ紅司君の不名誉な性癖を明るみに出すだけで、それより先にうやむやに葬った我々一党、わけても嶺田の御老体が法に問われるのがオチだ。といってこれだけの状況証拠をたよりに、正面から責め立ててみても、犯人と認めるはおろか、玄次の居所もシラを切るばかりだろうて。効き目のあるのは、その吉村の女房の母性愛をかき立てて白状させることだが、それも赤ん坊のすり替えまでは確かめられて

も、紅司殺しについてはおそらく圭子女史にも打明けてはいまい。さればだな、ここはひとつ、向うが心理的トリックで紅司君を葬《ほうむ》ったのだから、こちらもそれを逆に応用して泥を吐かせようじゃないか。そのうえで、罪の償いは彼自身に選ばせるとしよう。いや、まじめな話、紅司君殺しの成功に味をしめて、藍ちゃんや蒼司君までを狙わんとも限らんて。

「さて、そこでその泥を吐かせる方法だが、ここはひとつ我々もひとかどの探偵らしく、フィロ・ヴァンスの向うを張ってみたらと思うのじゃよ。ホレ、あの『キャナリー殺人事件《マーダー》』のしまいごろに、ヴァンスが三人の容疑者を集めて、ポーカーをやりながら隠された心理的証拠を探り、凶行の手口と比較して真犯人を当てるという趣向があるだろう。そのまま真似るのではいかにも芸がないから、あれを東洋風にもじって、その上、もうひとつ例の『アクロイド殺し』で医師のシパードを囲む場面をとりいれて、橙二郎と麻雀をやってみようじゃないか。『アクロイド』の麻雀は本筋《すじ》に関係ないが、こちらはそれに心理的な駆け引きを加えようという寸法さ」

麻雀ときいて藍ちゃんは、何を勘違いしたのか急ににっこりすると、

「だって、どうやるの？　ぼく、積み込みは元禄積みっきゃ出来ないよ」

「ばかばかしい、誰がそんなインチキを用いるといった。諸君はただチイのポンの

と、余念なくやっておればいい。その間にミイが彼の挙動から、動かぬ心理的証拠を掴んでみせるわ。うまいことに橙二郎という男は、昔から賭事が飯より好きときておるから、誘えばすぐ乗ってくることはまず間違いない。なに、やりくちは汚いし、あの性格では思い切った賭《ベット》のやれるわけはない。おまけに体力もないから徹夜というわけにもいくまいが、ミイの眼力で一、二荘も廻せば、何もかも曝き出してみせよう。ヴァンスのいうとおり、漫然とつきあうよりは賭事の卓を囲んだほうが、人間の性質をよく極めることが出来るというものさ」

藤木田老がいうのは、きょう自分の指摘した状況証拠を基に、『カナリヤ殺人事件』を見ならって、ポーカーならぬ麻雀のかけひきの綾で心理的証拠を握り、それからあのアンダンテのレコードのような、動かぬ物的証拠を見つけて突きつける段取りらしい。『アクロイド殺し』では、シパードと姉が友人を呼んで牌《パイ》をたたかわせながら事件の経過を話し合うだけの、その当時（一九二六年）流行《はや》りはじめた麻雀競技を早速に取り入れてみせた面白味なのだろうが、さて、医師シパードならぬ医師橙二郎がどれほどの反応をみせるものか、その時は皆も喋り疲れ、聞き疲れて、異議をはさむのもおっくうな気持になり、藤木田老の気焔もきき流しにしていたが、まさか後にこの提案が実現して暗殺者の驚くべき意図と、異様な殺人方法とが、すべて鮮かに暴露される結果になろうとは、誰ひとり考えもしなかった。

こうしてこの夜の奇妙な会合は終った。四人がけだるく立上って階下へおりてみると、いつのまにか店は賑かにたてこんで、帰っていた〝蘭鋳〟が、またけばけばしいシナ服に相好を笑み崩しながら走り寄ってきた。

「まあまあ皆さん、クリスマスにはどうしてお越しになりませんでしたの。いえ何せこのデフレで、去年にくらべればずいぶん淋しゅうございましたけど、でもストリップやら仮装やらで、そりゃもうあなた」

「あらママさん、ちょうどよかったわ」

驕《おご》った白孔雀《しろくじやく》のとりなりで、純白のシールのコートを羽織りながら久生は、このあいだ話にまぎれて聞き損ねた曲を注文した。

「このお店ならあるんじゃないかしら。古いものですけど、リイヌ・クルヴェってひとの〝アルフォンソ〟、もしあったらぜひ聴かせて欲しいの。リイヌ・クルヴェよ。戦後はクレヴェールなんていわれ出したようだけど」

それから藍ちゃんを見返って、

「知ってる？　角田喜久雄の『怪奇を抱く壁』、——あれにも加賀美《かがみ》警部が〝アルフォンソ〟に聴き入る場面があるの。なんて、あんまり古いことというと、としが判っちやう」

「まあ、クルヴェの〝アルフォンソ〟をごぞんじだなんて」

ママさんは大げさな喜びようで、久生の大きく結《ゆ》いあげた付け髷《まげ》から足の先までを、つくづくと眺め廻しながら、

「表はベーカーの〝コンガ・ブリコティ〟でB面の曲でしたのに、よく流行りましたわねえ、粋なパソ・ドブレで。それがあなた、当節はLPなんて便利なものも出はじめて、割れも致しませんけど、前の引越でつい粗相をしたっきり……。他にも〝ラ・ダダダ〟や〝アリババ〟なんてございましたけど、いまは確か〝恐い病気よりまして一枚だけ。ま、ちょっとおかけ下さいまし、すぐ探して……」

「いえ、よくってよ、それは」

艶麗なシナ服をくねらせてママさんは、傷だらけのレコードを取り出し、古きよき昔を偲《しの》ぼうとする気配なので、久生はあわてて断わった。

「アラ、お姉さまも古いシャンソンがお好きなの？」

わきで、おキミちゃんが藍ちゃんに話しかけた。暮に封切られた映画〝赤と黒〟から、いち早く取入れたのであろう、新しい黒のルパシカに、襟元からは真紅の絹マフラーをちょっぴりのぞかせ、靴下も大胆に染めわけた赤と黒という最新のスタイル

で、

「シャンソンなんて、いやーね、じめじめしちゃって。あの〝さくらんぼの木〟ってのはいいけどさ。ねえ藍ちゃん、アレをマンボに直したの、聴いた？　ペレス・プラードの、そりゃア痺れるのがあるの」

「プラッドがどうしたって？」

見向きもしないように久生は、

「シャンソンの味が子供に判るわけはないのよ。何さ、マンボなんて……」

そう、きめつけたが、店じゅうの一件どもが眼をみはって、本物の女かどうか囁き交しているのに気がつくと、さすがに照れたらしい。

「あらあら大変なお客。……こう物見高いんじゃ、ゲイバアで女探偵を開業しようと思ったけど、考えものね。そうじゃなくって？　アリョーシャ。ねえ、ちょっと待ってったら待ってよ」

大あわてで店を飛び出し、からんと凍てついた夜寒《よさむ》の舗道に、ほっと白い息を吐いた。

それにしても、この夜の推理くらべは、事件の何を解決したのであろう。蛍光燈の点滅する暗い風呂場に、裸のままうつぶせていた紅司の死体は、まだそのままの位置で微動もしないくらいに、この四人の素人探偵たちは事件の核心を衝いていないのではないか。それとも群盲が象を撫でる図そのままに、彼らの触れたすべてがその正体なのかも知れぬ。一番の急所に触れたのが藤木田老らしいということは、あとの三人も認めないわけにはゆかず、その説どおり、橙二郎の犯行とすれば話のすじは通ってくるが、共犯者の鴻巣玄次という男となると、果して本当に存在し、あの晩たしかに風呂場へ訪れてきたかどうかは、まだ何ともいえない。紅司の日記が自筆であることはまちがいないが、なぜ事件の前から急に書き始められ、玄次との初めての出会いまでをわざわざ回想しているのであろう。疑えば、それも何かの必要があって、ことさらにそうした架空のキャラクターを作り出したとも思えるのだが、吐かれる息と霊魂とが同じプシュケーの名で呼ばれるように、紅司の日記や、この夜のたぶんにファンタスチックな推論からも、玄次ばかりではない、黄司とか悪童子セイタカとかまでが突然に生命を与えられ、歩きはじめもして、ついにはあのピュトアのように、いきなり裏口から訪ねてこないものでもない。……

生まれてはじめて本当の殺人事件らしいものに直面し、探偵として一役買っただけに、亜利夫はそんなふうに何かと思いめぐらしてみるのだが、素人の哀しさで手がかりのうち何と何を結び合せて推理とやらを進めていいのか見当もつかない。そしてそのたびに考えるのは、こうしたさまざまな疑惑を、もし蒼司に話してきかせたらどうだろうということであった。弟の死について、彼が心の底でどう感じているのか知りたいという願いは、〝アラビク〟の夜以来、亜利夫の中でしだいに強まっていった。まさか、ゲイバアで推理くらべをやって、皆の意見はこうだったなどとは打明けられもしないが、蒼司の鋭い頭脳に、死因やその前後の奇妙な現象は、どう映っているのであろう。

数学者の卵だが、僧正《ビショップ》のような殺人哲学は持っていないなどと、藤木田老は訳の判らぬことをいっていたが、蒼司が大学院をやめたのは、塑性論《そせいろん》の矛盾をめぐって教授と意見が対立したからだときいている。そんな話となると亜利夫にはさっぱりだが、塑性というのは一口にいうと弾性の反対で、たとえば物をひっぱる時に加えられる力と、そののびとの比例関係が崩れることだという。何でもアメリカで、ヘンキーらの唱えるデフォーメイション・セオリーと、プラーガーらのフロー・セオリーとが前々から対立していて、理論的には後者が正しいのに、実際では前者が合うという、応用数学界でも久しい議論の的だった矛盾を、昨年、蒼司がみごとに解いて、新しい理論を示唆してみせた。従ってもしそれが系統立てて整えられ、学会で発表されることにでもなれば、ヒヌマ・セオリーとして蒼司の名は世界に知られる筈であったが、意外なことに途中で強い横槍が出て発表は沙汰やみになり、同時に彼は大学院を退いた。

またぎきのさらにまた聞きで、蒼司もその理由については、はっきりしたことをいわぬため、真相がどうなのか、亜利夫などには到底うかがい知ることは出来ないが、むかし、医学部では、お手のものの毒薬で助手が教授を毒殺した例もあるくらい、アカデミズムの奥の奥には、得体の知れぬ何かが渦やらとぐろやらを巻いていて、嫉妬も反目も一際どすぐろい様相を呈するのかも知れず、或いは蒼司の側に大きな落度があったのかも知れない。それにしても並の頭脳とは思えぬ彼には、紅司を陥し入れたトリックがあるならその解明などたやすいことであろう。もしかしたら〝アラビク〟での四人の話など、いっぺんに吹きとんでしまうくらいの〝第五の方法〟をもう見抜いているかも知れぬとは思うものの、いざとなると、それもなかなか切り出しにくい話であった。

ひとつには、紅司の死が氷沼家にもたらした荒廃が、思いのほか深いせいもあったのであろう。プロスペロ公の僧院に〝赤き死〟が出現したあとは、火も消え、時計も鳴らず、ただ暗黒《ダークネス》と荒廃《ディケイ》とが支配者に変ったということだが、氷沼家の場合はもう少し生ぬるく、退屈で、それだけにやりきれぬ陰惨さがあった。事件以来、橙二郎はほとんど産院につめきりだし、蒼司も、教授の推薦が取れないのでは思わしい就職口もないのか、それとも、勤める気さえ持たぬのか、ひとりで映画や小旅行に出あるき、藍ちゃんは試験勉強も放たらかしで麻雀屋に入り浸っている。家の中の掃除も行き届かず、秋に職人を入れなかったので、庭木の無用な枝の伸びもうっとうしい。常緑樹は萎《しな》びた色のままだし、サンルームを兼ねた温室は埃《ほこり》まみれで、ドラセナや蘭の類が汚れた鉢に放っておかれている。

亜利夫が初めて氷沼家を訪ねた頃は、何かしら事件を期待していたせいもあって、異様な雰囲気も、それなり多少の活気を帯びて眺められたのだが、それさえ今は失せてしまった。ことに、何を考えたのか、蒼司は一月の中ごろ、橙二郎の反対や、大きな出費も厭わず、二階の部屋全部の改造を始めて、強硬に模様変えをしてしまったため、氷沼家はいよいよ平凡な中流住宅になり了せた。

もともと藍ちゃんの部屋は三畳の物置程度なので、紅司の死後は蒼司が一つずれて、もとの〝赤の部屋〟へ移り、そのあとの〝青の部屋〟を藍ちゃんに譲ったのだが、その代りにカーテンも絨毯《じゅうたん》も、いっさいありきたりのものに変えてしまったのである。そうなっては、亜利夫が折角発見した〝失われた部屋〟もまるで意味はなく、この先〝黒の部屋〟がどこに出現しても無駄であった。例のオルガン階段も全然音のしないように修理され、ことに橙二郎がせっせと飾りつけた〝緑の部屋〟は、この時ばかりは嫌なら出て貰うというほどの強い態度で、強引にただの書斎へ引き戻し、ありふれた壁紙や敷物の、平凡な部屋に作り変えた。きいてみると、この家を売る話が八田皓吉の世話でだいぶ進んでおり、場所柄、買手は学校か宗教団体に限られている。それも近々に下見というところまでまとまりかけているため、突飛な装飾は取払っておかなければ話が壊れるというのだが、それだけの理由でここまでのことをするとも思えない。

「ずいぶん金がかかったんじゃないの」

しばらくぶりで訪ねた亜利夫は、あまりの改変に呆気にとられながら、無遠慮にいったが、蒼司はいつものようにちょっと哀しそうな笑顔で、

「でも仕方がないんです」

おとなしく、そう答えた。

例年のように晴天続きで、暮からこっち、雨といえば一月九日の夜におしめり程度のものがあっただけ、季節風の吹きまくる下で火災は新記録を作り、電力不足でネオンも消えるという中の日曜であった。大寒に入ったといっても、気温は八度くらいの

暖かな日で、亜利夫はふらりと遊びに来た顔でいるが、一度、蒼司の真意を確かめたい気持が底にあるので、押し返すように、

「それにしてもさ、せっかく凝った飾りがしてあったのに、惜しいじゃないか」

そんなふうにいってみるのだが、蒼司はあまりその問題に触れて貰いたくないらしい。

「天気がいいし、庭に出てみませんか」

立ちあがって誘い出すと、

「紅司が植えた薔薇をお見せしましょうか。たった一本ですが、何でも枚方《ひらかた》のほうから頒けて貰った試作品の新種で、うまく咲いたら薔薇界でも一大革命なんだそうですよ」

下駄で霜土を蹴返しながら、二重に垣根で囲まれた、日当りのいい空地へ案内したが、見ると、問題の薔薇というのは、ただ三〇センチほどの緑色の茎が地面に突き刺さっているだけの、何のへんてつもないものだった。

「これが？」

藍ちゃんの話では、『黒死館』には似ても似つかぬ家だが、薔薇《ローゼン》・園《ガルテン》ぐらいはあるということだったのに、一本きりというのは侘《わび》しすぎる。

「ええ。色は朱色だそうですが、違うのはその花びらが光るというんです。ホラ、もう芽があがっているでしょう？」

光る薔薇。——そういわれて、気をつけてみると、緑色の茎のところどころに節《ふし》がついて、そこにまるで小さな紅い腫物《はれもの》とでもいうように、ポッチリと新芽が輝いている。

「これが咲いたら、名前はたしか〝オフランド・オウ・ネアン〟——〝虚無への供物〟ってするんだと紅司がいっていたんです。ぼくは知らないけど、ヴァレリーの詩にそんなのがあるんですってね」

〝虚無への供物〟——亜利夫もその方面は不案内だが、後で人にきいてみると、有名な『失われた美酒』という次のような詩だった。

一と日われ海を旅して
（いづこの空の下なりけん今は覚えず）
美酒少し海へ流しぬ
「虚無」にする供物の為めに。

おお酒よ誰か汝が消失を欲したる？
あるはわれ易占に従ひたるか？
あるはまた酒流しつつ血を思ふ
わが胸の秘密の為めにせしなるか？

つかのまは薔薇いろの煙たちしが
たちまちに常の如すきとほり
清げにも海はのこりぬ……。

この酒を空しと云ふや？　……波は酔ひたり
われは見き潮風のうちにさかまく
いと深きものの姿を！

（堀口大学訳）

——その詩をきかされたときも、亜利夫には何のことだかよくのみこめなかったし、いま蒼司から〝虚無への供物〟という言葉をいわれても、そういえば紅司の日記に似たような文句があったなと、ぼんやり思い出しただけのことだったが、その小さな紅い芽だけは、――痛くも痒くもなく膿《う》んだ腫物《はれもの》のような、一ミリくらいのふくらみだけは妙に心に残った。

「まあ、紅司の大事にしていたものだから、何とか咲かせるだけは咲かしたいと思っているんですが、薔薇って難しいらしいですね。肥料のやり方ひとつで、光るといっても違ってくるだろうし」

「しかし、花びらが光るって、どんなふうになるんだろう、まさか蛍光燈みたいに……」

「ええ、それはね。咲いてみないと判りませんけれど、いまチューリップに、レッド・エンペラーという金属光沢のものが出来ているんです。たぶんそんな感じじゃないでしょうか」

いいながら立上って、この一本の薔薇のほかは何もない、寒々と荒れた空地を見廻している。亜利夫もここは初めてだが、水道もついていて、何かの廃墟という感じがする。何のために二重に垣根をめぐらしてこれだけの敷地を囲ったのだろうといぶかっていると、蒼司は気持を察したように、

「昔はここに、いちめんの花畠や温室があって、父はずいぶん珍しい新種を創り出していたんですよ。パンジーでは、このごろはいくらも見られるスイス・ジャイアンツ

系というんですか、大型の色変りで、金箔を塗ったようなのも、朽葉いろのもあったし、ヒヤシンスのあとはラナンキュラスが続いて、五月の中ごろまではそれは美事なものでした」

それらの幻の花々を眺めてでもいるような遠い眼づかいになると、

「それでいながら極端な秘密主義で、ぼくたちにさえ進んで見せようとはしなかった。苗や球根をわけてくれという人にはなおさら、こんなふうに二重に垣根をめぐらして、まるで秘密の花園みたいだったんです。だんだん戦争がひどくなるというのに、菜園にもせず花畠にしていたせいもあるんでしょうけど、それというのが父は、花を眺めたり売り出すためには作らなかった。奇妙なことですが、花を咲かせるのに、人を呪う藁人形《わらにんぎよう》を作るような気持でいたらしいんですよ。その相手が戦争で死んでからは、ふっつり栽培をやめてしまいましたけど」

蒼司は、ぼかすようないい方をしているけれども、相手というのは、むろん原爆で死んだ黄司であろう。〝黄司〟という名の人間が少なくとも氷沼家には存在し得ないという奇妙な証明を得るために、庭を実験栽培場にしていたことは、先夜も久生が話していたが、それがここだったのか。亜利夫は改めてあたりを見廻した。空襲のさなかにも、繚乱《りようらん》の花畠を、ただ人間憎さの一心で歩き廻っていた紫司郎は、たしかに異次元界に住む一人だったし、紅司が『凶鳥の黒影』の中に登場させ、精神病院の院長に仕立てたとしても不思議はなかった。

「あの花は実際美しかった……」

蒼司は相変らず、遠いところを見るような眼で続けた。

「どうしてこんなに美しいのかと思うくらいでした。その理由が、このごろやっと判ったんですが、それは父がひとりの人間を憎み続けて、その憎悪を花の中に実らせようとしていたからなんです。つまり、憎しみだけが、あんなにまで美しく花を燃え立たせることが出来た……。光田さんは、しきりに二階の部屋の模様変えを惜しいとおっしゃるけど、それに気づいてから、もうぼくは色彩というものが嫌になったんです。祖父の代から氷沼の人間は、名前まで色彩にがんじがらめにされているけれど、本当は色彩って、ひどくおそろしいものなんですね。何ていうのかな、生命力のシンボルには違いないけれども、それだけに毒のあるもので、憎しみに支えられて輝きを増すぐらいのことは平気なんだ。そう考えたから、思い切った造作変えをしたんですが……」

蒼司は、はじめて本心を打明けた。そしてそう聞かされてみると、いかにもそのとおりで、赤の部屋も、緑の部屋も、肉親間の憎悪を強めるだけならばないほうがいいという、祈りにも似た気持は、亜利夫も痛々しいほどに納得できた。それだけにまた、やつれた面持《おももち》で話をする蒼司を見ていると、もうさっきから口に出かかっている質問——君は紅司君の死んだことをどう思ってるの、とか、黄司という人はひょっとしてまだ生きているんじゃないの、といった言葉が、どうしても出てこないのだった。あと早口に続けて、

「まあ、ぼくなんか偶然に首を突込む破目になっただけで、内輪のことにあんまり口出しちゃいけないんだけど、紅司君は誰かに殺されたって考えてはいないの」

とか何とかいえば、蒼司もそう気を悪くすることはないだろう。そう思いながらも、やはり深く傷つけはしないかと惑っているうちに、相手はまたゆっくりと母屋の方へ歩み返して、

「近いうちに親族会議みたいなものを開きたいんですが、光田さんも出て下さいますか」

「親族会議？」

「ええ。この家を売った後のこととか、爺やのこととかの相談があるんです。爺やの様子が少しおかしいんで、いずれは千葉の方にいる身内に引きとって貰おうと思って……」

「それはいいけども、しかしぼくなんかが出るってのは、どうかな」

「いいんです。ひとり、どうしてもオブザーバーでいて貰わないと、話がまとまらないから。……牟礼田でも早く帰ってくると、テキパキ采配をふってくれるんですが、あちらにも政変があるらしくて、また帰国がのびるようなんですよ」

そういえば、牟礼田俊夫という男もいた。氷沼家に死神がさまよい出す、などと古風な予言をしたなり、紅司が死んだという通知にも久生のところへ、じきに帰国するからとだけいって、何も意見らしいことはいってきていないが、帰ってさえくれば、なぜ死神とか、死人たちの積み重ねた業が爆発するとかいい出したのかだけは説明してくれるだろう。しかしその牟礼田も蒼司の言葉どおり、信任投票を繰返していたマンデス内閣が二月に入って倒れ、続いてソ連のマレンコフが辞任すると、新聞の支局員を兼ねてラジオの欧州総局にもひっかかりがあるため、すっかり足止めされてしまった。その間に氷沼家は、蒼司の努力にもかかわらず奇妙な活気を取り戻し、ふたたび癲狂院《てんきょういん》めいた翳《かげ》りを濃くしはじめたのだった。

第二章

21 黒月《こくげつ》の呪い

――一九五五年二月六日。日曜。

季節は、それでもまちがいなく春に向っていた。烟《けぶ》るように細い枝を差し交す冬の雑木林の向うには、まだ研ぎ澄まされた水いろの空が冷たく張りつめてはいたけれども、気をつけてみると、それは僅《わず》かずつながら仄《ほの》かな紫味を帯びはじめ、やがては金や紅を溶き流して、美しい合唱曲のような拡がりを見せるに違いない。新聞にも、異常乾燥や電力危機といった例年のとおりの話題に変って、大島の桜だよりなどもきかれるようになった。

五日の土曜日、夕食のあとで親族会議を開きたいから、ぜひ立会ってほしいとは、前々から光田亜利夫《みつだありお》もいわれていたのだが、当日になると、少し早目に来て貰えないだろうかと、重ねて電話があった。ひどく沈んだ調子なので、早速午《ひる》から駆けつけてみると、いつものように、肌に染みるほど藍の匂う薩摩絣《さつまがすり》を着こんだ蒼司《そうじ》は、ほっとしたように、二階の自室へ招き入れた。

「また、嫌なことが起きちゃって……」

「どうしたの。叔父さんと何かあった？」

先廻りして訊ねたが、軽く首をふって、

「爺やのことなんです。先月、とんでもないことをしていたのを見つけて、可哀そうだけど、思い切って家を出て貰ったんですよ。千葉に弟がいて、喜んで引取るというから……」

「そんなことをいってたね。だけど？」

爺やが祖父の光太郎に傭われたのは、大正の半ばというから、四十年近い年月を氷沼《ひぬま》家に送ったことになる。このまま蒼司たちに骨を拾って貰うのが順当なのだろうが、それをあえて引取らせるについては、やはり相応な心配をしてやらなければ納まらないだろう。その金額の相談かと思ったが、それも違っていた。

「爺やが少しおかしいってこと、光田さんも気がついておられたでしょう」

「それは、まあ……。何でも分裂症だとか、藤木田さんがいってたな。それが、本物だったっていうわけ？」

「ええ、千葉にやってから専門医に診せて、やはり入院に決まったんですが、きのう、実はこんなハガキをよこしたんです。馬鹿々々しいとは思うけれど、何か心配で……」

蒼司が差し出したハガキには、薄い鉛筆書きの、字画の正しい文字が、一杯に行儀よく並んでいた。

……此度ハ格別ノ御世話ニ相成リ有難ク御礼申上候。黒月ノ呪法、御前様ニハ御叱リヲ受ケ候ヘ共、必ス実現致可ク候ヘハ、鳥渡《ちよつと》御報セ迄申上候……

まるで、小学生が力をこめて書いたような文字の中で、黒月《こくげつ》の呪法という耳慣れない一句は、鉛筆の痕《あと》を鈍く光らせながら、別世界の思念を伝えてくるようであった。何を意味するにしても、いずれは爺やの信仰する不動明王に関係したことなのだろう。亜利夫が黙ってこの異次元界からの便りを眺めていると、蒼司も暗い顔になって、

「それなんですが、先月の二十五日ですけれども、ぼくは十一時ごろ床に入って、何となく階下が気がかりになったんです。何だか爺やの様子がおかしかったなと思って、小一時間も経ったころですか、もう一度、戸締まりだけでも確かめておこうと思って降りてみると、案の定、爺やがいない。裏玄関があいているんで、庭に出てみたら……」

木立の間を透かして、赤い火が陰気に明滅しているのを見た時は、てっきり火事だと思って胸をとどろかせたが、立ちどまってよくよく眼を凝らすと、火は妙に低いところで、這うような燃え方をしている。のみならず、その前に黒い人影が蹲《うずくま》っているらしいので、忍び足で近寄ってみると、それが白衣をまとい、異形の姿をした爺やであった。

「何をしていたと思います？　ぼくも見たのは初めてだし、とっさに、そうじゃないかなと思っただけですが、やはり降伏法《ごうぶくほう》という、人を呪い殺すための祈禱《きとう》をしていたんです」

圧《お》し殺した声で熱っぽく唱えているのは、真言秘法の口呪《くじゅ》に相違なく、立木に掛けられた古めかしい軸には、彩色の剝げかかった不動明王像が、炎明《ほあか》りに牙《ぎょう》をむき出してゆらめいている。降伏法ならば降三世《ごうざんぜ》忿怒《ふんぬ》尊《そん》の力を借り、壇も黒色三角形とするのが本来の姿だが、そこまでの余裕はなかったのであろう、急ごしらえの護摩《ごま》壇《だん》らしいものを設けて爺やは、顰眉《ひんび》破壊《はえ》の形相《ぎょうそう》も凄まじく、魔魅《まみ》、悪鬼《あっき》、人非人らを調伏する秘密の修法《ずほう》を、真剣に行じているのであった。

黒月《こくげつ》と呼ばれる、一ヵ月のうちの後半、それも特に火曜日を選んで、とりかかるのは必ず夜半でなければならない。行者は身を浄《きよ》めて南面し、自分の右足で左の足を踏み、口からは忿怒の火を吐く思いで——というのは、行者自身が、炎魔《えんま》・羅刹《らせつ》らの眷《けん》属《ぞく》を従え、大自在天の面上を踏まえた降三世明王になり代って行うためだが、目指す悪人を壇の上に追い載せて、その悪業を焼浄する。これはいわば黒ミサの儀軌にもひとしい秘法なので、蒼司も、あとから爺やがぽつぽつと語ってきかせた順序を記憶にとどめたにすぎないが、繰り返し火を煽《あお》ぎ、水を注ぎ、供華をまき散らしては印を結んでいる後姿を見ていると、狂った脳の断面をさながら見せつけられているようで、何より情ない思いが先に立った。ころ合いを見はからって声をかけ、火を消させ、古ぼけた掛軸をしまわせて家へ連れ帰ると、懇々といいきかせたのだが、その夜ばかりは爺やも頑《かたく》なに首をふって、何を諭《さと》しても無駄であった。

——吽《うん》、四明《しみよう》、阿喜爾《あきに》、大悪人の作《な》すところ悉く消滅せん、嗖吒《はつた》

血を吐くように唱える降三世の真言が、何者を調伏《ちようぶく》しようとしているかは、判りきっている。爺やの歪んだ脳の裡《うち》には、紅司《こうじ》を葬った怨敵の姿が、次第に色濃く刻まれてきたのであろう。初めのうちこそ紅司は死んだのではない、不動明王に救われたとばかり信じていた爺やにも、それではようやく事の真相が判ってきたのか、それにしても寒夜に蹲居《そんきよ》して呪法を行うだけならばいいが、このまま家にいるうち、思いつめて橙二郎《とうじろう》に毒でも盛られたら取返しがつかない。こんな真似をするなら、明日にでも

家を出て貰うとまでいったのだが、爺やは平然として、これから貪《とん》・瞋《じん》・痴《ち》の三悪が滅ぼされるまでは、たとえ自分が氷沼家からいなくなろうと、必ず不動明王の忿怒は消えることがない、自分は今夜、その確証を得たと、うすら笑って答えるのだった。

　かねてから藤木田老が、あれは分裂症の初期だと嘆じていたとおり、次第に現実と空想の見わけがつかなくなり、あげく法界《ほっかい》に偏して独股《どっこ》羯磨《かつま》の曼荼羅《まんだら》など観じられては、もう放っておくわけにはいかない。いま爺やを出してしまえば、さしあたって衣食住いっさいに不自由することは判りきっているが、それは当分の間、通いの派出婦に来てもらうことにして、やむを得ず千葉の家に引取ってもらったのだった。

「そこへこのハガキでしょう？　気になるから確かめてみたんですが、間違いなく入院はさせたそうです。ハガキはその前に出したのかも知れませんが、しかし……」

　いいよどんで、暗い表情のまま口を噤《つぐ》んだ。

　亜利夫にしてみれば、〝白の部屋〟と目白不動の結びつきを発見してからというもの、どちらかといえば不動明王には親愛の情を抱いてい、五色不動はもとより、青蓮《しょうれん》院《いん》に青《あお》不動、明王院に赤《あか》不動、三井寺《みいでら》に黄《き》不動の、それぞれ優れた画像があるときいてからは、ぜひ一度拝ませて貰いたいものだと思うほどになっているのだが、むろんそれは軽い好奇心に近い気持で、とても爺やほどにはつき合いきれない。それに、目立って翳隈《かげくま》を濃くした蒼司の、やつれた表情を見ていると、何より慰めてやらなくてはという気になった。

「だって黒月の呪法だなんていっても、もし偉い坊さんでも正式にやったというなら、効き目もあるだろうけど、爺やさんぐらいの修行じゃ、どうってことはないさ」

「そりゃ、そうですけどね」

苦笑いする蒼司の眼をみつめながら、

「まあ君もいろいろ大変だろうけど、もう少し暖かくなったら、大島か伊豆のへんへでも二人で出かけないか。藍ちゃんがいってたけど、このごろはなるたけ外に出るようにしているんだってね」

「ええ、何とか気持に張りを持たせようと思って、盛り場に出たり、一人で旅行したりはしているんですが……。大島か。椿でも見に行きたいな」

窓際に立って、ふくらんだ寒雀が舞いおりてくるだけの荒れた庭を見おろしながら、蒼司の白い頰には、それでもかすかな微笑が浮かんだ。そんな姿を見ていると、亜利夫には、本当に一緒に旅行でもするほか、何にもしてやれることはないのだという、熱っぽい思いがあらためて湧いてくるのだった。

それは確かにそのとおりで——いまはこうして蒼司の親友でもあるかのように、何かと相談を受けているけれども、実際に役立つといったら、せいぜい一緒に旅行して、気晴らしをさせるぐらいのことであろう。というのは、夕食後に開かれた親族会議に出てみて判ったことだが、氷沼家の財政的な破綻《はたん》はひどく深刻なもので、到底、亜利夫などの手に負える状態ではなく、この面からも蒼司はじりじりと蝕《むしば》まれていたのである。

藍ちゃんのほうは、それでも、百々瀬《ももせ》という律義な番頭の働きで、札幌の店も順調に整理がつき、この先、かりに遊んでいても困らぬ見通しは出来ているが、目白の本家となると、なにぶんにも紫司郎の死が、戦前からのとりとめもない植物道楽のあげくだけに、内証はみじめなものであった。負債のないのがまだしもで、このさき蒼司がどこに勤めたにしろ、たかの知れたサラリーで支えきれる家ではない。といって洞爺丸《とうやまる》の補償金など、なおさらあてに出来ず、むしろ国鉄の有責・無責の決まらぬうち示談に持ちこむのが精一杯で、遺族会の大勢も、傾くところは同じであろう。十一月にやっと出た一時見舞金は、両親を失った氷沼家の場合百万円だが、はじめのうち蒼司も紅司も、そろって絶対に受けとらぬと突っぱねて一悶着おこした、それも、折れたところにはそれだけ入費が嵩《かさ》んでいるというほどのものだった。結局、この家を手放すほか、凌《しの》ぎのつけようがないというのが唯一の決着で、きょうの集まりもそのためだが、あらためて話がそこまでくると、みんな奇妙に黙りこんだ。

親族会議——といっても、蒼司、藍司《あいじ》、橙二郎という、残された僅かな血縁を囲んで、八田晧吉《はったこうきち》、藤木田誠《ふじきだまこと》、光田亜利夫の三人が、オブザーバーとして席に連なっているばかりだが、家の売却問題となると、晧吉のほかに話の出来る者はいない。これまで走り廻って得た結論をきかせてもらって、それから、というように、皆は黙りこくったまま晧吉を見つめていた。相変らずの革ジャンパー姿で、何やら書類を取りそろえていたのが、では、とばかりに喋り出そうとしたとき、奇妙な微笑を浮かべた蒼司が、遮《さえぎ》るように口をひらいたのだった。

「家の話ですけどね、ぼくはちょっと、こんなことを考えたんです。この際、安くってもいいから、誰かもっと親しい人に買って貰えないだろうか、って」

何をいい出すのかと、声にならぬざわめきの立つ中で、

「八田さんからも話があるでしょうけれど、いま実はPR教団との話がほぼまとまりかけてはいるんです。向うが千五百万と値をつけてきて、あと二、三百万のところが折合わないんですが、それよりも身内の、親しい人に……」

「親しいとは、たとえば誰のことかな」

藤木田老は、いちはやく蒼司のいう意味を察したように、わざとゆっくりした口調

で問い返したが、

「叔父さんに、どうだろうと思うんです」

蒼司は平気な顔で答えた。

「ここで叔父さんに病院をひらいてもらったらそれが一番いいんじゃないかって考えたんですよ。だって、この家が新興宗教の本部かなにかになって、朝からドンドコ太鼓なんか叩かれるより、よっぽどましでしょう？」

何がましなものか。——亜利夫は、そう口に出していってやりたかった。相手もあろうに、橙二郎に譲ろうというのは、いくら何でも人が好すぎる。

「本気なの、蒼兄さんは」

藍ちゃんも思わずとげとげしい声を出したが、蒼司はそれにも取合わないで、

「叔父さんにもちょっと話はしてあるんだけど、賛成のようだったし……。そうですね？　もし融資がむつかしいようなら、ぼくは年賦でも月賦でもかまわないんですよ」

そんなことをいうところを見ると、もう二人だけで打合せも済ませてのことらしい。話しかけられて橙二郎は、それまで、ちんまりとソファに埋もれていたのが、急に卑しい笑い方を見せながら、

「いや、この間、一応の話はきいたがね、何しろ突然のことで……。まあ折角の好意だからお受けしようよとはいっておいたが、そういうことなら私も、蒼ちゃんの損のいくような話にはしたくないと思って、いろいろと考えていたところですよ。ナニ、私のほうは、世間並みの相場でちっともかまやしない。年賦の月賦のということもないさ。これでも銀行筋には、貸したがるのばかりだし……」

大様《おおよう》にうなずいてみせた。確かに、橙二郎にしてみれば、この話は渡りに舟というところで、融資どころか、前の病院の火災保険で片のつく、これ以上の買物はない筈であった。

だが、これまで、少しでも蒼司の有利にと走り廻ってきた皓吉は、ただもう呆気にとられたらしい。すべり落ちた書類を拾おうともせず、むやみに手をふり廻したり、頬をふくらませたりしていたが、とうとうたまりかねたように坐り直すと、一段と改まった口調になって、

「そやけどな、蒼司さん。ここんとこは、いっぺんよう考えたほうがええで。そら、ほかならん叔父さんに売るいうねんさかい、売るなとはいいまへん。売るなとはいわんけどやな、もうちょっと、じんわり事運《こと》んだほうがええのんやないか」

「そりゃあ、そうですよ」

蒼司はおだやかに向き直ると、

「八田さんには世話になりっ放しだし、こういい出したからって、いきなり決めるというつもりはないんです。ただねえ、このうちもこれで下町にあるんなら、料亭にでも何にでも向くだろうけど」

多少、申訳なさそうにいうのに、皓吉はもうすっかり躍起になって、それは確かに場所柄からいっても、料理屋とかホテルに向いてはいない。いないけれども、いまのいま、そんな選択もしていられないではないか。それに、だからといって病院が一番似合いというわけでもなし、新興宗教が気に入らないのだったら、会社の寮でもよし、あるいはアメリカの財団に渡りをつけて、教会の敷地に買いあげさせるというテもあることだから、いま売り急ぐくらい阿呆な話はない。山の手の駅に五分というこなら、家は添えものとしても、あと一年もすれば二千万を切るわけはないのだと、早口にまくし立てて説得にかかった。

実際、どういうつもりで蒼司が、こんな思いもかけぬ提案をはじめたのか、誰にも見当がつかぬけれども、藍ちゃんはすっかり腹を立てて不満をいうし、藤木田老も唸るような声を出して反対する騒ぎとなって、とうとう決定は明日にまでのばすこと、仮りに橙二郎に売るとしても、なるべく時価に近く、手続いっさいは皓吉に任せ、その場合の手数料も他の話の場合と同額にするということで、どうにか話が一段落したのは、そろそろ八時に近いころであった。上機嫌なのは橙二郎ひとりで、鼻唄でもうたいそうな顔で二階へ上っていったのは、人にきかれぬよう、上から早速病院へ電話をするためであろう。残された皆の間では、あらためて非難がましい声が、くちぐちにあがって、藤木田老などは相当露骨に紅司殺しの主犯だというところまで匂わせたが、蒼司はおちついた口調でそれを遮った。

「判っています。いまいわれたようなことはぼくだって考えないわけじゃない。緑司が本当に生まれたかどうか怪しいことも知っています。でも藤木田さんが仄めかすような、紅司の死んだ原因にまで叔父さんと関係があるなんてことは、ぼくは信じられないな。まちがっても叔父さんが、紅司をどうにかするような気持を起す筈はないんです」

ひどく断定するような口ぶりだったが、藤木田老は、そのお人好しなところが悲劇の原因になるのだといわんばかりに、

「そう無邪気に構えられても、後見役は難儀だて。あの業《ごう》つく張りの欲張りが、この家に住みこんで何を企らもうとしておるか、ユウも気づいていいころだが……」

「だからなんですよ、この家を明け渡そうと考えたのは」

蒼司は待ち構えていたようにいった。

「たしかに叔父さんは欲張りですよ。でも、欲張りっていうのは、ともかくも人間らしい情熱なんだから、いいじゃありませんか。それに、もう皆も察してくれていいと思うけど、ぼくはつくづくこの家が恐くなっているんです。気ちがいじみた悪念みたいなものや、死人の業がいっぱい詰まっている感じで、早くアパートにでも引越したい。氷沼家という枷《かせ》から逃げ出したい。といって、折角お祖父《じい》さんが建てたものを、見棄ててゆくよりは叔父さんに住んでもらいたい気持だってある。つまりこの家に取りついている業みたいなものがあるなら、それを叔父さんに肩代りしてもらおうというのが、ここを明け渡す本当の理由なんです。そのためには、千五百万が千万になったっていい、ぼくにとっては安いものじゃないかって考えたんだけど」

22　死人の誕生日

しばらく沈黙が続いた。

死人たちの業。それは、牟礼田が遠くパリにいて指摘し、久生が具体的に調べあげて、一応明らかにはなっているが、実際にその血を受けつぎ、その家に住み続けている者には、傍《はた》からでは到底窺《うかが》い得ない悩みも恐怖もあるに違いない。そして、こういながらも蒼司は、結局その業の犠牲者として滅びてゆくほかはないのだろうが、いま当人の口からそう訴えられてみると、たしかにこの家を売る売らぬより、どうやって早くその枷から逃げ出すかが大事なことは、判るような気もする。

続いて何かいいかけようとした蒼司は、そのときまた橙二郎が降りてきて顔をのぞかせたので、話を打ち切ってふりむきながら、

「病院へ電話したんですか。きょうは土曜だから、また麻雀でしょう」

ひやかすようにいった。

「いやいや」

柄になく照れた笑いをして、空いた椅子に腰を落すと、

「そういきたいところだが、もうちゃんと始まっていたよ。まあ私は、明日の相談もあることだし、今晩はこちらに泊めて貰おう」

残念そうにいったが、麻雀、ときいて藤木田老が、好機到来とばかり、一膝のり出そうとするより早く、これも相当に好きらしい晧吉が口をはさんだ。

「ことしはほんまに正月らしいめもせんと過ぎてもたけど、どうだ、今晩は皆で麻雀でも摘まみまひょいな」

手数料だけは同額と決まったので、皓吉も気楽な気持でいい出したものだろうが、それはまったく願ってもない提案で——もっとも、藤木田老もあとから、この日は嫌でも橙二郎を麻雀に誘うつもりだったと打明けたが、ちょうど一ヵ月めに〝アラビク〟での申し合わせが実現しようとしている。それも向うから切り出した形なのは、まさに思う壺であった。

いい出したものの、誰も返事をしないので皓吉は皆が尻ごみしているとでも思ったのか、

「どや藍ちゃん。藍ちゃんもなかなかの腕やちゅうけど、わては年期いれてるよって、めったに負けまへんで」

そそのかすように、まるまっこい指先を鳴らしてみせた。藍ちゃんはあわてて二、三度咳ばらいをすると、

「だって八田さんなんか戦前派だから、昔の昭和六年度ルールとかっていうので育ったくちでしょう？　白板《パイパン》をポンして二百で上れば大威張りだったそうだけど、いまは時代が違うもの」

東大もすっかり諦めて、毎日麻雀屋に入り浸っているだけに、半分は本気らしく、

「ぼくたち、いつも二飜《リャンファン》ルールでさ、めくり（ドラ）が一飜《イーファン》の、満貫は六千九千、

七翻八翻《チイファンパーファン》の五割増し、役満は倍って決まってるんだ。いまはどこでもそれがふつうだけど、勝手が違っても気の毒だし……」

「なあに、わてかてとうから二《リャン》ルーでんが」

皓吉もムキになったふうで、

「大阪ルールはきつうおまっさかい、満貫が八千の一万二千かて、びっくりせえしめへんで。一丁、いてこましたろか」

二人のやりとりに、橙二郎も乗り出して、

「だいぶ皆さん自信がおありのようだな。ひとつ、揉《も》んでもらうか」

とうとう話に入りこんできたが、ふと気がついたように、

「しかし、メンバーは余っているなあ」

「いえ、ぼくは覚え立てで駄目なんです」

亜利夫は、慌てていった。本当は麻雀ならば子供の時からやっているし、この連中がどれほどの腕だろうと互角に戦える自信はあったが、ここはひとまず遠慮しておくほかはない。

「人数が余ったって、乗りでやればいいよ」

藍ちゃんのいう傍から藤木田老もけしかける、忘れちゃったから教えてもらわなく

ちゃ、という蒼司には、「ああ、なんぼでも教《お》せたげまっせえ」と、皓吉が陽気に尻押しするといった具合で、さっきまでとは打って変り、この家には珍しい賑かな笑い声を立てながら、六人は応接間から居間の掘ごたつへと移った。

皓吉や蒼司が、あちこちに電話をかけたり、莨《たばこ》をとりに立ったりで落ちつかぬ隙に、藤木田老は亜利夫を食堂へ呼びこみ、きょうはどうしても麻雀をやる気で、手廻しよく用意しておいたという紙片を手渡した。それは、横に細長く罫線を引き、縦に経過時間のついたメモ用紙で、得点表とも違うらしい。

「いいかな。ユウとミイはなるべく交替に休んで、この表をつけるとしよう。他の者には気づかれんように、つけ方も簡単にマルかボチの符号でいくとするか」

「だって、何を書きいれるんですか」

「なんでもいい、麻雀の途中で記憶に残ったこと全部じゃ。いや待てよ、記憶に残らんようなことのほうが大切かな。つまりだな、誰が手洗いに立ったとか、席を外したというような時には、すぐとこの時間のところに黒ボチでも打って、連中の動静一覧表とでもいうべきものをこしらえようという寸法さ。むろんわれわれのも忘れずにつけねばならんが」

「じゃ、誰が満貫をあがったとか、点数なんかも書くんですか」

「いや、それは別に得点表を作ればいい。こちらは要するに麻雀を終った時、三荘《チャン》めの南の二局では誰がどうしたといった記憶の助けにするわけでな、こうしておけば、あとからミイがこれと得点表とを一睨《ひとにら》みして、ひとりひとりの深層心理まで解剖して進ぜよう。うまくゆけば、氷沼家の事件の根本に横たわる悲劇の因子を、手に取るが如く説明出来るかも知れんて。『キャナリー・マーダー』と違って容疑者は橙二郎ひとりなんじゃから、彼の心理的証拠なぞは一荘《イーチャン》もやらんうちに摑んでみせるが、それだけでは曲もなかろう？」

藤木田老が一体なにを考えているのか、亜利夫にはどうもよく意図がのみこめないのだが、そのキャナリー・マーダー——『カナリヤ殺人事件』という小説は、このあいだ走り読みしておいた。カナリヤとよばれる踊り子が、完全な密室の中で絞殺されるという発端で、事件の大詰に近く、名探偵フィロ・ヴァンスは、三人の容疑者に大金を賭けたポーカーを挑み、勝負の手口と殺人の手口とを比較分析して真犯人の心理的証拠を摑むという筋であった。もっともヴァンスは、あらかじめイカサマ師を配り手《ディラー》に傭って、相手の手の内を知りながら勝負する仕組だが、藤木田老は念を押して、

「ユウが休んでいる時も、橙二郎の手を覗《のぞ》きこんで合図をするような真似は、絶対に

慎んで貰いたいな」

と、くり返しいうのだった。いかにも、カードと違って麻雀では、場や牌の切り方である程度、相手の手の内も察しがつくわけだが、さて、そう何もかも藤木田老のもくろみ通りに事が運ぶものかどうか、ともかくこの晩の勝負は、手伝いの派出婦も帰ったあと、八時四十分に始められた。ざっとした記録と経過は次のようなもので、戦後のルールどおり、東南の半荘を一荘とし、略記した人名はその回の得点順、カッコ内は休んで観戦した者の名になっている。

一荘目　8時40分――9時40分

橙・藍・皓・藤（蒼・亜）

始める前に藤木田老が『カナリヤ』を真似てのことか、少し賭金を大きくせんかい、などといい出し、皓吉だけは、何ぼでもよろしおまっせと澄まして受けたが、皆に反対されて、結局千点百円というところにおちついた。ヴァンスに見習うというなら、せめて差し馬の上下で一万円ぐらいつけたらよさそうなものだが、そこまで踏み切れないのは、しょせん探偵の格の違いであろう。

それにしてもお家庭麻雀には過ぎた額で、自信のない蒼司と亜利夫は観戦、その代り二抜けという約束で始まったのだが、広言するだけあって、皓吉、藍ちゃん、藤木田老の三人は、手つきからしてまるで違っている。中でも皓吉は、自模《ツモ》る時でも、丸っこい指が積み牌の上を軽く撫でたかと思うと、もう、一枚が掌の中におさまり、間髪をいれずにはじき出される棄て牌は、両手で揃えでもしたように、鮮かに一列に並んでゆくという手際のよさで、どうやら素人の太刀打ち出来る相手ではなさそうだった。

得点表をこしらえながらも、亜利夫の眼は自然に橙二郎の切り出す牌に向かっていた。藤木田老が見破ろうとしているのは、どういう点なのであろう。れいの『アクロイド殺し』では、医師シパードが親荘《チイチャ》となり、南風の初《しょ》っ端《ぱな》に天和《テンホー》をあがったりするが、漢方医の橙二郎は何を狙うか、あれほど〝緑司〟を大事にするくらいだから、さしずめ緑一色《リューイーツ》というところだろうけれども、緑発《リューファ》を暖めて紅中《ホンチュン》を嫌うというたぐいなら、何も麻雀をやってみるまでもなく察しがつく。といって表情や態度から何か読みとれるのかと気をつけてみても、いつものように神経質そうに眼鏡を光らせ、黙々と下を向いているので、見当のつけようがない。ただ、上りはもっぱら闇聴《ヤミテン》で、そんなところに僅かに橙二郎らしい小心さ、陰険さが、仄見えるといえばいえた。いずれにしてもこの一荘目は、いわば前哨戦といったところで、すくなくとも亜利夫には、火花を散らすような心理闘争が行われているとは思えなかった。

藤木田老も何をしているのか、東の二局ではでなハネ満を自模《ツモ》上りしたほかは、気前よくふりこんでばかりいるので、勝負は逆転して、ほかの三人の微妙なトップ争いとなったが、いよいよラス前という大事な場で、やたらに槓《カン》の続いたあと、どういうわけか藍ちゃんが少牌して、まず脱落した。それはむろん山から引き忘れたのでもない、二度棄てたわけでもない、まったく原因の判らぬままで、不思議というよりほかになかったが、ともかくもオーラス、藤木田老の安い自模《ツモ》上りで、橙二郎のトップが決まったのであった。

二荘目　9時40分——11時0分

蒼・橙・皓・亜（藤・藍）

一荘ごとに、間に四、五分の休みはあるわけだが、あまり細かいことは略すとして

二抜けの約束なので、二位の藍ちゃんがくやしがりながら休み、代って蒼司と、藤木田老の強いすすめで亜利夫とが入った。自信があるといっても学生麻雀の域を脱せず、強気一方の亜利夫の打ち方にくらべると、蒼司の鋭さ、カンの良さはさすがなものので、走り出すと手のつけられない旨味《うまみ》を見せ、橙二郎のツキも、皓吉の腕も歯が立

たぬまま独走を続けた。橙二郎は、こんな筈はないという気持なのであろう、無理な聴牌《テンパイ》に持ってゆくため、しだいに傷を深くしていったが、オーラスに蒼司が、魔がさしたように放った初牌《ションパイ》の緑発を槓して、嶺上開花《リンシャンカイホー》で鮮やかにあがったのがよほど嬉しかったとみえ、皆が得点を数え終っても、いつまでもその手を壊そうとせず、思い切って万子《ワンズ》を切り出したのがよかったとか、両面《リャンメン》待ちにしないでシャンポンにしたカンが冴《さ》えていたとか、長々と講釈をぶっているのだった。

休みの藤木田老は、交替するときに素早く亜利夫が手渡した例のメモ用紙を、しさいらしくひねくっていたが、そのうちトイレに立って帰ってくると、さりげない顔で自分のところに黒マルを書きこんでいる。それを盗み見しながら亜利夫は、どうにも滑稽な気がして、こみあげてくる笑いをごまかすのに苦労したほどだった。

前にも広言したように、橙二郎の手口などは、最初の回で何もかも心眼に映ったのだろうか、気にしているようすもない。名探偵ヴァンスがポーカーをやって発見したのは、カナリヤ殺しの犯人が、思いきった賭け《ベット》をやってのける性格だという点だが、おそらく藤木田老も、紅司殺しの裏付けとなる心理的証拠を、すっかり読み取ったに違いなかった。というのは、二荘目が終ったあと、橙二郎が、未練らしく撫でていた四枚の緑発から手を放して、「オヤ、私の抜ける番か。これを上っても三位かと思っ

たが」と、初めて気がついたらしく、「いや、すっかりくたびれたな」などと自分で両肩を揉みほぐしながら立上って、

「今夜はこれで失礼するかな。せっかく気分よくさせて貰ったところで。……あすの相談もあることだから、皆さんも徹夜は控えたほうがいいね」

そういいながら二階へ引取ろうとするのを、藤木田老は、いっこう止めようともしなかったからである。

もともと体力のない男だし、徹夜は初めから無理と判っていたけれども、お目当ての橙二郎が寝てしまっていいのだろうか。亜利夫はひとりで気を揉んだが、一回休まされた藍ちゃんは、申し合せなど忘れた顔で麻雀に夢中になり、さあやろうと点棒を揃え出すし、藤木田老のさっきの話では、橙二郎の心理的証拠ばかりでなく、氷沼家の底に横たわるものをどうとかいう話だったので、黙って見送ることにした。

すっかり調子を出した蒼司は、珍しく快活なようすで、

「お休みなさい。じゃあした、お昼御飯の時にでも相談しましょう」

と、追っぱらうようにいって襖《ふすま》をたてきると、

「さて、お次は藍ちゃんか。もう少しうまくなったかと思ったけど、さっきの見てると、まだちょっと無理みたいだな。気の毒だが、弱い者いじめといくか」

軽く揉んでやろうというように、笑顔をふりむけた。

三荘目　11時0分――12時20分

藤・蒼・藍・亜（皓）

亜利夫が抜けるといってがんばるのを、ただの遠慮とでも思ったのか、皓吉は、当然自分の休む番だからといい張って観戦に廻ったが、よくあるタイプで、蒼司のうしろにつき切りになり、うるさく助言しはじめた。いまの回で、蒼司の腕前は判っている筈だが、やはり自分の打ち方と違うのが気になるのであろう、裸単騎で確実な上りを狙おうとすればすぐ、頭ちゅうものは二つ揃わな、ふたあつやで、とどうま声をあげ、何か切ろうとすると太い腕でおさえて、そんなん放ったらあけへんと、いちいち干渉するので、蒼司もすっかり閉口して、もう教えなくてもいい、頼むから離れていてくれと邪慳《じゃけん》に追い立てると、急にしょんぼりして、部屋の隅のほうでオーバーを引っかぶり、中腰に火鉢をかかえこんでいるのが哀れだった。

藍ちゃんは休んだあとだけに、勢いすぎたのか、今度も調子が出ず、しきりにぼやいていたが、とうとう東風の終りで皓吉に、「ちょっと並べといて」というなり、風呂場へ飛びこんで顔を洗いはじめた。

「いいよ、続けてやってて」

そんなことをどなっていたが、やがて冷たいタオルで顔をこすりこすりあらわれると、効目があったのかどうか、後半は得意のシャンソンらしい鼻唄も出るようになり、コンフィアンス、コンフィアンス、スゥ……などと、陽気に口ずさみながら、調子のいい連荘《レンチャン》を重ねた。しかしそれも、藤木田老の豪放な一発主義と、蒼司の、何か精密機械を思わせる的確な上りとには及ばず、三位に甘んじて、またまた物もいわず点棒を揃え出すのだった。

メモ用紙には、藍ちゃんが洗面に立ったのと、十二時ごろ、手持無沙汰で退屈顔の皓吉が、お茶を沸しに台所へ立ったのを、トイレとは区別して、白いマルでしるしをつけておいたが、どうも無駄なことをしているような気がしてならなかった。

四荘目　12時20分――2時0分
　　　皓・亜・藍・藤（蒼）
五荘目　2時0分――3時30分
　　　皓・藍・藤・蒼（亜）

四荘目で休んだ蒼司は、爺やがいないのでもう一度戸締まりを見て廻ったり、着物だとどうしてもやりにくいといって、隣室でジャケツとズボンに着替えたりしていたが、それを何時何分と、正確にはメモし損ねた、というのは、そんなことはどうでも

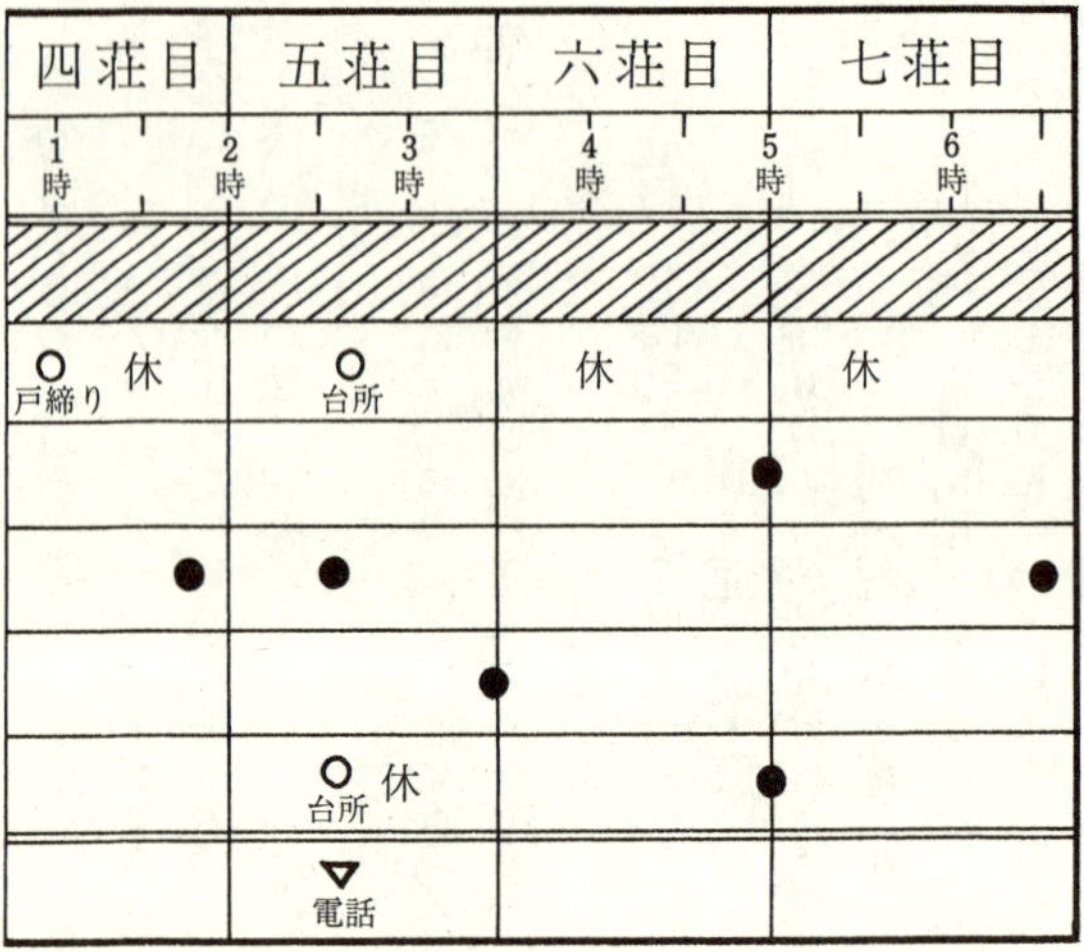

いいくらい、亜利夫にも運が向いてきたせいもあるし、それにもまして皓吉が、凄まじいまでにツキ出して、思わず唸るような旨味を見せ続けたからであった。四、五牌めで、仕方なさそうにかけるリーチが、純チャン三色などというのはザラで、役牌をひとつポンした時は、必ずもう混一色《ホンイーツ》で聴牌《テンパイ》しているのであった。それも隠されている手の内は、索子《ソーズ》かと思えば万子《ワンズ》だし、筒子《ピンズ》とみれば索子というふうに、考えれば考えるほど翻弄《ほんろう》され、裏をかかれて、大きくふりこむのがオチだった。

　もともとあの手品師のような指先で、積み込みでもやられたら助からないとは、始まった時の手つきを見るなり考え

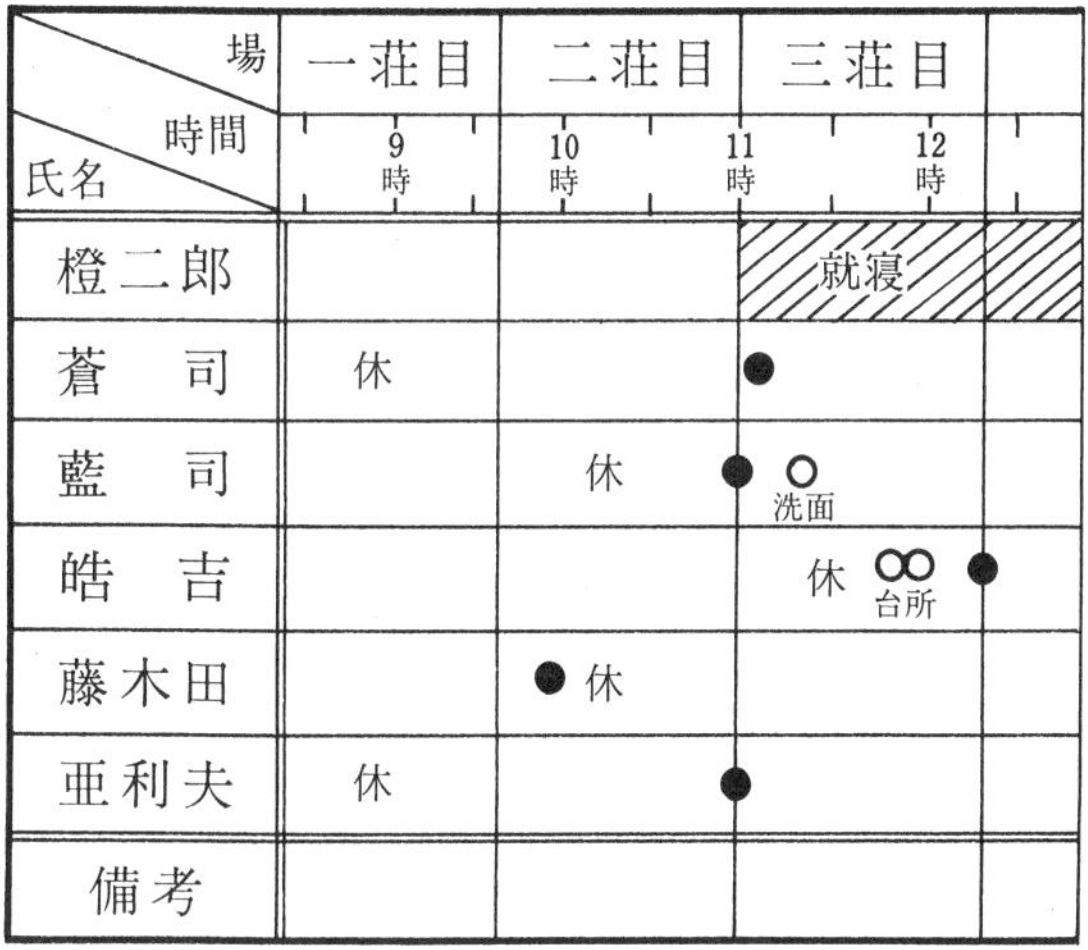

てはいたが、いくらよく洗牌《シャーパイ》して、並べる時の手もとに注意していても、白板や緑発は湧いて出るように自在に呼びこむし、あっという間に面前清《メンゼンチン》が出来てしまうらしい。これほどつきにつくというのは、覚え立ての頃ならばともかく、玄人っぽい今では信じられぬ話で、もしかすると皓吉は、車取り、エレベーター、返しなどという高等技術を弄《ろう》して、いいくらいに皆をもてあそんだのかも知れない。亜利夫の下手な、というのは常識外れな戦法がわずかに太刀討ち出来るという逆の結果になったが、二位といっても完全な三コロで、今回ばかりは藤木田老の本場仕込みの腕も冴えなかった。

　五荘目では、ちょっと妙なことがあっ

た。ちょうど二時半ごろ、さっきからロクな手のつかない藤木田老が、だいぶ眠そうな声で、

「ひとつ、お茶でも沸かさんかい。濃いやつでも飲まんことには、牌まで居眠りしよる」

などとぼやき出したので、休みの亜利夫が台所へ行こうとすると、すぐあとから皓吉が、「小ッ便が近《ちこ》てかなん」といいながら、大いそぎでトイレに立った。亜利夫が台所から引返したときは、その肥った姿は廊下からトイレに吸いこまれ、ドアだけがギコギコ揺れて動いているばかりだったが、そのとき、まったく突然に廊下の電話が、チン――と、澄んだ音で鳴りかけたのである。

亜利夫は、とっさに薄暗い廊下を透かしてみたのだが、もとより電話の前に人影はなかった。皓吉もすぐトイレから出てくると、

「いまの音、何やったんやろ」

と、けげんそうにふり返ったが、鳴りかけたのは電話のベルにまちがいない。といっても、午前二時半といういまごろ、電話をかけてくる酔狂な者もない筈で、それぎり、ほかには何も気になるような物音はしなかった。

亜利夫のかけたヤカンは、すぐ蒼司がおろしに立ち、ついでにココアの罐《かん》と茶碗ま

で盆にのせて運んでき、亜利夫にいれてくれと頼んだ。

こうして暁方《あけがた》までにメモ用紙には、前図のような黒マル白マルがつけられた。このうち最後の二回は、この表の示す〝重大な証拠〟にはあまり関係がなく、蒼司などは疲れたといって毛布をひっかぶったまま傍らにゴロ寝をしていたくらいだが、ついでに記すと——

六荘目　3時30分——5時0分
　　皓・藍・亜・藤（蒼）

七荘目　5時0分——6時30分
　　藍・亜・藤・皓（蒼）

そしてこの三荘目以降、十一時少し過ぎに二階へ引き取ってから、橙二郎は何の異状もなく寝しずまっているようだったが、麻雀が終った時刻には、書斎のベッドの上で、完全に息が絶えていたのである。

それはちょうど二月六日、紫司郎の誕生日の朝に当ってい、蒼司が、押入れから出してきた毛布をひっかぶってゴロ寝する前にも、「もう六日になっちゃった。パパの誕生日なんだな」とさびしそうに呟いていたその〝死人の誕生日〟に、黒月の呪法はそのひとつを実現したのであろうか、橙二郎——この〝貪《むさぼ》る者〟は、金ぶちの眼鏡を外したなりの、尖った鼻を仰向かせ、鮮かな紅斑を浮かべた死体に変った。そして書斎は、また念の入りすぎるくらい厳重な密室で、扉も窓も、すべて内側から固く施錠されたままであった。

23　犯人たちの合唱

はじめのうち亜利夫は、何が起ったのか、よく判らなかった。いつの間にか牌の動きに引き入れられて、勝負に熱中してしまい、六時半に七荘目が終った時は、ただもうぐったりと寝ころんで、得点の総計が合うとか合わないとかでざわついている皆を、ぼんやりと眺めていたのだが、その時、トイレに立った皓吉の、異様にカン高い、真剣な声が、階段のほうから響いてきた。

「何やえらいガスくさいみたいけど、ちょっと来てみてんか」

その声に、まず藤木田老が、顔いろを変えて立ちあがった。蒼司も毛布を蹴って跳ね起き、キリがいいからもう一荘だけやろうよと主張していた藍ちゃんも、得点表を放り出して、廊下に飛び出した。皆は階段の上り口に折り重なるようにして、一斉に真暗な二階を見あげたが、気のせいか、それとも本当にどこかで洩れているのか、まぎれもないガスの、あの甘く不安な匂いは、このあたりにも漂ってくるようであった。

誰かがスイッチをいれて、上の踊り場が明るく輝いた。もつれ合うようにして、階段を駆けのぼると、誰もが当然のように、橙二郎の眠っている、右手の書斎のドアを連打して、くちぐちに呼び立てたが、返事はない、内部から固く鍵がかけられているらしく、ノブをガチャガチャいわせても無駄であった。しずまり返った部屋の中では、無数の、眼に見えぬ蛇が這い廻っているように、ガスが洩れ続けているらしく、匂いはしだいに強まってくるような気がする。まさか、几帳面な橙二郎が、夜中にガス管を踏み外したとも思えないが、これほどの騒ぎにも眼を覚さぬとすれば、事故の起ったことは、もう確実とみてよかった。

「ここはダメだ。書庫のほうから廻ろう」

ビクともしないドアに業を煮やして、蒼司は先頭に立ったが、廊下を廻りかけてすぐ、

「何だ、ここが洩れているんだ」

大声をあげると、化粧室を指さした。

そこは便所に並んだ、一畳ほどの板敷きの小部屋で、奥に洗面台と、左手に大きめ

ながス湯沸し器がついているだけのところだが、その細い管から出ている導火用の焰《ほのお》が消えてしまっていたらしい。もう長い時間、そのまま洩れ続けていたと見え、狭い化粧室は染みつくほどにひどい臭気にみちていた。あとで聞くとこの湯沸し器は、ここ数日具合が悪く、誰も使わなかった筈だというのだが、ドアは半開きになっていたし、階下まで匂ってきたのは、おそらくこちらからなので、運よくか悪くか、これが洩れていなければ、死体の発見もまだよほど遅れたかも知れなかった。というのは、ひんやりした書庫の中を通りぬけ、書斎のもう一方のドアにぶつかってみると、こちらもまた内側から鍵がかけられたまま鎖されていて、書斎はさながら密閉された函《はこ》のように、ガスの臭気さえ外に洩れて出る隙間もなかったからである。

さしあたって、どうやって書斎に入りこんだものか、みんなオロオロするばかりだったが、蒼司が冷静に頭を働かせて、階段側のドアは鍵ばかりでなく、ナイト・ラッチがついているから、壊しでもするほかにあけようがない。こちらはふだん出入りしないので、いつも内側から鍵をかけて差し込んだままになっている筈だから、と判断して、ためしに、注意深く合鍵を鍵穴にさしこみ、ノブを持ちあげるようにして、さしさっていた鍵を向う側につつき落してみると、これがうまくいって、やっとドアをひらくことが出来た。

だが書斎に踏みこんで、灯りのスイッチを入れるが早いか、たちまち、部屋いっぱいに充満したガスの煽《あお》りで、皆あわてて廊下まで後退するほかはなく、案じられたように、そこは死の部屋に変っていた。一瞬のことではあったが、誰の眼にも、器具栓も部屋の隅の元栓も全開にしたまま、音を立ててガスを噴出させているストーブと、ベッドの中で変にちんまりと身を縮めている橙二郎の姿が灼《や》きつけられ、しろうと考えでもそれは死後数時間を経て、手のほどこしようもない印象だったが、事実それに間違いなかったのである。

それからの騒ぎを、亜利夫は、何か遠い出来事でも見るように、呆然と眺めていた。胸の動悸ばかりが、どっどっと耳につき、心の中で早口に囁きかけるひとつの声を打ち消そうとするのに必死だった。その声は、ある途方もないことを、きいてはならぬことを、執拗に繰り返そうとしていた。……

蒼司が電話で嶺田医師を呼び出している。皓吉は放心したようにへたりこみ、その間に藍ちゃんと藤木田老とが、濡れ手拭で顔を蔽《おお》って、決死隊のように書斎へ飛びこんでは、締め切られていた窓を次々にあけ放していった。そして、現場に触るなといってもいられない、パジャマ姿の、縮かんだ老婆のように軽々した橙二郎を運び出して、はっきり死んでいるのを確認すると、ようやく騒動は一段落したが、亜利夫の胸騒ぎはますます強まって、息ぐるしいばかりになった。誰がこんな事故を惹《ひ》き起したのか、いまはもう判りすぎるほど判っていた。いわなくてもいい！　だが、暗く沈んだ一座を見廻して、その時、蒼司の鋭い声が飛んだ。

「麻雀してる時、まさか誰も、台所のメーター・コックには触らなかったでしょうね」

――亜利夫の考え続けていたのも、他ならぬそのことだった。見たとおり、書斎のストーブの栓が二つとも全開になって、ガスを噴き出していた以上、夜中に誰かが忍びこんであけ放ったか、あるいは橙二郎が自殺したのでもない限り、彼はうっかりとストーブをつけたまま寝こんでしまったに違いない。それを知らずに、階下で、大元のメーター・コックを夜中にしめ、そしてまたあけた者が確かにいた。……

しばらく誰も答えなかったが、やがて皓吉がおずおずと口を切った。

「へえ、私が締めましてんけど……」

「締めたって？　何でそんな……」

顔いろを変えていいかけたが、三荘目、十二時ちょうどごろに、その回休みだった皓吉がお茶を沸かしに台所へ立った姿を思い出したのであろう、蒼司は唇を嚙むと、低く呟いた。

「うちじゃ、メーター・コックには絶対に触らないことにしているのに」

前にも一度、そんな事故を起しかけたことがあって、ことに二階に湯沸し器が取りつけられてから氷沼家では、部屋の元栓の方にだけ万全の注意を払い、メーター・コックは動かさないきまりになっている。それを、ちょっと注意しておけば、と繰り返しいう蒼司に、

「へえ、けど」

皓吉はかえって不審そうにいい返した。さすがに自分のしたことの意味は悟って、顔いろは青ざめていたが、言葉はしっかりと、けれどももし用心のためというなら、自分の家ではいつも、寝る前に必ずメーター・コックを締めることにしている。どこの家庭でも、その方がむしろふつうのことで、当然だと思うが、どうだろうか。それで、夜中にお茶を沸かしに立った時も、まさか橙二郎さんがストーブをつけ放しにして寝こんだとは夢にも思わないから、日ごろの習慣どおりメーター・コックを締めたというのであった。

皓吉が、むしろ昂然とそういい張るのをきくと、亜利夫は言外に、コックをまた開けた者さえいなければ、こんな事故は起りはしないのだといわれているかのように、そっとポケットの中のメモ用紙を握りしめた。取り出してみるまでもない、五荘目の

二時半ごろに藤木田老にいわれて台所へ立った時の情景は、はっきりと眼に浮かんでくる。ヤカンをかけてマッチをすったが、いっこうに火がつかないので、気がつくとメーター・コックが締めてあった。何の懸念も不審もなくそれをあけてガスに火をつけたのは、ほかでもないこの自分なのだ。十二時ジャストに元をとざされて、橙二郎が消し忘れた書斎のガス・ストーブは炎をおさめ、二時半に亜利夫の手がそれを開いて、勢いよく生ガスを噴出させた。橙二郎を殺した直接の下手人《げしゅにん》は、まぎれもなく亜利夫自身であり、その真犯人の氏名と犯行状況は、残りなくメモ用紙に、犯人自身の手で記入され、いまも残されているのだ。……

まだしも、亜利夫が自分でヤカンをおろしにゆけば、またメーター・コックを締めたかも知れないのだが、蒼司が思いついてココアの罐やカップを取りに立ったばかりに、いつもの習慣どおり手も触れずに来てしまい、こうして眠りこんだ橙二郎の血を犯すには、充分すぎるくらいのガスが放出された。不幸な偶然が重なった結果とはいえ、あのとき藤木田老が、お茶でも沸かさんかいなどと、いわでものことをいわなければ、そして亜利夫がそれを実行しなければ、この事故は避け得られたに違いない。しかもその二人が共謀して、心理的証拠どころか、動かせぬ物的証拠までを、自分たちの手でせっせと書き記していたのである。

——犯人は誰でもない、この自分だ。

そう気がついたのは、藤木田老も亜利夫も同時だった。ひょっと視線を交しあった一瞬の、お互いに探り合うような、怯《おび》えた眼の色がそれを語っていた。体が小刻みに震えてくるのを意識しながら、亜利夫はようやく、なぜ橙二郎があれほど厳重な密室の中で死んでいたのか、そして二時半ちょうどに、鳴る筈のない電話のベルが鳴りかけたのか、その意味がおぼろげではあるけれども、うすうす察しられてくるような気がするのだった。

とにかく二人は謀《はか》られたのだ。うまうまと下手人に仕立てるように、何者かがお膳立てをしたのだ。——といって、何を、どう企んだというのか？　知る筈のないメモ用紙を逆手に取って、こんな皮肉な結果を生むようなことまで、一体誰に出来得るだろう。それにあの念入りな密室に何者かが出入りしたというなら、どんなトリックが可能なのか、いくら考えようとしても亜利夫には、そこから先は真黒な霧が渦巻くばかりで、何ひとつ判らなかった。

誰がどこでどんな顔をしていたのか、それもよく覚えてはいない。ただ皓吉が、耳もとで何度も同じことを、うるさく繰り返していたのは知っていた。

「こらえらいことしてもた。橙二郎はんがストーブつけたなりで寝たんなら大事《おおごと》や」

するとと藤木田老が、まるで合唱でもするように、傍からつけ加えるのだった。

「ミイがそれをあけさせたんじゃ……」

「ああ、どないしょう、どないしょう。過失致死罪になるんやろか」

ぼやぼやと額《ひたい》を叩きながら、同じことばかりいっている皓吉は、それとなく亜利夫に向って、お前も同罪だぞ、いやお前こそ本当の下手人なんだぞと催促しているとしか思えない。

一緒になって沈痛な顔で唸っていた藤木田老は、そのうち、何を思ったのか、いきなり蒼司の前に両手をついて、頭をさげた。

「ミイが悪かったんじゃ。ミイがしたり顔でのり出さんければ、まだ救えたかも知れん。こうまでのことにはならなんだろうに、蒼司君どうか許してくれ。光太郎氏に、何というて詫びたものか……」

驚いたことに、頰肉をふるわせて、藤木田老は本当に泣いているらしい。

「仕方がないでしょう、偶然に運の悪いことが重なったんだから」

蒼司もびっくりして、反対に慰めにかかったが、藤木田老はまだ取りすがるようにしてなおも頭を下げ続け、扱いかねて部屋を出てゆくと、追いかけて隣室につれこみ、くどくどと訴えるのは異様なほどであった。しかしいくら謝られたところで、今度ばかりは内輪の一存で事を内密に済ますというわけにはいかない。警察の来る前に、打合せておかなければならぬこともいくつかあった。

亜利夫も藤木田老も、そんなふうでいっぺんに参ってしまい、皓吉も大きな図体をしょんぼりさせて椅子に坐りこんでいるし、藍ちゃんはまた異常に興奮して、人が変ったように思いつめた表情を見せながら、書斎と書庫とをウロウロしている、となると、蒼司はひとりで、驚くほどきびきびしていた。産院に電話をして吉村夫妻を呼び出し、手短に橙二郎の急死を告げたあと、警察から調べのいった場合の圭子夫人の応対や、銀行筋に手を廻して新聞関係をよろしく頼むということまで指図している。それから部屋へとって返すと、冷静な声でいい渡した。

「皆さんにも覚悟しておいて貰いたいけど、今度ばかりはぼくたちも放ってはおかれません。家の売買がからんでいるし、紅司の死んだばかりの時ですから、われわれがグルになって叔父さんを謀殺したぐらいに疑われるかも知れない。まあそれは、事情をありのまま説明するほかはないでしょうが、ぼくの心配しているのは、紅司の時のことまで蒸返して詮索されることなんです。嶺田さんに迷惑をかけたくないし、ここで皆さんにお願いしたいのは、まちがっても勝手な臆測を警察に喋ってもらいたくない……。たとえば、きのう話をきいてると、まるで叔父さんが紅司をどうとかしたようなことをいってたけど、冗談じゃありませんよ。詳しい説明をしてる暇はないけど、叔父さんはそんな人じゃない。いいですね、藤木田さん」

「ああ、判っておるよ」

藤木田老は力なくうなずいたが、それまでひとつのことを考え続けていた亜利夫は、ついそこでその疑いを口に出してしまった。

「だけど、橙二郎さんは、本当にストーブをつけ放しにして寝こんだんだろうか」

もし、といいかけて、皆の厳しい視線が注がれているのに気がつくと、あわててつけ足した。

「そりゃ書斎はあんなふうで、誰も入れやしなかったんだから、べつに疑ってるわけじゃないけれど、ただ……」

「また、ですか」

カンの立っているせいか、蒼司は遠慮のない口調で浴びせかけた。

「そんなことは、あとから警察の人が来て、いやというほど調べてくれますよ」

しかし、突然の橙二郎の死を、素直に過失だと受取れぬのは、亜利夫だけではなかった。

「でも今度だけは、何もかもはっきりさせたほうがいいと思うな」

重々しい声で、そういい出したのは、藍ちゃんだった。

「何もかもって？」

ふりむく蒼司に、やはり沈欝なひびきで、

「何もかも、さ」

死体が発見された時から、いままで見せたこともない、ただならぬ表情でいたが、何か気のついたことがあるらしい。

「あの書斎を、もう一度見てきたらいいんだよ。きちがいみたいな犯人が遺していったものを。……どうしてそんなことが出来たかは、ぼくにも判らない。判らないけど……」

「何をいってるんだ」

蒼司もまた、これまでにない決然とした、挑戦的とさえいえるような鋭い表情で、

「じゃ藍ちゃんは、叔父さんが殺されたっていいたいのかい。紅司も、それからパパやママたちも、アイヌの蛇神の呪いで犬のように殺されたんだと」

「だって……」

まるで泣き出す時のような、せつない顔になって、

「あれがあそこにある筈はないんだ。あんなものを持込むとしたら、紅兄さんでもな

けりゃ、出来るわけはないもの」

「ちょっと待ってくれよ」

初めはまた何か素人探偵めいたことをいい出すに違いない、そしたら今度こそ腰を据えて、はっきりと論理的に説得してやろうと気構えていたらしい蒼司は、どうやら藍ちゃんが、ショックで少しおかしくなったと見て、心配そうに眼の中をのぞきこんだ。

「紅司がどうしたって？　ちょっと、こっちへ来なさい」

きびしくいって部屋を連れ出すと、何やら二人でしきりに話し合っている。藍ちゃんのいおうとしたのは何のことか、蒼司がそれをどう説明したのか、後ではだいぶ藍ちゃんもおちついたらしく、何もいわなくなったが、気になった亜利夫は、その間にもう一度立って、書斎を覗いてみた。まだガスの異臭の沁《し》みついているその部屋は、ようやく明るんできた朝の外光と、さっきつけたままのシャンデリアの光とに、交々《こもごも》に白く照らし出されて静まっている。

藍ちゃんが思わせぶりにいう何かの証拠らしいもの、犯人が遺したとか持込んだとかいうたぐいのものは、何を指してのことであろう。あけ放したままの窓から吹きこむ風に思わず身ぶるいしながら、亜利夫はゆっくりと書斎のすべてを見廻した。

階段側のドアは、いまは開けられているけれども、死体発見当時はナイト・ラッチもとざされ、鍵も内側からかけたままだったし、その上の空気ぬきの小窓は、小さな引違い戸だが、外に鉄棒もはめられていて、埃《ほこり》の積り具合からみても、動かされた気配はまったくない。書庫の側のドアも、同じように内側から鍵がかけられ、鍵は鍵穴にささったなりだったし、ふたつのドアとも僅かな隙間さえ見当らない。西向きの小窓、南向きの大きな三枚ガラスの窓は、どれにも掛金がおりていて、これは、あけて廻った二人に確かめるまでもなさそうだった。しかもその外は厳重な鉄格子で、檻のように人の出入りを許さない。先月の中ごろにありふれた花模様に変えられた壁紙や絨緞に触れてみても、もとより異状のある筈もなかった。天井からは、この上もなく頑丈そうな、紫水晶を飾り立てたシャンデリアが垂れ、床には古風な飾りのついたガス・ストーブが置かれている。広々とした机と椅子。橙二郎を連れ出して乱れたままのベッド。それから飾り戸棚には、海金砂、南蛮毛、さいかち、白刀豆、蘇鉄実、地黄、川骨、天麻、香付子、白南天等々の、乾《ひ》からびた草根木皮をおさめて、それぞれのレッテルを貼ったガラス瓶が幾十となく並べられ、へんにしずまり返っている。もう〝緑の部屋〟の面影はあとかたもとどめていないここで、この戸棚だけは緑の塗料に塗られているのが、なおさら陰気に感じられるが、藍ちゃんは一体、何を指して

「あれが書斎にある筈はない」などといい出したのだろう。

ハンケチを鼻に当てたまま、シャンデリアの真下に突立って、念入りに見廻していた亜利夫は、そのときふと、戸棚と、それから机の上に並べられている奇妙な土偶に気がついた。橙二郎が趣味で集めたものだろうが、単純な眼と口に稚拙な手足のついたそれは、原始時代の美術品なのであろう、手にとってみると足の裏に紙を貼って、〝縄文後期・群馬県〟とか、〝メキシコ・ハリスコ州出土〟などと書かれている。そして、さらに異様に思われたのは、その怪奇な古拙味をおびた土偶と並んで、机の上に、デパートの玩具売場にあるような真新しい兵隊の人形がひとつ、粋な赤い上衣を着せられて、愛くるしい笑いを見せていることだった。

まさか、生まれたばかりの緑司のために買ったものでもないだろう。藍ちゃんのいっていたのはこれのことだろうかと、亜利夫が手をのばしかけた時、階下に嶺田医師が興奮した声で駆けつけてきた。

橙二郎の死因は、まちがいなくCO中毒と見られたが、今度は紅司の時のように勝手な真似は出来ない。前後の処置を検討したあと、遺体は一先《ひとま》ず病院へ運ばれ、そこから届けが出て、真名子《まなこ》肇《はじめ》という、巡査部長の名刺を持った刑事が、眼つきの鋭い二人の男と一緒に氷沼家へやってきたのは、午《ひる》に近いころであった。

24　好ましくない容疑者（亜利夫の日記Ⅰ）

二月七日（月）

当然のことだが、きょうは会社を休んだ。午後からはまた目白に行き、お通夜や、あすの葬式の準備を手伝ってやらなければならない。奈々からハガキが来て、はやりのインフルエンザで寝こんでいる、見舞にこないとひどいゾなんて、呑気《のんき》たらしいことを書いているが、氷沼家に第二の殺人が起きたと知らせてやったら、どんなにか驚くことだろう。時間があればちょっと寄って、とも思うが、まだとても、人に話すだけの気持の整理がつかない。文字どおり、ぼくは事件の渦中にいて、揉《も》みくちゃに飜《ほん》弄《ろう》されているだけだ。

目白も心配で、さっき電話してみたら、警察はまだ何もいってこないが、いずれ呼出しはあるだろう。それよりも派出婦が、昨日の調べでおそれをなしたのか代りもよこさないので困ったと蒼司君がいっていた。派出婦はともかく、警察がどう出ようとこうなったらあとは自分の手で真相をみつけ、汚名を雪《すす》ぐほかはないという気がする。それまで、ぼくは、この手で人ひとりを殺した殺人者なのだから。ゆうべも眠れぬまま日記を書き続け、二晩の徹夜で頭はモウロウとしているが、ともかく続きを書いておこう。

真名子刑事というのは、三十がらみの、手首にまで剛毛の密生したような男だが、あとの二人は名刺も出さないし、ほとんど口も利かなかったから、何者だか判らずじまいだった。鑑識係か、監察医なんだろう。

さぞ峻烈な取調べがあるものと覚悟していたのだが、意外だったのは、警察というところが事実だけを丹念に調べ、その事実の積重ねの上に結論を出すという、考えてみれば当然のことしかしようとしない点だった。嶺田医師のところには、先に廻ってきたらしく、蒼司君から前夜の状況や、われわれの関係をききとってしまうと、まず調べはじめたのは、ガスの配管だった。こんなところも、われわれとは大違いだ。

その配管状況だが、台所のメーター・コックから、天井裏へ這いあがる二階へのガス管は、化粧室と書庫と書斎の、三ヵ所にだけ顔を出している。化粧室のは、富士A3号とかいうガス湯沸し器につながっていて、これの導火用の焔が消えてしまっていたのは、ぼくたちが発見したとおりだが、これは書斎のストーブと同じく、十二時に階下で元を締めたため消され、二時半にまた開かれたためと思われる。この湯沸し器のことを考えただけでも、メーター・コックには手を触れてはならない道理だった。

書庫は、西北の隅にカランが出ていて、隅のソファで読書する折などのため、ストーブが取りつけられていたそうだが、これはもうだいぶ前に取外され、いまはカランの口にもゴムのキャップを冠《かぶ》せて塞《ふさ》いだなり、久しく用いられていない。このことは蒼司君も気にして、刑事の来る前に調べてみたそうだが、ゆるんだり洩れたりという異状はなかった。藍ちゃんがしきりにこのカランのことを口にしていたが、事件に関係のある筈はなく、刑事の不審を買う箇所でもなかった。

問題の書斎では、書庫側のドアに近く、家庭用3/8吋《インチ》というカランが頭を出し、そこからまだ新しいゴム管で、大型のガス・ストーブに接続している。このストーブは、紫司郎氏の代から使っている古風な型のもので、台の上には一、二本の、新しく擦《す》られたマッチの燃えさしが転がっていた。おそらく橙二郎氏は、十一時にこの書斎に引き取ったものの、冷え切った部屋の空気に、いそいでストーブをつけて暖を取っているうち、うとうととして、ついそのまま寝こんでしまったという状況ではあったが、パジャマに着かえていること、常用のブロムラール系の睡眠薬をいつものように飲んだ形跡があって、日頃、用心深い彼が、その場合に反射的にもまずストーブを消す気にならなかったものかどうか、その点が疑問だった。

「この元栓と、それからストーブの栓とが、ふたつとも全開になっていたんですな」

刑事は体をかがめて、二つの栓を開閉してみながら、

「おっそろしく固い栓だ。こりゃあ、寝巻の裾でひっかけた、というわけにはいかんだろうな。人間の手であけたてするほか動かしようはないが、ガス・ストーブをつけ放して寝るというようなことは、いままでにもあったんですかな」

「さあ……。几帳面な性格ですから、いままではちゃんと消していたと思います。ただ、その代り……」

蒼司君は、いかにもいい憎そうに、

「うちの者は誰も、台所のメーター・コックには手をふれないというきまりになっていたんです。先月までは爺やがいて、その点はしっかりしていましたが、暇をとったものだから……」

「なるほど、そのきまりを、ゆうべのお客さん方が知らなかった……」

うっそりと眠たいような流し眼が、一かたまりになったその「お客さん」たちを撫でていった。だが、何といわれても、氷沼家のそのしきたりを知っていたのは、蒼司君と藍ちゃんだけなので、メーター・コックを開閉した時間と人名だけをききとると刑事は、もうそのことはそれ以上追及しようとせず、こんどは戸締まりの方を調べはじめた。

「ガス臭いというんで、あなた方が二階へ駆けあがった時は、このドアに鍵がかかって、いくら叩いてもあかなかった……。しかし、合鍵があったでしょう」

「ありましたけど、このドアには、鍵ばかりでなく、ナイト・ラッチもさしてあったものですから」

「ほう、ナイト・ラッチまでねえ」

刑事は、階段側のドアをぶらぶらとあけたてしてみながら、相変らず無表情に、

「で？　外をぐるりと廻って、あちらのドアから入りこんだ……。その途中で、あの洗面所ですか、あそこのガスも洩れていると気付いたわけですな」

それは、時間の奇妙な二重映しだった。その朝のように息せき切ってではなく、蒼司君は沈鬱《ちんうつ》なほどの足どりで廊下を廻り、先に点検した化粧室でちょっと立止ると、書庫の中へ入っていった。それをぼくたちは、遠まきにして、つながって歩いていたのだが、その時ふっと、まったく突然に、何かでよんだ舞台奇術のことが頭に浮んできた。

それは魔術ショウなどで見かける〝宙に浮く美人〟の種明かしで、あれが観客に見えないよう天井から吊されているのはもちろんだが、奇術師は、いかにも何の仕掛もありませんというように丸い輪を手にして、それを宙に浮いた美人の体にくぐらせ

る。タネはそこにあるので、その輪は必ず、往復三度くぐらせなければならないのだ。一往復して、さらにもう一度。それではじめて、吊具から輪を抜きとることが出来るのだが、観客には、何度も念を入れて通してみせたとしか映らない。

この書斎にも、どこかそれと似たようなことがありはしないだろうか。書庫の中を通って、ぐるりと廻らなければならないというところに、この奇術と同じネタがあるのではないか。――ぼくはしばらく、熱心にこの思いつきを追求してみたが、無駄だった。

気がつくと、蒼司君は、書庫側のドアを合鍵であけた顚末《てんまつ》を、もう一度実演してみせている。このドアはまた、一段低い書庫の床へ擦り痕を残すほどに重々しく開く、頑丈な一枚づくりで、もとより特殊な仕掛があるわけもない。ついでにいえば、北に向いた書庫の窓は、いずれも長い間とざされたきりという用心深さだった。

刑事はまた、書斎の中に立った。こんどはぐるりと一廻りして、書庫側のドアから入りこんだわけだが、ぼくはふたたび、さっきの奇妙な思いに囚《とら》われた。われわれが一廻りする間に、この書斎が、何かしら違った次元の場所に変ってしまったような気持であった。むろん実際には、何の変りもある筈はない、シャンデリアも緑の戸棚もそのままだ。だが、ただひとつだけ違っているものがある――それに気がつくと、ぼくは妙に興奮した。残念なことに、たったいま階段側のドアから覗いた時には、それがあったかどうか、そこまで見届けられなかったのだが、朝、ひとりで来てみた時には確かにおいてあり、手にとってみようとした、赤い上衣の人形がないのだ。

「あの机の上に、赤い玩具の人形があったんじゃない？」

ぼくは隙を見て蒼司君にそう囁いたが、彼は上の空のように、「ああ、そう」と見当違いな返事をしている。

大したことではないかも知れない。赤い上衣といっても確か塗りもので、ブリキ製か何かの人形だった。バッキンガム宮殿の近衛兵みたいに、黒い綿帽子をつけ、胴を緊めた短衣の粋な形で、外国製らしいというほかはどうというものでもない。しかし、確かに朝方にはあって、いま見当らないというのは、どういうことだろう。むしろんあれからここは明け放しで、誰でも入れたし、圭子夫人やら病院長やらもつめかけてきたことだから、誰かが持っていったのなら不思議はないが、藍ちゃんがしきりにいっていたのはこのことなのかと、彼にもそっと話してみると、そんなもの知らないという二べもない返事だった。

紅司君の死んだ時には、紅い毬《まり》が現われ、こんどは赤い上衣の人形が消えた。それは、何か深い意味を持っているのか、それとも、まったく無意味な偶然なのだろう

か。ぼんやり考えているうちに、刑事はひととおり窓を点検し終って、ゆるぎもなくついている外の鉄格子に、

「これア、ムショなみですな」と苦笑しながらも、そこでふっと、

「しかし、何だってこう、念入りに鍵をかけて寝《やす》まれるんですかなあ」

当然な疑問を投げてよこした。

言葉はのんびりしているが、相手の出ようでは、いつでも投網《とあみ》のように引きしぼろうという油断のなさがみえている。といって刑事が〝密室殺人〟に気を配って、こういい出したのではないことは明らかで、奈々には気の毒だが、その言葉は刑事の辞書にはないらしい。それに、こうまで念入りにドアも窓も鍵と鉄格子に護られ、ベッドの枕もとの、小さな明り取りの窓さえナイト・ラッチで鎖されていたこの部屋では、仮りに橙二郎氏がしっかりガス栓を締めて寝た場合、何者かが外から器具を操ってそれをあけるという真似も出来得ない。まして人間が出入りした筈はないので、刑事が密室トリックなどに考慮を払わなかったとしても当然だが、そうではなくて彼が不審を抱いたのは、寝室にこれほど厳重に鍵をかけ廻して寝るという、日本人にはない習慣についてであろう。

これほどまでに用心を重ねていたのは、橙二郎氏が誰かを怖れていたためではない

か、というところまでたぐり寄せるつもりでいたかどうか、やんわりと投げられた質問には蒼司君が、書庫側のドアは前々から締めきりになっていたし、窓の鉄格子は、宝石商の祖父の代からのことで、ただの盗難除《よ》けにすぎない。それに橙二郎氏は漢方医で、戸棚に並んでいる薬物の他にも思わぬ毒や劇薬も扱うため、留守にする時はいつでもドアに鍵をおろしてゆくが、寝る時もそれが習慣になっていたのではないかと答えて、あっさり幕になったが、あと引続いてひとりひとりに少し話をききたいからといわれ、階下に引きさがっていると、蒼司君の次に誰よりも先に呼ばれたのには、正直のところ愕然とした。

ぼくは元来、こうした眼の鋭い、咎《とが》めるような視線を持つ男の前では、何だかソワソワしてしまうのだ。街を歩いていて、交番の前を通る時でも、心はおだやかでない。まして、立番中の巡査とひょっと眼が合ってしまい、向うがさもうさんくさそうに、じっと見送っているのを知ると、もう自分が指名手配の犯人でもあるかのように動悸《どうき》がたかまってくる。

いまは藍ちゃんの部屋となった、昔の〝青の部屋〟で、真名子刑事は、ひとり取り出した煙草をもてあそびながら、待ちうけていた。ぼくの出した名刺を、ロクに見もしないでしまいこむと、

「学校のお友達でしたな、ここの若主人と」

「ええ、中学から高校、大学までずっと一緒でした」

第一声は顫《ふる》えもせず、無事にすべり出た。中学時代は一年違いで、ろくに顔も知らない仲だったとは思いもしないふうで、刑事は、ゆうべの親族会議から麻雀の経過、橙二郎氏が二階へ引取った前後の様子をききにかかったが、それにもどうやら、あまり詳しく覚えすぎていると思われない程度に、ぽつぽつと答えることが出来た。そうなると、悪く度胸がついて――実際、自分でも驚いたくらいだったが、ぼくが真名子刑事の手首に眼をとめて、手の甲にまで這いのぼっている黒い縮れ毛と、太い腕にめりこむ金側の腕時計とに気づいたのは、彼がいきなり次のような質問を浴びせかけ、それに平然と答えた瞬間のことだったのである。

「去年の暮に、ここで紅司さんという方が歿《な》くなったのは、御承知でしょう」

「ええ知っています。その時、ちょうど居合せたもんで」

「ほほう、そこに居合せた……」

刑事は急に、改めて見直すような眼つきになり、言葉にもどこかねちっこい調子が出て、

「じゃあ、よく御存知なわけだ……。病名は急性心臓衰弱で、前から悪かったんだそ

うだが、風呂場で急に倒れたというから、危い。誰も近くにおらなかったのかね。物音をききつけるとか……」

「ええ、あいにくみんな二階にいて……」

「その時は？　ゆうべのお客さん方はやはりどなたかいましたか」

「ええ、ぼくと藤木田さん……あの、年寄りの方ですが、あの方が新潟から上京されたばかりの時でした。ほかはこの家の人で、藍ちゃん、て、藍司君ですね。蒼司君は八田さんの家へ行ってて留守だったんです」

「なるほど。で？」

「あの時は、ぼくたちみんな二階にいて——そう、きょう歿《な》くなった叔父さんもおられたんですが、紅司君が風呂に入ったきり返事がないって、買物から帰った爺やさんがいそいで二階へ呼びに来たんです。行ってみるとお風呂のタイルの上に倒れていて、叔父さんがお医者ですから、すぐ脈を見られたんですが、もう駄目のようでした」

　喋り出すと、とにかくこれは少しも嘘ではないぞと、自分で励ますようにして一気にいってのけたが、顔が硬張《こわば》るのはよく判ったし、言葉もおそらく、いま書いているほど滑らかではなかったに違いない。

それを、どこまで読み取ったか、刑事はゆっくりと煙草に火をつけながら、

「すると、別に変ったことも見当らなかったわけですな」

「ええ、それは……。ただ、急なことで、本当にびっくりしましたけど」

そう答え終って、やっと気持が平静に戻る思いがした。何も怯えることはない。変ったことといえば全部が全部だが、いまここで、氷沼家はアイヌの蛇神の祟りを受けているだの、黒月の呪いだの、薔薇のお告げだのといい出したところで、この日常的な犯罪に慣れた刑事には、それこそ宗教性譫妄《せんもう》としか響かぬことだろう。彼のききたいのは、そんな異次元界の魑魅魍魎《ちみもうりよう》の跳梁《ちようりよう》ぶりではなく、宝石商の末裔《まつえい》だというこの一家の、現実的な利害関係、親戚間の財産争いといった類いの話柄なので、それならこちらにも用意がある。

事実すぐ、遠まわしながらそれに触れてきたし、ぼくのあとで呼ばれた八田皓吉氏などは、家の売買にからんで、相当しつこくやられたらしいが、金銭関係の線をいくら押してみたところで、氷沼家に関する限りまず何も出てくる望みはない。橙二郎氏の死を他殺と見て、手のこんだ謀殺を企む人物を探すとすれば、さしあたって墓の中の紅司君か、精神病院に監禁されている爺やか、もしくは伝説のアイヌの裔《すえ》以外にはなく、そのどれも警察としては好ましい容疑者ではないだろう。まじめな話、厳重な

密室内の死という点からだけでも他殺は不可能で、自殺という線も初めから論外であった。

　他殺ではあり得ぬ、自殺でもない――とすれば残された解釈は、日ごろ用心深い橙二郎氏にしては、まったく考えられぬ過失ではあるけれども、この晩に限って、うっかりガス・ストーブをつけ放しで寝こんだのを、階下で徹夜麻雀をしていた、この家の習慣を知らぬ客が、動かしてはならぬメーター・コックをあけたてしたために起った不慮の災難という、状況どおりの決着しかないわけであった。真名子刑事の考えもひとまずそこへ落着いたのかどうか、とにかく昨日は別段の指示もなく帰っていったのだが、ぼくにはひとつの重い使命が残された。ほかでもない、ぼく自身の手で、この事件が紛れもない他殺であり、真犯人が自在にこの密室へ出入りした証拠を見つけ出さねばならぬということだ。

　再びいおう、その確証を摑むまで、ぼくは血まみれの手をした殺人者なのだから、と。

25　皺だらけの眼

しかし、亜利夫のこうした決意も、しばらくは空しいままに過ぎた。予想どおり警察の手は離れて——もっとも皓吉とふたり、再々、署まで呼ばれて事情聴取は繰返されたが、橙二郎の解剖も行われなかったし、単純な過失死として処理されたあと、亜利夫は自分に誓ったとおり必死に頭を絞って、当夜の状況を組立てては壊してみたものの、陰に潜んでいる筈の真犯人とはついにめぐり会えず、奇妙な異次元のワンダランドを通りぬけるまで〝再会〟することもなかった。亜利夫は、自分で貼りつけた汚名を、ついに自分の手で払いのけることは出来なかったのである。

警察側の追及が深くなかったのは、氷沼家にとって幸か不幸か判らぬけれども、かりに徹底した捜査があったとしても、結果は同じだったかも知れない。橙二郎の死因は、どう切り刻んでみたところで明白なco中毒以外ではなく、睡眠薬の服用も定量を超えたものではなかった。それに、同じこのとし、昭和三十年には、『ドミニカ糖事件』の周某が、やはりガス中毒の変死体を横たえているが、それさえ、あっさりと焼場へ送りこまれて、数年後に騒ぎ立てられるまでは何の不審も抱かれなかったことからも窺《うかが》えるように、ガスが犯罪に利用されることは極めて稀れだというのが当時の捜査常識でもあった。紅司の場合と違って、なんら犯罪の匂いの感じられぬ橙二郎の死に対して、警察がこの見解に従ったのも、やむを得ぬことだったろう。

一方、頻々《ひんぴん》とガス禍の起り始めた翌三十一年からは、ジャーナリズムも中毒死に敏感になり、紙面の扱いも派手になったが、この時はまだそれほどのニュース価値もなかったのか、案じられた新聞記事もあらわれず、ただ一紙だけが『氷沼橙二郎氏（四七）は、目白の親戚宅に泊ってガス中毒死した』という、五行ばかりの記事をのせた。三面の最下段の小さな文字――それが〝氷沼〟の名を世間に伝えたすべてだったのである。

氷沼家の崩壊は、こうして誰に知られることもなく、僅かに近隣の人々の同情と疑惑に包まれながら、隠微《いんび》に正確に進行を続けた。それは、庭の奥深くに植えられた、たった一本の薔薇の芽が、あの紅い膿のような輝きを増すにつれて次第に速度を早め、四月、その残酷な月の訪れるまで、決してとどまろうとはしなかった。得体の知れぬ氷沼家の業《ごう》が、窮極のところ、残された蒼司と藍ちゃんまで葬ろうとして迫っている、とすればその目的は、もうこの橙二郎の死で、ほとんど達しられたともいえる。事件後の二人は、病人というより、半ば死人に近いほどであった。藍ちゃんは、人が変ったように思いつめた顔で無口になったし、蒼司のほうはそれでも、葬式の時まではともかくも気を張りつめていたけれども、いよいよ納棺という時になると、堪《こら》えに堪えてきた思いをいっぺんに爆発させ、声を立てて泣き出してしまった。腸《はらわた》を抉《えぐ》る、という形容をそのまま、棺の上に投げ出した体をよじるようにして、誰よりも愛していた父の名を呼び立てている。悔しみとも呪咀《じゅそ》ともつかぬ長い慟哭《どうこく》は、むしろ当然のことであったろう。両親と叔父叔母、そして弟、さらにまた一人の叔父。昨年の九月から百数十日の間に、みるまに肉親から取り残され、いま少年のように泣きじゃくる彼の姿には、ついもらい泣きする人も多く、それまでとかくの噂を立てがちだった近所の連中も、思わず立って肩を撫でさすってやるほどであった。

しかし、ともかくも氷沼家には、片付けねばならぬ問題が山積していた。緑司の後始末もそのひとつで、内縁の妻の圭子、病院長、それに吉村夫妻も、事件当日から葬式にかけてつぎつぎと姿を現わしたが、一体、彼らは橙二郎の陰謀にどの程度加担していたのであろう。その点が亜利夫などには、ひどく奇異に思えた、というのは、この一行《いっこう》がどこともいえない畸型な感じ——たとえば不具者たちの仮装行列でも見るような風変りな印象を与えながら、そのくせ深い企みとか魂胆とかはまるでないらしいという点であった。

院長というのは、小肥りの、血色のいい顔つやで、やたら大袈裟《おおげさ》に手をふり廻して話をする癖のある、型どおりチョビ髭を生やした町医者タイプだし、吉村という男は、いつか藤木田老の罵《のの》っていたように、薄あばたの顔に色眼鏡をかけ、香具師《やし》風な柄《がら》の悪いところもあるが、話をしてみると女房ともども、ひどく律儀な気質らしい。圭子だけは、色白の肌がひどく荒れて、眼の下に透きとおるような青い隈《くま》の浮んでいるのが、自堕落な印象ではあったけれども、これも神妙に数珠《じゅず》などをまさぐって、べつに大それた要求を持ち出す気配も見えない。

藤木田老の推理では、もともと緑司は圭子が腹を痛めた子供ではなく、帝王切開のあげくに取出された本当の『緑司』は死んでしまった。それを予期して同じ病院に入院させておいた、同じ臨月の吉村の女房の子供を、多額の金で緑司に仕立てあげ、その秘密を紅司に気づかれたために鴻巣玄次を使嗾《しそう》して殺したのだという話だったが、もしそれが事実ならば圭子なり吉村なりが、おとなしく引下がる性質のことではない。かならず結託して、強請《ゆすり》とまではゆかぬにしても、相応のものをねだりにくるだろうと推察していたのに、まるでそんな気配がないばかりか、どさくさに取込めば取込めたと思われる橙二郎の遺産まですなおに打明け、今後の処置は万事氷沼家と相談できめたいという態度さえ見せられると、これはどうやら、まるでこちらが見当違いなことを考えていたらしくもある。

話合いはほとんど吉村と皓吉の間で行われたが、その時も吉村は圭子の口上として、「緑司はもともと虚弱なうえに、ひどくタチの悪い眼病にかかって、とても自分には育ててゆける自信がない」旨を伝え、差支えなければ緑司さんは、ぜひ自分たちで引取って育てたい、私共の郷里は四国で、辺鄙《へんぴ》なところへお連れするのは恐縮だけれども、小さな雑貨屋をひらいているので、親子三人の暮しが立ってゆくだけのメドはついている。むろん、そのための養育費をなどとはいわない、ただ橙二郎さんへの恩返しのつもりなのだから、籍さえぬいて貰えれば、すぐにでもつれて帰りたいのだ、と真剣に頼みこんできた。

「それはしかし、どういう腹なのかなあ」

あらためて皓吉から彼らの意向をきかされた席で、亜利夫は思わずそんなふうにいわずにはいられなかった。そうまでして〝緑司〟を引取ろうとするところをみると、藤木田老の推理も半ばは当っているらしいが、圭子もおとなしく身を引く、緑司は面倒なしに養育するというのでは、あまりにも氷沼家にとって好都合なことばかりで、橙二郎が生前に見せた数々の奇矯《ききょう》なふるまいからいっても納得がいかない。

亜利夫の思わず洩らした呟きに賛成らしい藍ちゃんや藤木田老を制するように、蒼司は静かにきき返した。

「眼が悪いってどんな病気なんです」

「へえ、それが……」

皓吉はちょっとためらったが、声をひそめるようにして、

「緑司さんの眼え、夜になると、猫みたいに光り出すらしおます」

「眼が光るって？」

誰もが、思わず確かめるような声を立てたのも当然で、赤ん坊の眼玉が、あの『ミドウィッチ・カックー』の少年さながらに光り出すなどという奇病があるものだろうか。皓吉も首をふり立てるようにして、

「気味悪うてしゃないさかい、医者にみせたら、膠腫《こうしゅ》ちゅう病気やそうで、早よ眼玉くりぬかんとだんだん固《か》となって、エンドウ豆みたい緑いろの、皺《しわ》だらけの粒になってまいますねんて」

いたいけな赤ん坊の眼が、乾《ひ》からびたエンドウ豆のように固まってゆく——しかも、色彩だけは変に毒々しい緑に残るのがこの病気の特徴だが、暗い病室の中で螢火のように光り続ける眼を持つ緑司は、たしかに圭子にとって無気味という以上の鬼子とも思えたことであろう。しかも生まれつきの弱い体で手術も出来ぬまま、しばらく

経過を見るほかないときくと、あれほどエメラルドに執心した橙二郎には、あまりにも残酷な因果噺《いんがばなし》で、まだしも発病が彼の死後すぐというのが救いだったともいえそうに思える。

「エメラルドなら知らんこと、エンドウ豆ぶらさげても、しょおめへんよってなあ」

皓吉が続いてそんな毒舌を吐いたのも、いわば皆が漠然と考えていることを代弁した形であったが、蒼司は暗然としたように、

「八田さんまでが、そんなことを……」

そういってから、誰にとっても思いがけぬことをいい始めた。

「これは、もっと早く打明けて、皆さんの誤解をといておくべきだったんでしょう。ことに、藤木田さんには、新潟から出てきていただく前にお話しておかなければならなかったのですが、叔父さんがどうしてもいわないでくれというから……」

強く念を押すように、

「いいですか。叔父さんという人は、確かに変った性格は性格でしたけれども、決して緑司をダシにして、エメラルドを取込もうなどと考えてはいなかったんです。ですから、そのために紅司を邪魔にして殺すなんてことは間違ってもあり得ない。紅司が憎んでいたのは確かですが、叔父さんのほうはむしろ紅司を怖れて、争いを避けよう

とばかりしていた……」

不信のいろにざわめく一座を諭すように、

「考えてもごらんなさい、洞爺丸のあとすぐ自分の病院が焼けて、水火の二大厄をいっぺんに受けたら、一体どんな気がするか。確かに、それまではうちに対して好意的じゃなかった叔父さんも、あらためて嫌というほど氷沼家の業《ごう》というものを思い知らされずにはいなかった。火事のあと、叔父さんはすぐ相談にきて、こういったんです。自分は医者だから、植物の知識といったら薬草のことしか知らないけれども、紫司郎兄さんが一生を賭けた色彩の研究を、何らかの形で継いで生かす方法はないものだろうか、それだけが疎遠だった兄貴への供養だと思うと、しみじみいってくれたから、ぼくも差当ってこれという考えもないけれども、もうじき奥さんに赤ちゃんが出来るのなら、どうか男の子であって欲しい、将来、植物学者になるならないは別として、名前は緑司としたらどうだろう、――この世にあり得ないと思われている緑色の花を、氷沼家の家系の上に咲かせてくれたらそれが何よりのことじゃないかって、ぼくの方からそういったんです。……

その言葉が、叔父さんにとっては啓示以上のものだったらしく、その時も無性に喜んでくれて、ああそれがいい、それだけをこれからの生甲斐にしようといって、ぼくのすすめで奥さんと一緒に目白へ来た。ところが、事情を知らない紅司がひどく邪慳《じゃけん》にするし、部屋が二階というのも身重《みおも》な奥さんには辛いので、仕方なしに仲のいい院長のいるあの産院に移って貰った。……

判るでしょう？　緑司を生むということは、叔父さんにしてみれば、氷沼家を再興出来るか出来ないかの岐《わか》れ目という気持だった。といって男女を科学的に生むなんて、まだ出来もしないし、それに調べてみるとひどく胎児の位置が悪い。まさか死産になるとも考えなかったろうけれども、気の小さい叔父さんは、八方手をつくして、ぼくあの吉村夫妻というのを見つけ出してきた。万一の場合には赤ん坊を取換えて、ぼくの前にだけはめでたく緑司が生まれたように取りつくろおうという、それをまたあの吉村という人が、すっかり打明けて相談にきたから、ぼくは何もかも先に承知していたんですが、それほどまで氷沼家のことを考えてくれるならと思って……」

「しかし、それはだな」

藤木田老が遠慮深そうに口を挟んだ。

「ま、いまの話はミイにも初耳で驚くほかはないが、果して橙二郎君は、本心から氷沼家のためを思って、緑司を創ろうとしたかどうか。ひょっとして内心では、どす黒く……」

「エメラルドを狙っていたというんですか」

蒼司は冷やかに、藤木田老の推理の頼みの綱を切って落した。

「叔父さんもいっていました。もしそう誤解されるならされてもいい、緑司誕生という悲願をとげるまでは何も弁解したくないって。……いいですか、うちにはもうエメラルドばかりじゃない、ぼくのダイヤも、紅司のルビーも、宝石《いし》なんて一かけらも残っちゃいないんです。だって、そうでもしなければ、戦後の苦しい時期に一文の収入もなくて、どうして凌《しの》げたと思います？　宝石は、ぜんぶアメリカへ渡っているんです。このことは藍ちゃんや紅司にもいわなかったけど、叔父さんにだけはもう前にぼくから打明けてある。ですから緑司という名はエメラルド欲しさのためじゃない。それだけは判って下さいよ」

意外なことに、エメラルドばかりか、もう氷沼家に一顆《か》の宝石も残っていないという打明け話は、後になってからもまったくの事実と判明したが、しかも橙二郎がそれを承知していながらあえて緑司の名をつけたというなら、藤木田老の説など確かに無意味というほかはない。そして事件の本質も、改めて根底から考え直さねばならぬようであった。

「だけど、その〝緑司〟も、結局はあの薔薇と同じように〝虚無への供物〟でした。

叔父さんの怖れていたとおり、吉村という人には男の子が生まれたけれど、圭子さんは死産だった。それを叔父さんが泣くようにして頼んで、ともかく次に出来るまで、出来たら必ず返すという一札をいれて自分の子に仕立てた。……ぼくには筒抜けだったのに、叔父さんはひとりで隠し了《おお》せるつもりでいたんです。しかも妙な星占いに凝っていて、——西洋にあるやつに中国の命運学をまぜたような特殊なものですが、緑司の主星《ロード》はペガサス座の何とかで、それがつねに紅司の星に左右されている。ただ藍ちゃんの星が強くて、傍にいてさえくれれば大丈夫なんてことをまじめに信じているようでした。そういえば十二月生まれの人馬宮《サジタリアス》の人にはサファイヤが幸運の石だって、ぼくもきいたことがありますけれども、とにかく紅司の死んだ晩は、緑司にとっての最悪日で、天中殺——フランス語で〝虚無〟と同じ〝ネアン〟というんだそうですが、年も月も日もいっぺんに重なった夜の十時半だか四十分だか、どうしても藍ちゃんに傍にいて貰わなければ赤ん坊が危いという気持で、大声で呼び立てたというんです。さすがに後では恥ずかしくなったのか、そして緑司の代りに紅司が死んだことからも信じられなくなったんでしょう、あれはインチキだなんて自分でもいっていましたが……

そりゃ、星占いのことなんかは、どこまで本当かぼくには判らない。しかし、とにかくうちには狙うべき宝石も遺産もないんだし、洞爺丸のあとでしみじみいっていたことは本心なので、藤木田さんが何か探偵ごっこみたいな真似をされるのは勝手だけれど、もうこれ以上、橙二郎叔父さんを犯人呼ばわりするのだけはやめて下さい。気の小さい、子供っぽい人だったのに、可哀そうじゃありませんか」

とどめをさすようにいわれてみると、藤木田老ばかりではない、亜利夫もまた呆然とこれまでの出来事をふり返らずにはいられなかった。それならば紅司と橙二郎の死は、まったく見かけどおりの病死と過失死にすぎないのだろうか。薄あばたに色眼鏡をかけた黒幕の一人〝吉村〟が実は人の好い律儀者にすぎなかったように、まだ姿を現わさぬ〝鴻巣玄次〟も、もしかしたら紅司の忌わしい鞭痕とは何の関係もない存在なのではないか。

架空の人物の架空の犯罪。そして架空の探偵たち。ザ・ヒヌマ・マーダーなど初めからありはしなかったのだろうか、といぶかしむ亜利夫を後にして、緑司は吉村夫妻が予定どおり引取って四国へ連れ帰り、圭子は相応の金で別れ話がついた。そして完全に敗れ去った名探偵藤木田老も、長い間陣どっていたホテルを引き払って、新潟へ帰っていったのだが、ただひとり、亜利夫だけが見送りにゆくと、どこまで芝居がかっているのか、来た時と同じに白っぽいホームスパンを着こみ、発車までのしばらくを向い合って腰かけていた老人は、ちょうどあの『鏡の国のアリス』の紙の服の紳士そっくりに体を屈《かが》めると、ささやくようにいうのだった。

「ミイのことならば心配はいらん。誰が何をいおうと気にすることはないが、しかしユウも、もうそろそろ手を引いたほうがいい。ここらで帰りの切符を買うことじゃ。これ以上、死人の群れが殖《ふ》えんうちにな」

「だけど藤木田さん」

そんな〝見立て〟の通じない亜利夫は、真剣にいった。

「本当のところ何があったんです、氷沼家には。紅司君も橙二郎さんも、ただ意味もなく死んだだけなんですか。それとも……」

「馬鹿な。あったのはれっきとした殺人じゃよ。ただそれが、この人間世界にあっていいことかどうかは、ミイにも最後まで判らなんだ」

発車のベルの響く中で、藤木田老の表情には、いいようのない寂しい影が横ぎった。

「だが、最後にいうておこう。〝アラビク〟での推理くらべでは、ユウの話が一番真相に近かったんじゃ。これだけは間違いのないところだて。まもなくユウも、本物のセイタカ童子やら不動明王やらに会うことだろうが、ぜひよろしくと伝えてくれ。ミイは何もかも知っておったとな」

負けおしみとしか思われぬことをいう藤木田老をあとに、亜利夫はあわててホームへ飛びおりた。列車はゆっくりと動きはじめ、みるまに走り去って、それぎりこの老人は、二度と誰の前にも姿をあらわすこともなかったのである。

「一体、あの人って、何しに東京へ出て来たんだろう」

れいのとおり、セミ・ダブルのディヴァンに体を投げ出し、まだ風邪のぬけきらぬまま毛布にくるまっている久生の前で、亜利夫はそういわずにいられなかった。きょうは藍ちゃんも一緒で、敷物の上にじかに腰をおろし、むっつりと膝を抱えこんでいる。

事件後何回か、概略の報告だけはしておいたが、あいにくひどい熱を出して眼ばかりギラギラさせ、やっと鎌首をもたげるようにして枕から頭をおこすと、

「やっぱりあたしのいったとおりでしょう。氷沼家にガスの殺人が出てこないわけはないのよ」

御託宣じみたことをいったかと思うと、もうすぐ激しく咳きこむというふうで、とても話など出来る状態ではなかった。一週間ほど経ったきょうは、やっと熱もひいたからという催促で、こうしてやってきたのだが、果してこの先まだ蒼司のいう〝探偵

ごっこ〟を続けることに意味があるのかどうか、亜利夫はすっかり心細くなっていた。

「まあ藤木田さんのことは放っておきましょうよ。あの方はそりゃ先々代の光太郎氏の親友だったんですから、氷沼家の不為や不利益を願うはずもないけれど、でも事実、彼が上京してきたばかりに、事件はすっかりこんがらがって、収拾もつかないじゃないの。あたしたちにもいい迷惑よ。やっぱり探偵としては二流の人だったのね。……まあ、それはもう放っておいて、きょうはひとつのことだけをはっきりさせとかない？　つまり橙二郎さんは、絶対にストーブをつけ放しで寝たりはしなかったという証明ね。それで、その前に藍ちゃんにおききしたいけど、あなた、事件のすぐあとで、アレが書斎にある筈はないとか何とかいったそうだけど、何のことなの？　もうそろそろ教えてくれてもいいでしょう」

優しくたずねたが、藍ちゃんはやっぱり自分だけの考えにふけって、ぼんやり首をふるばかりであった。

「困った子ねえ……。アリョーシャ、その妙なお人形とは関係がないって話だったわね。それもやっぱり見つからないままなの？」

「ああ、あれはあったことはあった。何でも藤木田さんがひねくり廻していたんで、蒼司君がそれは叔父さんがアメリカ土産に貰って大事にしていたものだからって取返して、こんど緑司につけてやったらしい。とうとうぼくは一度きりしか見なかったけども……」

「そう。まあでも、そんなものは別に関係もないでしょうし、やっぱり藍ちゃんにきかせてもらわなくちゃね。何でも犯人が持ちこんだとかきいたけれど、本当にそんな……」

「そうなんだよ。ぼくにはそうとしか思えなかったんだ」

藍ちゃんはようやく口をひらいた。

「そうすると、また犯人は厳重な密室に、自在に出入りしたことになるわね。いいわ、もしそれが確かなら、橙二郎さんがストーブを消して寝た証拠にもなるでしょうし……。さあおっしゃいな、何なのよ、その遺留品は」

「凶器だよ、こんどの事件の」

呟くように、藍ちゃんはそう答えた。

26　算術の問題

「凶器って？」

いっこうに判らない顔の久生へ、

「凶器は凶器だよ。短刀とかピストルみたいな……」

「ですから、何を……」

「きまってるじゃないか。もし伯父さんが心臓を刺されて死んで、傍に血染めの短刀が転がっていたら、それが凶器だろう。ところが伯父さんは、ガスで殺されたんだ」

「何ですって？　じゃあ……」

「そうだよ。犯人が残していった凶器は、あのガス・ストーブさ。大体、ふだんあんなに用心深い伯父さんが、ストーブを消し忘れるかどうかということより、寝室にガス・ストーブを使う筈はないと考えたほうが自然じゃないか。あのストーブは、書斎じゃなく、昔から隣の書庫に取付けてあったものなんだ。犯人は、それを取外して書斎に持ちこんだとしか、ぼくには思えないんだよ」

思い切ったことをいいながら、声は静かだった。

「ぼくもあまり書斎や書庫に入ったことはないけれども、そのことは知っているんだ。ホラ、紅兄さんの死んだ時、伯父さんがぼくを呼び立てて書斎へつれていった、あの晩にもガスのカランはゴムのキャップが冠せてあって、使ってやしなかった。使っていたのは電気ストーブだけで、ぼくが、これだけじゃ寒いねっていったら、変な笑い方をして、ガスは危いからな、なんていっていた。それが、死んでみると、書庫のカランのほうにゴムキャップがかぶせてあって、電気ストーブはそっちにおいてあるんだ。反対に、書斎の方に、書庫にあったガス・ストーブがつけ替えられているっていうのは、どういうことなんだろう。むろん警察には、そんなこと全然いってやしないけどね」

「ちょっと待ってちょうだい」

はじめは呆気《あっけ》にとられていた久生も、ようやく気がついたように硬《こわ》ばった笑い方をしながら、

「そりゃ橙二郎さんはあんな方ですから、用心してガス・ストーブはお使いにならなかったでしょう。でもその用心というのは、御自分の過失じゃなくて、紅司さんに対する用心じゃなかったかしら。それも本気だったら、とうにガス屋をよんで正式にカランを塞がせたでしょうが、それさえなさらなかった。まして紅司さんが死んだあと

はすっかり安心して、何も寒い思いをすることもない、御自分で書庫のストーブを書斎につけ替えられたに決まってるわ。ばかばかしい、どこの誰か知らないけど、犯人が書庫から、重たいガス・ストーブを小わきに抱えて書斎に忍びこむと思って？　それも内側から閉されてる書斎に、よ。決まってるじゃないの、橙二郎さん御自身がなさったってことは」

「蒼兄さんもそういっていた」

藍ちゃんは笑いもせずにいった。

「ちょっと気になって、書庫のカランのゴムキャップまで調べてみたって。玄人《くろうと》じゃないから、いつ誰がつけ替えたかは判らないけれど、叔父さんがしたことに決まっている、馬鹿なことをいうなってすごく怒られちゃった。でも、ぼくはいまでも、やっぱり犯人がしたような気がするんだ」

「やれやれ、どんな大発見かと思えばねえ」

久生は首をすくめるようにして、

「どこの何兵衛が、どうやって書斎に出入りしたかというメドでもついているなら、そんな空想を楽しんでいてもいいけど、冗談じゃないわ、つい鼻先で二人もの人が殺されたっていう時に。しっかりしてちょうだいよ、藍ちゃん。……アリョーシャもそうだわ、犯人に仕立てられて、陰で笑われているのに、何か手がかりは見つけたの？　こないだは皓吉さんが怪しいようなことをいっていたけど、まさか彼自身が大きな図体で、麻雀の隙に二階へ駆け上って早業《はやわざ》殺人をしてのけたわけでもないでしょう。それに橙二郎さんが確かにストーブを消したものなら、いくら台所でメーター・コックをあけたてしたって無駄じゃありませんか」

「それはそうなんだよ。だから、彼自身がというんじゃない、彼の手引で、何者かが二階に潜んでいたということなんだ」

それはもうこの一週間というもの、考えては打ち消してきたことで、自分でも成立ち得ない仮定だと判ってはいるのだが、やはり口に出していわずにいられない疑問だった。本当に皓吉は、危いと思ってメーター・コックをしめたのだろうか。もしかすると反対の意図からではないのか。それに二時半ちょうどに彼がトイレに立った時、なぜ電話のベルが鳴りかけたのだろうか。

「またそんな、〝何者〟だなんて」

つくづくと憐れむように見おろしながら、

「都合が悪くなると、すぐどこかから犯人を連れ出してくるのが、あなた方の悪い癖よ。いいからアリョーシャ、あのメモ用紙というのを見せてちょうだい。考えの間違っている点を指摘してあげますから」

一度は丸めて棄ててしまおうと思った、れいのメモ用紙をひろげさせると、指でさし示して、

「いいこと、皓吉さんが怪しいというのは、こうなんでしょう？　この五荘目の二時半にあなたが台所へ立った、すると彼もすぐお手洗へ行き、同時に電話のベルが鳴りかけたからなのね。つまり、あなたが台所へ立つということは、あらかじめ締めておいたメーター・コックがひらかれることだ。それが判っていた皓吉は、すぐ何らかの方法で電話のベルを鳴らし、二階に潜んでいたその〝何者〟かっていう共犯者に、さあガスが出はじめたぞと知らせる。そこでそいつが、ある方法で書斎に忍びこんで、そっとストーブの栓をあけ放した……。つまり八田皓吉がメーター・コックを締めたのは、アリョーシャに開かせるためだったといいたいのね」

「だって、もしぼくが本当に謀《はか》られて、犯人に仕立てられたというなら、そういえるんじゃないかな。あらかじめメーター・コックを締めた者こそ真犯人に違いないって」

「そうかしら。ですけどね、どうして彼の次に台所へ立つのがあなただと決まっていて？　もしかしたら蒼司さんが、ひょっとお茶でも沸かそうという気になって立った

かも知れないのよ。そしたらすぐ気がついて、誰が締めたということになるし、念のために橙二郎さんも叩き起されるだろうし、何もかも御破算になるんじゃないかしら。まああたしが犯人なら、そんな間抜けたやり方はしないわね」

「だけど、人数からいえば、次に立つのは、ぼくでも藤木田さんでも、確率は五〇パーセントあるわけだから……」

亜利夫はいいわけがましくいったが、久生はきいてもいないように、

「それに、電話のベルが二階への合図だというのは何のこと？　だって、彼は確かにお手洗の中へ姿を消して、ベルがチンと鳴りかけたのは、間違いなく電話のところでなんでしょう」

「それは簡単なトリックで出来るんだ」

亜利夫は少し勢いづいた声で、

「こないだ電話局の人にきいてみたら、チリンとでもベルを鳴らすなら、ベル回路に電流を流せばいいって、それは当り前だけどね、あの電話は二階と切り換え式になっているから簡単だよ。下の電話のそばに、エボナイトの丸いつまみのスイッチがあって、左へ倒せば二階へ、右へ倒せば階下へ切り換わる式になっているから、初めにつまみを左へ倒しておいて、それに細い紐をひっかけ、自分はトイレの中へ入ってひっ

ぱればいいんだ。つまみは右へ倒れて切り換わると同時に、電話はチンと鳴るし、しかも紐はつまみを滑って手もとにたぐり寄せられる仕掛さ。……ね、このメモ用紙を見たら判るけれど、皓吉はそのすぐ前にもトイレに立っている。この時はだからトイレのドアだけをギコギコさせておいて、本当はスイッチのつまみに紐をひっかけに行ったと考えていいだろう」

「あのねえ、アリョーシャ」

久生はいたわるような声を出した。

「あたしが聞きたいのは、そんなおトイレの臭いがするような、小《こ》つまらないトリックじゃないの。何でわざわざ二階へ合図する必要があるかということよ。だって、そうじゃありませんか、あなたのいう何者——二階に潜んでいた共犯者だわね、それはどこからどう忍びこんだのか知りませんけれど、鍵のかかった書斎へ、いつでも自在に出入り出来る不思議な存在なんでしょう？　それなら何も皓吉さんが、紐を引っぱりの、ドアをギコギコさせのって苦労をしてまで電話を鳴らすのを待っている必要はないじゃないの。いつでも好きな時間に忍びこんで、橙二郎さんはぐっすり眠っていらっしゃるんですから、ストーブの栓をあけるまでもない、ゴム管を蹴外しておけば済むことよ。ガスはあとから出はじめたっていっこうにかまわないし、やっぱりあなたがメーター・コックをあけたためということになるし、そのほうがよっぽど自然な過失死に見せかけられるでしょう。判る？　ガスの出るまで辛抱強く待つこともないし、まして電話の合図なんか必要はないことなの」

　黙ってしまった亜利夫へ、とどめをさすように、

「皓吉さんが仮りに真犯人だとしてもよ、アリョーシャや藤木田さんを見かけ上の犯人に仕立てるというほど、手のこんだことをするかしら。本当に橙二郎さんを殺すつもりがあるなら、わざわざ台所のメーター・コックに手を触れて、自分が疑われるような真似までする筈はない。黙って放っておけば常時ガスは出放しなんだし、二階には便利で器用な共犯者とやらもいることですから、全部まかせてやってもらえばいいでしょう。それともアリョーシャ、何か特別に彼を犯人に仕立てたい気持でもあるの」

「そうじゃないけどさ、一応誰でも疑ってみなくちゃ、ぼくがやりきれないからね」

「それはそうでしょうけど、ちょっと邪推がすぎるようね。それに、もし疑うというのなら、犯行方法ばかり突つき廻していても仕方がない、動機も追求してみなくちゃねえ。まさか前日の親族会議で、急に蒼司さんが目白の家を橙二郎さんにあけ渡すというので、大いそぎで殺しちゃったなんていう安っぽいことじゃないにしても……」

「奈々が調べあげた氷沼家の歴史の中じゃ、どうなんだい。彼のからんだ一幕っていうのは……」

照れかくしに苦笑するように、また半ば冷やかすようにいったのだが、久生はまじめな顔で、「そうねえ」と、過去帳を繰るように眼をとじた。

「綾女《あやじょ》さんのお話では、光太郎氏の歿くなる前ごろに初めて顔を見せたそうですけど、どういう縁故で出入りするようになったかは、よく覚えてらっしゃらないんですって。そのころは丸ぽちゃに肥った学生服の、愛嬌のいい人だったというけど、何しろ当時の氷沼家は全盛時代で、朱実さんも勘当前の花やかなころですから、もしかしたら取巻きの讃美者の一人かも知れないっておっしゃってらしたわ。まあ、そんなところ……。いまの風体からは想像もつかない話でしょうね。でも、彼ばかりじゃない、きょうのお話だと橙二郎氏も、前とは打って変った純情な人として再認識しなくちゃいけないようだし、何もかも全部御破算にして考え直さなくちゃ、ダメかも知れないわね。ガス・ストーブを締めて寝たとか寝ないとかは、そのあとで検討した方がいいと思うの。……正直な話、きょうのおふたりの状態じゃ、まだとてもその段階じゃないって判ったのよ。あたしも風邪がぬけ切らないことだし、こうしない？　もうすぐ牟礼田《むれた》が帰ってくるから、そしたらもう一度、皆で集まって……」

「帰るって、いつ？」

「十八日の夜よ。まだ五日ほどあるから、それまでにあたしも風邪を癒して、よく考えておくわ。ええ、すぐ電報は打ったの、トウジロウシス、カエレって。そしたら入れ違いに手紙が来ちゃって、どこかそこいらにあるけど、下落合《しもおちあい》に小さな家を借りて、すぐにも住めるように手配したから、帰国早々に式をあげたいなんて、呑気《のんき》なことをいってるじゃないの。腹が立ったから、アリョーシャに聞いただけのことを書いてやって、——ねえ、もともと彼が予言した殺人事件でしょう。いつまで放っとくつもりだって当り散らしたら、やっとゆうべ、十八日の夜に羽田へ着くって電報が来たわ。……まあこれで肩代りが出来るからホッとはしたけれども、結婚なんていつになるかしら。ともかくも事件の片をつけなくちゃね」

何か思いついたことでもあるのか、或いは亜利夫と藍ちゃんの話が相も変らぬ調子なので、これは本当に牟礼田の帰ってくるまで集まっても無駄だと思ったのかどうか、その日は急にそんなことをいって二人を追い立てにかかったが、一方、折角の結婚休暇も、久生の案じたとおり早急には実りそうもなかった。というのは、水曜ごとにパリを発つエール・フランスの定期便が、二月十八日、金曜の夜に、牟礼田俊夫を羽田へ運び返すより一日早く、氷沼家にとっては何ともやりきれぬ陰惨な事件が、意外な方向に突発したためであった。死人の業はまだ終りを告げず、父系家族の最後の生き残り——祖父光太郎の妹で、高齢を保っていた綾女が、戸塚の老人ホーム聖母の園で、九十余名の老女たちとともに、無残な焼死をとげたのである。

二月十七日付の夕刊各紙は、透きとおるばかりの炎に包まれて、くろぐろと棟木の燃え落ちてゆく聖母の園の写真と共に、この事件の詳報を大見出しで第一面に伝えている。それによると、出火は十七日の午前四時半で、その時刻、異様な爆発音と同時に火は建物の左右に走り、眠りこんでいた老女たちを、たちまち焦熱地獄に追いやったのだが、横浜市警の捜査一課と戸塚署とが合同で設けた特捜本部の調べでは、放火の疑いは最後まで出ず、出火の原因は〝カイロ灰の不始末〟ということで片がつけられたのは、これも新聞の報じたとおりである。

綾女が、特別室とはいえ、この辺鄙《へんぴ》な老人ホームに余生を送っていたのは、もともと氷沼家にほど近い、目白の聖母病院の分室にいたのを移された関係もあるのだが、それにしても、ちょうど二十年前、兄の光太郎が函館大火で辿った運命をそのままなぞりでもするように、炎と煙とに責められて痛ましい最期を迎えたのは、どういう因縁がまつわってのことであろう。氷沼家の関係者たちには、到底この事件の本当の原因が、ただのカイロ灰などというしろものだとは信じられなかったが、果して焼跡から、ひどく人間界ばなれのした、不可解な事実が発見された。

当時の新聞には、なぜかその点については一行も報じられていないし、後で話題になりもしないままで、ただ、〝朝日〟の昭和三十一年七月七日付朝刊に、事件記者たちの語り草として伝えられているだけのことだが、その事実というのは、どうしてだか聖母の園の死人が一人だけ多い——当然一致しなければならぬ筈の引き算と足し算の答が合わぬという、算術の問題であった。つまり、常識からいえば、そこに焼け死んで横たわっている老女たちの死体数と、全収容人員から生き残った人数を引いた数とは同じになるのが当然だけれども、何べん数えても焼死体の方が一人だけ多くなって、いまなお解決がつかぬままなのである。

27　予言者の帰国

「ぼくには探偵の資格がない。藤木田氏が引退したからって、ピーター・ガンスばりに事件を解決する役は、勤まりそうにないな」

久生の運転するプジョオの203《デウサントロワ》が、京浜国道へすべり出ると、牟礼田俊夫は誰にともなくそういった。

羽田には、顔だちのよく似た弟妹や、ジャーナリズム関係らしい友人たちも迎えに来ていたのに、先に帰してしまってこちらの車に乗りこみ、紀尾井町の家へも寄らず、昨日から寝ついてしまった蒼司を見舞に、まっすぐ目白へ行こうというのは、よくよく氷沼家に関心の深いためだろうし、もともと事件のいっさいは、牟礼田の変な予言から始まったといってもよい。それを、いまさら探偵の資格がないなどといい出すのは、折角とれた三ヵ月の結婚休暇を、あらかた探偵稼業で暮すのはやりきれぬという意味なのか、それとも、フランス帰りの彼には、アングロ・サクソン流に、何時何分に誰がどこにいて何時にはどうといった野暮ったい真似はごめんだというのか、いずれにしろ、ピーター・ガンス——あの『赤毛《レッド》のレドメインズ』で、ブレンドン刑事がみじめな失敗をしたあと、嗅ぎ煙草をやりながら悠然と登場する、鼻腔のふくらんだ紳士と較べるには、まだ少々若すぎるし、それに肝心の鼻も、精悍に引緊まってすじが透りすぎている。

助手席に坐った亜利夫は、ときおりバック・ミラーを覗きこむようにして、この新しい、年長の友人を盗み見していた。すれ違う車が強烈なヘッド・ライトを浴びせかけるたび、鏡の奥に、一瞬、その姿が浮びあがる。三十一、二歳であろうか、久生から写真は見せてもらっていたが、羽田で荷物検査が終って、ロビイの階段をあがってきた時から、何か擽《くすぐ》ったい気持のするほど、眩《まぶ》しい印象を受けた。ジャーナリズム関係らしい友人たちと、長いこと話しこんでいたが、亜利夫が紹介されると笑いもせずに、「アリョーシャ君だね」とぶっきらぼうにいって手を差し出した。熱っぽく輝いた眸《ひとみ》と暖かい掌《てのひら》には、もともとその気《け》も潜んではいないのだろうが、外人の間でも目立つほどな長身のせいか、むやみに頼もしい気がしてくる。それに、アリョーシャというからには、〝アラビク〟のことも知っているんだと、亜利夫はふっと顔の赤らむ思いがした。

――そういえばあの店にも、推理くらべの夜以来、とんと御無沙汰だなと、ぼんやり考えているうしろで、牟礼田に並んで乗った藍ちゃんは、もうただ、それだけが訊きたくてたまらなかったというように話しかけた。

「ねえ、聖母の園のことはもう聞いた？」

「ああ、マニラで初めて知った。いまも通信社関係の友達が、詳しいことを教えてくれたよ」

「やっぱり、放火だと思う？」

答がないのに、沈んだ声で、ひとりごとのようにつけ加えた。

「蒼兄さんはあの知らせで、完全に参って寝こんじゃったんだ。……だけど、ぼくにはどうしても判らないや。誰が大叔母さんを殺したにしろ、そのために聖母の園に放火までするなんて……」

藍ちゃんは、もうすっかり、何者かが氷沼家の血すじを絶やすためにあの事件を起したと決めているらしい。亜利夫にしても、ただの失火とは到底思えぬにしても、はっきり殺人事件だというにはあまりに突飛すぎ、とりとめのない気がして、見当もつかない気持であった。

「だけど、けさの新聞には、失火の原因はカイロ灰の不始末って出ていたね。警察でも放火とは見ていないって」

朝刊には各紙とも、莚《むしろ》をかぶせた死体に取りすがって泣く遺族や、死者の霊を慰めるロザリオの祈り等々の写真とともに、

『……火災原因について横浜市警捜査一、二課、鑑識課、戸塚署特捜合同本部では同日朝から調査を開始、同夜九時半にいたり原因はカイロ灰の不始末とわかった』として、失火理由に、現場である一階のペトロ室にいた某女が、十七日の暁方にカイロ灰を取り替え、それから火の出るのを見たという生存者がいること、焼跡から掘出されたカイロ灰の残体がきちんと残っていることなどをあげ、特捜課長の談話や厚生省社会局長の防火施設に関する御通達などを報じているのだが、

「カイロ灰なもんか」

躍起になっていいかける藍ちゃんへ、

「さっきも友達が変なことをいっていた」

牟礼田はうなずくようにしながらいった。

「聖母の園では死体が一つ殖えて困っているそうだが、日本の新聞ではどこも取上げる気配がないって。怪談にしても嫌な話だな」

「何のことですか、それは」

亜利夫も思わずふりむいて訊き返した。そういえば昨夜買い集めた夕刊でも、同じ四版でA紙は死者95人、B紙は93人、C紙は96人と、バラバラな数字を載せていたけれども、死体が殖えたなどという奇怪なニュースを、各社が放っておく筈はない。

「そんな怪談があるんなら、なぜ……」

「そう、結局は焼死者の数が合わないということだが、園のほうでは生き残った人を集めてみて、死者は九十八名と発表した。収容人員の総数が百四十四名で、生き残ったひとが四十六人か、とにかく簡単な引き算だから、これは間違えようのない数字だ。ところが特捜本部で、焼跡から死体を寄せ集めて数えてみると、これが九十九名で、ひとり多くなってしまう。何でも顎の骨だけを集めて確認したそうで、これも絶対に狂いはない。つまり、引き算と足し算の答が、どうしてだか合わないということになった。……新聞もいまのところ、両方のいいぶんを持て扱って静観しているのかも知れないが、何しろ園のほうは、初めの収容人員に思い違いもないし、外泊者や職員の調べもついている。警察は警察で犬や猫の骨を足し違えるわけはないから、双方で頑張って譲らない。そうなると結論は、どこからか死人がひとり、ひょっこり紛れこんで来たとしか考えられないんだ」

ふいに車が激しく右によろめいたが、久生がまたとっさにハンドルを切り返して、危うく立直った。さっきから喋りたくてたまらないのを、借り物の車だけに、うっかり口をきくまいと辛抱しているせいであろう。

「だって、そんなことが……」

右頬を掠《かす》めるようにしてすれ違ったトラックに肝《きも》を冷やしながら、亜利夫もつい叫ぶような声をあげたが、藍ちゃんはすっかり興奮していた。

「本当なのね、その話。……じゃあ、やっぱり放火なんだ。カイロ灰の不始末だなんて、そんなもので爆発音が起ったり、火が左右に走ったりするわけはないもの。ねえ、牟礼田さん、そうでしょう？　大叔母さんを殺すためだけじゃない、誰かもうひとりの死体を始末する必要があったから、聖母の園に放火して一石二鳥を狙った奴がいるんだ」

薗田《そのだ》という婚家の姓のまま死んで、現在の氷沼家との関係はほとんど知る人もないにしろ、八十近い大叔母の綾女までが焼死したいま、藍ちゃんがそう断定するのも無理はないかも知れない。しかし亜利夫には、まだどうも納得がいかなかった。かりに牟礼田のいうとおり、得体の知れぬ死体が突然殖えたというにしても、新聞が騒がぬくらいだから、双方の思い違いということもあり得る。もしまた間違いのない事実であっても、行路病者がひとり偶然にまぎれこんだとも考えられるし、どうしても放火だというなら、誰かキチガイじみた奴がいて厭世自殺を思い立ち、何の理由もなく聖母の園を道連れに選んで火をつけ、燃えさかる炎の中に自分から飛びこんで死んだという解釈も成り立つだろう……。

「とにかく、これが氷沼家のための犯罪だと決めてしまうのは、どうかなあ」

亜利夫は、強《し》いて自分にいいきかせるような気持に襲われながら喋り続けた。

「だって、いいかい。もし藍ちゃんのいうとおりだとすれば、どこかに凶悪無残な犯人がいて、紅司君や橙二郎氏を殺したあげく、今度は綾女さんを焼き殺した。それも、もう一人、正体不明の人物を先に殺しておいて、その死体を始末するために聖母の園に放火したことになるだろう？　そんな、かりに火をつけたって、もしかしたらボヤ程度で終るかも知れないのに、それほど不確実な死体の始末をするというのは、変だと思わないか」

「不確実なもんか」

藍ちゃんはいよいよムキになって、

「考えてもごらんよ、聖母の園なんて、手足の不自由なお婆さんばかりがいる養老院だもの、眠りこんでる夜中や暁方に火をつければどんなことになるか、判り切ってるじゃないか。むろん犯人は夜中に忍びこんだんじゃない、前から準備して確実な自然発火装置を取りつけたり、死体を運びこんでおいたりしたに決まってる。だから、前日に出入りした奴を洗えば、すぐ判る筈なのに……」

そんな二人のやりとりを聞いているのかどうか、牟礼田は、

「そういえば似た話がチェスタートンにあった。殺した一人の死体を隠すために、将軍が無理な戦争を始めて戦死者の山を築くという筋だが、小説の中でなら機知とか趣向とかいわれることも、現実に養老院に放火となると、飛躍がすぎていけない」

シートに長身を埋めるようにして、のんびりとそんなことをいっている。

久生の話では、牟礼田さえ帰ってくれれば何もかも片がつくような口ぶりだったが、どうもそのへんが頼りなく思えてきた亜利夫は、ぶっつけに訊いてみた。

「しかし牟礼田さんは、なぜパリにいて、氷沼家に殺人が起るということが判ったんですか。なにか、ぼくたちの知らないような、特殊な事情でも御存知なら……」

「特殊な事情といったものじゃない、誰にでも察しのついたことだ」

そっけない答え方をしたが、ようやく体を起すようにして、

「氷沼家で何が始まり、何が終ったか、事件の本質は一体、何だったのかという問題は、近いうちに日を改めて話し合うことにしよう。実をいうとぼくも、奈々に初めて手紙をやったころは、氷沼家で何が始まろうとしているか、すっかり判っているつもりでいた。それが、いつかしらどこかで狂い出した気がしないでもない。あり得ないことだが、とうに死んだ筈の人間までが動き出して、事件に一役買っている気配さえする。そのへんをよく確かめた上で、近々に集まってもらいたいんだ」

そういってから、ふっと気を変えて話をそらした。

「もっとも、死んだ筈の人間が生きているというのは、よくある筋書きだな。いま、パリでも、クルーゾーのそんな映画を、ゴーモン・パラスでやっている。藍ちゃんが見たら喜ぶだろうが、『レ・ディアボリク』というから、『悪魔のような女たち』とでもいうのかな。フィルム・ヌワールの代表作なんていわれて、なかなか評判だった」

「あれを観たの、牟礼田さん」

藍ちゃんは、たちまち眼を輝かした。

「こないだ〝読売〟に出てたけど、凄いんだってね。シモーヌ・シニョレの主演だろ。どんな殺しなの？」

「殺しは風呂場だが、あとで眼玉を取り出す場面がヤマさ。……はじめはね、ひどく横暴な亭主がいて、学校の校長なんだが妻君と情婦とを同居させて威張っている。我慢出来なくなった二人の女が共謀して、そいつを別荘の風呂場のバスタブに浸《つ》けこんで殺すんだ。それから死体を車に積んで、夜中に学校へ運び返し、プールに投げこんで過失の溺死《できし》に見せかけようとする。ところが、どういうわけか確かに投げこんだ死体が消えてしまう。プールを干してみても、もぬけの殻なんだね。そこから怪談になって、二人だけしか知らない筈の殺しを、第三者が知っているような、それに、どうしても男がまだ生きているとしか思えない出来事が次々に起り始めて、女たちを脅やかすんだ。しまいにはバスタブの中に、殺した時のまんま洋服を着て男が浸かっている、そいつがいきなり起きあがると、眼玉を、って義眼だが、ぎょろりとしたのを自分で抉り出す。前から心臓の弱っていた妻君はそのショックで悶絶するという筋だが、そういえば紅司君の死んだのも風呂場だったたな」

「ちょっと、面白そうなお話ね」

慣れない車だけに、ものもいわず走らせていた久生が、そのとき、はじめて割りこんできた。何年ぶりかでフィアンセが帰ってきたというのに、いっこうに情味のない、まだ風邪のぬけきらぬ渋声で、

「それで、どうなのよ、その絵解きは。まさか、まるっきしの怪談じゃないでしょう？」

「それはそうさ。だけどタネをあかしたら、こんど映画が来た時につまらないよ」

「いいの。この際、ザ・ヒヌマ・マーダーに参考になりそうなことは、何でも聞いておきたいもの」

「弱ったな。見終っても結末だけは絶対に人には話さないでくれって、タイトルがついていたんだ。……まあいいや、話は簡単で、男は本当に殺されたんじゃない。つまり、情婦が妻君と共謀すると見せかけて、実は情婦と男とが、初めから妻君を殺すために共謀して死んだふりをしていたのさ」

「なあんだ、そんなことなの」

久生はがっかりしたようにいった。

「そんなことって、組合せを変えて考えてみるというのは、氷沼家にとっても教訓になるだろう。……まあ、事件の話はまた日を改めてするとして、藍ちゃん、いいレコ

ードを持って来たよ。イヴ・モンタン……、〝ガレリアン〟が入っているやつだ」

「ほんと？　いま持ってるの？」

藍ちゃんはやっと笑顔を見せた。

この時から七年経って、ようやく日本の舞台にも姿を見せたモンタンだが、この当時はまだラジオで聴くのがせいぜいで、やっと一枚輸入されたデッカ盤のLPが銀座のヤマハで奪い合いになるくらいの時だから、ふだんなら飛上って喜ぶほどのお土産といってもいい。久生も商売柄、あれこれと新曲の楽譜をいい立てるところなのだろうが、これもあまり元気のない笑顔で、

「とにかく、きょうでお役目は終りね。あなたのおいいつけどおり、蒼司さんだけは何とか無事にお守りしたんですから、あとは確かにお渡ししてよ。……およろしいの、このまま目白へお廻ししても」

いわれて気がついてみると、車はようやく品川の駅前通りに入って、明るい灯が窓外に流れはじめているのであった。……

車が目白へついたのは、もう十一時をだいぶ廻っていたが、蒼司は二階の、いまは自室にしている昔の〝赤の部屋〟で、ベッドの上にぽつねんと起きて待っていた。久

生は内心、さいごまで本物の氷沼家には足踏みもしないで事件を解決したい腹があるので、風邪が癒り切っていないからなどと車の中でごてていたが、牟礼田に叱られて、渋々、挨拶にあがった。

もっとも、すぐ藍ちゃんと二人で、もらったレコードを聴きに隣の部屋へ行ってしまったので、久々の旧友の対面を見守るのは、亜利夫ひとりになったのだが、蒼司は布団に顎《あご》を埋め、歯を喰いしばるようにして、いきなり泣き出したのであった。懐しさとか淋しさとかではない、それは口惜し泣きに似た涙とも思えたのだが、とすれば、死が日常茶飯の出来事に変ったこの家の業を、一身に引き受けた辛さからであろう。

「さあ、もう大丈夫だ」

牟礼田は蒼司の顔の上に長身を折り屈めるようにして、力強くいった。

「ぼくが、何もかも片をつけてしまうから。……しかし、とにかく君はこの家を離れなくちゃいけない。伊豆へでも行くか、でなければ腰越《こしごえ》の、北小路さんの別荘は知っているだろう。薔薇園があって、海が見えて、あそこの離れがあいている筈だから……」

それからまたこの家を処分する方法や時期などの内輪話となったので、亜利夫も遠慮して、隣の藍ちゃんの部屋へ行ってみると、新しいレコードを針で痛めるのがもったいないといって、二人はテープに録音している最中だった。つい壁一重の向うでは、蒼司が、氷沼家の業と枷《かせ》を一身に受けとめて、病身を横たえているというのに、シャンソンに夢中なこの男女は、かくべつ音量を絞ろうともしないで、イヴ・モンタンに聞き惚れている。甘美な悲哀とでもいうような〝ガレリアン〟の唄声のひびく中で、亜利夫はしばらく、ぼんやりと立ちつくした。

帰国後の牟礼田は、それより何かと忙しかったらしい。その後は、亜利夫が克明につけている日記を借りていったほか、しばらく連絡がなかったが、ようやくひと落ち着きしたので、あらためて氷沼家の事件について話し合いたいといってきたのは、それから十日ほど経った二月二十八日の夕方であった。

28　殺人問答

この年も相変らずの暖冬で、昔はよく見受けられた早春風景——たとえば、風の冷たい曇り日、灰いろの舗道に置きさらされた花売車の、積み重なった花たちが一斉に顫《ふる》えているといった眺めは、さっぱりと忘れられたような陽気が続いたが、ことに二十日を過ぎてからの一週間は嘘のような暖かさで、クロッカスが黄や紫の蕾《つぼみ》をつぎつぎにつけ、沈丁花《じんちょうげ》はすっかり紅味を増してふくらんだ。

前日の日曜、衆院総選挙の投票日には、久しぶりの雨がぱらついたが、明日はもう三月という二十八日は、朝からの激しい吹き降りで明けた。街には選挙速報が貼り出されて、「民主の第一党確定」とか、「自由、東京で僅か一名」という太文字を黒ぐろと散らし、雨に濡れた無料の号外が、軒並みに投げこまれてゆく。空模様もそれにつれた慌《あわただ》しさで、昼からうっすらと明るんできた空が、午後にはもう、四月中旬の気候という上天気に変わってしまった。

本宅は紀尾井町だが、結婚のため手廻しよく借りておいたという下落合の家は、高台に臨んだ小さなヴィラ風の洋館で、二人の間にどんな話合いがついたものか、牟礼田は、まだいっこうに式をあげる気のない久生を西荻窪においたまま、ここで一人暮しを始めたらしい。

「ほら、あそこよ」

高田馬場の駅前から、交番の横の狭い商店街に車を乗り入れ、橋を渡っていくらも行かぬ小さな神社の前で降り立つと、久生は手をあげて、崖の中腹に見えている白塗りの家を指さした。南に向いて、アトリエ風な大きいガラス窓の部屋がせり出し、辛《から》子《し》色のカーテンの傍に、黒い人影が動いている。

「ここからまた、ぐるっと狭い坂道を廻って上ってゆくの。ねえ、ここでならあの〝犯人自身が遠方から殺人行為を目撃する〟っていうトリックが出来そうでしょう。読まなかった？　いつかの『続・幻影城』に出てるの。ホラ、あのカーテンの傍にいるのは藍ちゃんらしいけど、ちょうど顔までは判らなくて、背恰好だけ判るぐらいの距離だから、先に藍ちゃんを殺した犯人が、身代りの人物をおいといて、ここから他の目撃者と一緒に嘘の犯行を見守ればいいってわけ。それにちょっと歩くと、ね、もう隠れて見えないんですもの」

銀鼠と黒とを切りかえにしたスーツを着こみ、嬉しそうに話しかけるところを見ると、いまさらのように探偵好きな女だなあと、ほとほと感服しずにはいられない。これではまだ当分、結婚などは思い浮かびそうにもなく、家に着いてからも早速亜利夫を引っぱって、アトリエ風な居間から、反対にさっきの神社の場所を教えたり、暮れおちると今度は藍ちゃんに、高田馬場から新宿にかけての、きらびやかな夜景を自慢したりしているが、その気になれば明日からでもこの家の女主人におさまれる筈だということには、みじんも思い至らぬようすだった。

暗く重い雲をわけて、月が覗こうとしているらしい。昼間の馬鹿陽気のせいか、外はいちめんに、ぼったりと層の厚い夜気が立ちこめている。牟礼田はひとりで酒の仕度をしていたが、三人がいつまでも外を眺めているのにじれったくなったふうで、コニャックの瓶を片手にしたまま、声をかけた。

「こっちで一杯やりながら話そう。おっと、カーテンを引いてきてくれないか」

気がついた久生が飾り紐を引くと、辛子色のカーテンは這うように波を打って左右からとざされ、部屋はようやく殺人事件を語るのにふさわしい灯と酒杯のきらめきに充ちた。

久生は今夜も、自分が主役だと決めているらしい。グラスに軽く唇をつけ、こぼれるほどの笑い方を見せると、おもむろに口をひらいて、

「きょうは事件の本質をどうとかいうお話ですけど、ここいらで一度、これまでの経過を見直す必要もあるわね。それに、橙二郎さん殺しのトリックについても、ちょっとお話しておきたいことがあるの。あたしばかりじゃない、アリョーシャや藍ちゃんも何か掴んだらしいわ。それはまあ後で、また順番に喋るとして、本質というと何かしら。初めに、どうしても聞いておきたいのは、この間アリョーシャもいっていたけれど、なぜあなたがパリにいながら、氷沼家には死神がさまよい出すだろう、代々の死人たちが積み重ねた業が爆発するなんて、大時代な御託宣《ごたくせん》をして来たかということ

じゃなくて？　車の中では確か誰にでも察しのついたことだとか、突っ放すみたいにおっしゃってたけど、あいにく、こればかりはいくら考えても判らない。まずそこから説明していただくわ」

取り出した莨《たばこ》をまさぐっている白い指に眼をとめると、牟礼田は慣れたようすで、すばやくライターの焰をさしつけてやりながら、

「死神とか業とかいうのは、奈々好みの言葉を使ったまでのことさ。大時代な御託宣とは御挨拶だな」

「御託宣じゃありませんか。おかげであたしは北海道から九州まで走り廻るし、実際に予言どおり、紅司さんから綾女さんまでが歿くなったんですもの」

「そこが違うんだ。紅司君が死ぬことなど予想もしていなかった。いまでも、なぜ彼があんな死に方をしたのか、よく判っているとはいえない……」

何か口ごもるようないい方をしたが、久生はかまわずに問いつめた。

「あらどうして？　それじゃ、誰が殺される予定だったの」

「殺されるとはいわない。死ぬのは橙二郎氏と蒼司君だけだと思っていた」

「ですから、なぜ……」

畳みかけてくるのを、むしろこっちがじれったいんだというように、

「いったい奈々は、一度でも氷沼家の事件の性格を考えたことがあるのかな。光太郎氏から綾女さんまで、氷沼家の人々がどんな死に方をしてきたか、調べはついている筈じゃないか。そこに共通している特徴を考えてみたらいい。そのうえ、なぜ紅司君や橙二郎氏まで死ななければならなかったかを」

「それがつまり事件の本質というわけね」

牟礼田の激しい語気に驚いたように、久生はそう呟いたが、まだはっきり、意味を悟ったらしくもない。

「藍ちゃんなら判るだろう」

体を乗り出すようにして、牟礼田は、

「ぼくが死人たちの業といったのも、そこのところなんだ。死に方の特徴……藍ちゃんは当事者だから、嫌というほど味わっている筈だが、それが根本だし、すべてでもあるんだから」

氷沼家の死者たち——光太郎が函館の大火で、朱実一家が広島の原爆で、紫司郎・菫三郎の夫妻が洞爺丸で、さらに綾女が聖母の園でという、とめどもない死の行列は、そのまま日本の災厄史の一部を形づくっているには違いないが、牟礼田のいおうとする本心は何なのか、計りかねた面持で、

「特徴……って？」

不安そうに問い返すのを見守りながら、

「一口にいえば、それはまったくの〝無意味な死〟の連続だろう。ひとりとして人間らしい死に方をした人はいない。……これくらい無意味な死が続けば、氷沼家に潜在する力が爆発しても不思議はない。どこかでそれを押し留めようとする働きが起るのは当然なんだ。しかし、それがぼくにはおそろしかった。その力は、爺やの畏怖していた不動明王のように、狂暴な破壊力をふるうだろうという気がした。案じたとおり、紅司君と橙二郎氏が犠牲になったが、パリにいるとき、蒼司君だけはそれに巻きこまれないようにと思って、それで奈々に守ってほしいと手紙を書いた……」

牟礼田のいうことは、確かに半ばは事件の核心をついているようでもあるけれど、半ばはまるで判らない。潜在する力とか働きとかいっても、まさか誰かが夢遊病者のように、無意識のうちに殺人をして廻ったわけでもあるまい。

「しかし、そうすると……」

亜利夫は、おそるおそる口を挟んだ。

「いまの話だと、やはりどこかにひとりの殺人者がいて、それが何とかして氷沼家の〝無意味な死〟を喰いとめようと努力しているうちに、紅司君や橙二郎氏を殺してしまったというんですか。それも何だか変だけど、あの聖母の園の事件までそいつのしたことだとすると、ずいぶん陰惨な話ですね」

「陰惨？　何が？」

牟礼田は不思議そうに聞き咎めた。

「だって聖母の園事件がそいつの放火だというなら、そうでしょう。あんな養老院の、あらかたが身寄り頼りのない、中風や神経痛のお婆さんたちばかりがいるところへ、別な死体を隠すためか何か知らないけど放火するなんてことが許されますか。まあ、人間世界に考えられることじゃない。そりゃ、ぼくたちは綾女さんという人が氷沼家の一人だって知っているから、或いはと思うけど、常識からいっても話が陰惨すぎて、非現実的な空想としか思えないなあ」

亜利夫にしてみれば、もっともすぎるくらいもっともな感想をのべたにすぎないが、牟礼田はまるで憐れむような顔をみせた。

「つまり聖母の園事件に犯人はいらないというわけだね」

「ええ、少なくともいて欲しくないですね」

「ということは、氷沼家の事件にも犯人の必要がないことになるね」

いいかけようとするのを遮って、

「そうなんだ。聖母の園の事件くらい氷沼家を象徴しているものはない。殺人か、それとも無意味な死か、どちらを選ぶかというのが氷沼家の問題さ。いいかい、君は聖母の園が放火だとすると、あまりに陰惨すぎるというけれども、それじゃ百人近いお婆さんたちが、カイロ灰の不始末なんていう、無意味きわまりない事故で焼け死んで、おまけに、どこからともなく余分な死体がひとつ紛れこんだまま説明もつかないという現在の状態は陰惨じゃないのか。どちらが人間世界にふさわしい出来事かといえば、むしろ、どこかに凶悪な殺人者がいて、計画的な放火なり死体遺棄なりをしたと解釈したほうが、まだしも救われる、まだしもそのほうが人間世界の出来事といえるじゃないか。ぼくにはあの聖母の園の事件が殺人であり、放火であるほうが望ましい。望ましいというより、人間世界の名誉のために、犯罪だと断定したいくらいだ」

何をいおうとするのか、牟礼田はひどく熱っぽい調子で続けた。

「氷沼家の場合でも、意味は同じだろう。おびただしい死人たちの無意味な死に方を陰惨と見るか、それとも陰に邪悪な犯人がいて、血みどろな犯行を続けてきたとすれば、まだそのほうがましだと考えるか、どちらかさ。聖母の園の事件に犯人がいて欲しくないいなら、氷沼家にも犯人の必要はないいんだ」

「だって、判らないなあ」

　亜利夫も一層もどかしそうに、

「すると犯人は、紅司君や橙二郎氏を、オレが殺した方がまだましだと考えて、やっちゃったというわけですか。どうせ氷沼家の人間は無意味な死に方をするんだから、一《ひと》思いに殺してやろうと……」

「どうも、話にならないな」

　牟礼田はつくづく情ないといった顔で、

「ぼくのいっているのは、世間ふつうの意味での殺人じゃない。氷沼家のおびただしい死人たちが、無意味な死をとげたと考えるよりは、まだしも血みどろな殺人で死んだと考えたほうがましだということだ。聖母の園事件もそうだが、もし犯人がいないというなら、ぜひとも創らなくちゃいけない。狡智《こうち》なトリックを用いてわれわれを愚弄し、陰で赤い舌を出している犯人が必要なんだよ。君たちが推理くらべをやったり、誰かれ構わず犯人に見立てたりしたのは、その意味でかと思ったんだが……」

「どうやら皮肉をいわれてるらしいわね」

　牟礼田の話がのみこめないまま、いらいらと莨を吸っていた久生は、ようやく切りこむ隙を見つけたように、

「結局、どっちなのよ。本当は紅司さんも橙二郎さんも、ただの病死であり過失死な

んだけれども、これ以上、無意味に死ぬのは可哀そうだから、あたしたちがお義理で探偵になって、架空の犯人を探せばいいわけ？　いやだ、そんな話、きいたこともないわ」

「冗談をいう場合じゃない」

牟礼田は真顔でたしなめた。

「とにかく、いまいったことが事件の根本であり、悲劇の原因はこれしかないと、ぼくは考えていた。ところがね、どうも変なんだ。紅司君の死んだこともそうだし、聖母の園の事件もそうだが、あちこちに辻褄の合わないことばかり出てくる。もしかすると、ぼくはひどい思い違いをしていたので、これはただの、本物の殺人事件なのかも知れない。そうだとすると、ぼくの手に負えることじゃないんだが……」

「もう少し具体的に説明してくれませんか」

ひとりでのみこんだ顔の牟礼田に、じれったくなった亜利夫は、

「たとえば聖母の園ですけどね。犯人がぜひともいなくちゃいけないというなら、どこの誰なんだか、果してこれが氷沼家の第三の殺人なのかどうか……」

「第三の殺人ということはないだろうが……」

けんめいに事件の本質とやらを判らせようと努めていた牟礼田は、黙りこくってい

る藍ちゃんのほかは、結局なにも感じていないらしいとみると、それならそのほうが気楽だという態度になって、

「お望みなら、聖母の園の犯人くらいは割り出してもいいが、大体、君は場所がどこだか知っているの？」

「いえ、ただ戸塚にあるってことだけ……」

「そうか、奈々はよく知っているわけだが、聖母の園というのはね、戸塚と藤沢のちょうど中間ぐらいにあるんだ。乗物といったらバスしかないし、近ごろはどうか知らないが、あの近くの国立戸塚病院なんていったら、荒れ果てた敷地の中にポツンと建っていて、看護人は死体置場に住んでいるという土地柄だから、犯罪を行うには、まず持ってこいのさびれ方だ。そこで今度の事件を殺人・放火と見て、夜中に事が運ばれたとする。そのためには〝犯人〟が、自分で車を持っているか、あるいは急行便のトラックにでもうまく便乗したかということになるが、死体まで運びこんだというなら、むろん自分の車だろう。いずれにしろ彼は、まだ若くて、しかも相当に頑健かつ身軽な人物でなければ出来ることじゃない。それに、彼の目的が、どうしても薗田の大叔母さん――綾女さんだね、あの人を併せて殺すという点にあるものなら、その前から聖母の園に出入りして、大叔母さんにも何度か会い、お互いに素性を知りぬいて

いることが条件だし、われわれも、顔は知らなくても、名前ぐらいは聞いている人物の筈だろう……」

牟礼田は次第にある特定の人物を〝架空の犯人〟として描き狭めていった。

「ところで一方、その運びこまれた死体——殺されたうえ聖母の園に放りこまれた人物というのは、犯人と面識もあり、親しかったこともむろんだが、焼跡の顎の骨からも鑑別できるように、これは老人にきまっている。肉体的な特徴はあらかじめ除去できるとすれば、必ずしもお婆さんとは限らない。女性でなくてもいいわけだが、ただし、当然これも氷沼家に関係のある人物の筈だ。われわれが知っていて、しかも氷沼家と繋がりのある老人——それが、今度の事件の隠れた被害者なんだ」

「だって、まさか……」

久生と亜利夫は同時に声をあげた。氷沼家と縁故のある老人——といえば、もう決まっているが、それはあまりにも突飛で信じ難い。牟礼田もその意味を察したように、奇妙な微笑を浮かべて、

「それじゃあんまり可哀そうだ。爺やの方は市川の精神病院に入ったきり、おとなしく聖不動経でも唱えているだろうし、藤木田氏は新潟に隠栖《いんせい》して、回顧録でも執筆中だろう。ちゃんと上野駅を発った人が、わざわざ行先を変更して、聖母の園の顎の骨

になったとは思えないが、心配なら問い合わせてみたほうがいい。……ただね、氷沼家の事件に関係のある老人は本当にその二人だけだろうか」

誘うようなその声は、ホラ、あいつがいるじゃないか、あいつを忘れたのかと念を押しているようで、一瞬、ハッとその姿が思い浮かぶような気もしてくるのだが、しかし、いくら頭を絞ってみても、老人では、爺やと藤木田老のほかに氷沼家の関係者がいるとは思えない。

「ぼくには心当りがないですね」

しばらく考えて、亜利夫はとうとう溜息をつくようにいった。

「そのうち思い当るさ」

牟礼田はへんな慰め方をしたが、

「むろんこれは、いまのところ勝手な臆測にすぎない。具体的な証拠はまるでないし、第一、犯人がどんな動機でそこまでのことをしたかとなると、確かなことは何もいえないいんだからね。しかし、どうあっても聖母の園事件は計画的な犯行でなければならぬという前提をおけば、こうして或る程度の、おぼろげな犯人の姿が浮かんでくる。それに当てはまる実在の人物も、君たちにはまだ察しがつかなくても、ちゃんと存在しているんだ。氷沼家の事件全体に、こういう不気味な、奇妙な点がある。思い違いといったのはそこのところだが、紅司君にしろ橙二郎氏にしろ、表面的な病死・過失死と、それからさっきいった本質的なもののためと、それに加えてもうひとつ、本当の殺人犯による他殺と、三つの死が一緒になって死体を横たえたという気がする。このうち、どれが真相かということは、正直のところぼくにも判らない。これからそのもつれをほどいて見なければ、何ともいえないが、ただ、いまの感じでは、もうこれ以上、事件を探ろうとしない方がいいらしい。〝無意味な死〟でも仕方がないから、諦めて手を引かないと大変なことになりそうに思えるんだ。ちょうど藤木田さんが橙二郎氏を犯人と決めて、そのためにとうとう死に追いやったようにね。もうこのうえ犠牲者は出したくない……。どう思う？　藍ちゃん」

いわれて、長い睫毛《まつげ》が怯《おび》えるように動いたが、またすぐ眼を伏せながら、

「ぼくもそう思う。いろんなことが判ってきたから」

ぽつんと、そう答えた。

「どうしたのよ、藍ちゃん。すっかりしょったれちゃって……」

久生は、ことさら座を引き立てるように、

「お話はまだよくのみこめないけど、肝心なあなたがそういうなら仕方がないわ。でも、いったい氷沼家に殺人はあったのか、なかったのか、どっちともつかないんで、

ずいぶん歯切れの悪い、中途半端な尻切れとんぼで幕になるのね。これじゃ、あたしが自伝風な探偵小説に仕上げてみせたって、拍手《て》もこやしない……」

不満顔にかまわず、牟礼田は亜利夫に向かって、

「君の日記は、面白く拝見したよ。なかなかの名文だが、細かい点で疑問があるんだ。たとえば今度の麻雀の途中で、藍ちゃんが理由もなく少牌しているだろう？　何かそこのところが思わせぶりな書き方になっていたけれども、本当の原因を、君は知っているんじゃないのかな」

いわれて、亜利夫は困ったようにもじもじしていたが、ようやく、

「ええ、知ってます。でも、何だか藍ちゃんに気の毒みたいで……。本当はあの時、続けて槓《カン》があって、皆がそれに気を取られている隙に、藤木田さんがすごい早業で、藍ちゃんの並べてある牌の中から、一枚を引っこぬいたんですよ」

29　ギニョールふうな死

藍ちゃんの表情が、みるみる変った。自分ではいっぱしの賭博師のつもりが、そんなふうに遊ばれて気がつきもしなかったというのは、大変な侮辱に違いない。亜利夫

は慌てて慰めるように、

「むろんぼくも、あっと思って、すぐいおうとしたんだよ。だけど、何のためにそんな真似をと考えたら、すぐ判ったから……。だってあのとき、そうしなければ藍ちゃんがトップになってさ、せっかくの橙二郎氏が二抜けになるかも知れなかったもの」

そういえば確かに藍ちゃんは、約束など忘れて麻雀そのものに夢中になっていた気配なので、自分でも思い出したのか、苦笑しながら舌打ちしている。

「そうだろうと思ったよ」

牟礼田は妙に深刻な声でいった。

「あの麻雀は、いずれ劣らぬ腕自慢の集まりだったわけだが、中にひとり、ずば抜けて達者な、格段の業師《わざし》がいたんだね。みんな、そいつの思うとおりに引っぱっていかれたとは想像していたんだが……」

そこで急に立上ると隣室へ消えたが、何をしていたのか、またすぐ戻ってきて話を続けた。

「それにしても、いつもは病院につめきりだった橙二郎氏が、麻雀につられて一夜を氷沼家に過したばかりに死ぬというのは、どういうことだろうな。もっとも、病院に居続けたほうがおかしいともいえるが、院長にきいてみると、彼にはクーバードというのか、いまでも未開地の人たちの間に残っている擬娩《ぎべん》の気味があったらしいね。つまり、初めて子供が出来るというのに、女房にだけお産の苦しみを任せておけない気持が昂じて、まるで自分も産むみたいに一緒に苦しんだり痛がったりして騒ぐというあれだが、変っているといっても、そんな点ではやっぱり無類に純情だったのかも知れない……」

「ちょっと、あのねえ」

さっきから不平そうに、ひとり莨を吸っていた久生が口を挟んで、

「そんなふうにバラバラなことを喋ってたんじゃ、いつまでも纏《まと》まりがつきやしないわ。折角あなたもパリから帰ってみえたところで、一度事件の経過を、あなたの眼でざっと点検してみて下さらない。そのうえで、あたしたちの考えている橙二郎さん殺しのトリックを喋りますから。そのトリックがとうてい成立し得ないって証明がついて、事件の経過も、点検した結果、犯罪ではないということになれば、あたしもザ・ヒヌマ・マーダーを諦めて引下るし、早いところ式をあげてあなたのお嫁さんになる算段を立てますけどね、こんな中途半端なまんまの幕切れじゃ、お断わりだわ」

そうつめよられて、牟礼田も閉口したらしい。複雑な表情で考えこんでいたが、ようやく決心を固めたように、

「そりゃ幕切れというか、この事件をまっとうな悲劇の、悲劇らしい終りにしたいというのが一番の念願だけれども、その時期はただ待つより仕方がない。よし、それじゃ事件の経過だけをひととおり振返ってみて……」

頼りないいい方をしながら、渋々という表情で、

「とにかく事件は、藍ちゃんがアイヌ装束の人物と出会った時から始まったんだろう？　しかし、それがぼくには判らないね。そんな真似をしたり、させたりする人物がいるとも思えないが、その後はどうなんだ。満月の夜に、またどこかで出会ったかい？」

「会わないよ、一度も」

藍ちゃんはまっすぐに、牟礼田の眼を見つめながら答えたが、何か、当り前じゃないかとでもいいたげな口調だった。

「そうだろうな。……大体、蛇神の守護神に火の神や水の神がいるなどというのも妙な説で、きいたこともない。その後の事件の現場にだって、アイヌを思わせる形跡は何もなかったというのは、確かなんだろう？」

「ええ、それは確からしいけど」

変り織りのタフタの胸元に、愛らしく銀鎖をのぞかせた久生は、少し控え目なよう

すを見せて、

「ひとつ、気になることがあるの。紅司さんが歿《な》くなった時、ほら、藤木田さんが物置の南京錠を調べていると、どこからともなく声が聞えた。それも、日本語にはないようなアクセントで、『……何とかヤル』といったそうだけど、それはもしかしたら〝ロルンプヤル〟じゃなかったのかしら。それが、あのお風呂場にも、アイヌの供物窓——。家の中でも、一番神聖な場所という話ね。それが、あのお風呂場にも、空気抜きの高窓があるでしょう？　誰が口走ったにしろ、そんな声がきこえたとすれば、その高窓を指していたという気がするの。それに、紅司さんの背中についた紅い十字架や、紅い毬なんかも、もしかしたらアイヌの秘密がからんでいるんじゃないかって……」

「アイヌの供物窓？」

牟礼田はちょっとけげんな顔をしたが、たちまち笑い出して、

「ああ、あの祭の時に供え物を出し入れするやつ……。あれはしかし、必ず東に向いていなくちゃいけない。北を向いた高窓など問題にならないさ。それに、十字架なんてバチェラー博士が来てからのものだし、毬で遊ぶという習慣はアイヌにはない。カリップ・パーシテという輪廻しはあるけれどね。まあぼくには、ここいら序幕のだんまりでは、光田君が初めて氷沼家を訪ねて、青い月光の中で電話の番号札が光ってい

るのを見つけたという場面以外は、あまり興味がないんだ。大体、アイヌの呪いだの蛇神の祟《たた》りなどという話は、曾《ひい》お祖父さんの誠太郎氏の突然の失踪から起ったことだが、それはアイヌ狩と関係のない、矢田部良吉《やたべりようきち》氏とのゆくたてから始まったって、奈々も証明してみせた筈だろう。ただし、それも正確とはいえないが……」

「あら、どうして？　誠太郎氏のその後について、何か史実があるのかしら」

あまり何もかも否定してしまうので、久生はおかんむりのていだったが、

「そうだ、今度帰ってきて、偶然昭和十二年の『一高同窓会会報』というのを手に入れたんだが、誠太郎氏は失踪したきりじゃない、三高や一高の前身校の教師になって、姓も渡米前の内藤、渡米後の堀からまた改めて結婚して変っている。その氷沼家と別な子孫の中井猛之進という人が書いているけど、それによると、矢田部氏と角逐《かくちく》があったどころか、むしろ意気投合していたくらいで、明治十七年に矢田部氏が植物園管理になると、呼ばれて管理心得という役についている。園長代理といったところだ。二十九年には箕作《みつくり》派の事件というのがあって、一緒に東大を追われているくらいだから、奈々には折角だけれども、二流の人の劣等感を持ち続けていたとは思われないな。歿くなったのは明治三十五年、胃潰瘍のためで、酒を飲みすぎたには違いないだろうが、酒乱の果てに狂死したといわれては可哀そうだ。日本に初めてセロリやパ

セリ、アーチチョークなんかを取り寄せて園芸植物にしたという功績はあるが、アイヌ狩などという事実は、まったくなかったものと見ていいな」

　こともなげに、奈々の調べあげた〝第一の業〟を退けると、現実の問題に帰って、

「さて、そこで八田皓吉と藤木田誠という、ふたりの人物の登場になるんだが、藤木田氏が何のために上京し、年甲斐もない失敗を繰り返して逃げるようにまた新潟へ帰っていったかとなると、これはおそらく途中で事件の本質に気がついたからだろう。むろん、初めからある程度の察しはついていたにしろ、首を突っこんでみてようやく真相に気づき、逃げ出すほかに道がなくなった……。帰りの汽車で光田君に、氷沼家で行われたのは、れっきとした殺人だといったそうだが、その点はぼくと違うな。ぼくにはまだ殺人といいきれるだけの気持はない。……あ、藍ちゃん、トイレならそっちだよ」

　ふいに、ふらりと立上った藍ちゃんに、玄関の方を指さしておいて続けた。

「皓吉という人物は、どうもよく判らない。いまは麻布谷町から、また三軒茶屋の方へ越したそうだが、紅司君の死んだ晩は、たしか九段に蒼司君と一緒にいたんだったね。九段のどこだって？」

「番地は控えてありますよ」

亜利夫はいそいで手帳を取り出しながら、

「貰った名刺がどこかへいっちゃって……。ええと、千代田区九段上二ノ六で、電話は33局の二四六二、ですね。八田商事取締役なんてしてあっけど」

「33局というと九段だね」

牟礼田は難しい顔になって考えこんだ。

いまでは東京の局番はすべて三桁となり、どの数字がどこらへんに当るのか見当もつかぬほど殖えもしているが、この当時はまだ24局といえば日本橋、42局といえば世田谷と、すぐ判るようになっていたころで、いかにも33局は九段から神保町界隈に間違いはない。何を考えているのか、しきりに頭をふりながら、

「彼にも会ってみたが、思ったより人は好《よ》さそうだ。そういえば今度は、家と一緒に引越して廻ることも廻るが、三宿《みしゅく》に小さい事務所を持ったといっていた。電話が42局のミナヨイ——三七四五番で、げんのいい番号がとれたなんて喜んでいたけど、そう、氷沼のうちは何番だっけ」

「池袋の——97局ですね、二五二三。でも、電話に何かあるんですか」

「べつに……。どうしたんだ、藍ちゃん、気分が悪いんじゃないのか」

たしかに今夜の藍ちゃんは——今夜というより、橙二郎の死後ずっとだが、すっか

り生気をなくしてふさぎこんでいる。トイレから帰って、冴えない顔でソファに沈みながら、

「気分が悪いってわけじゃないけど……」

そういいかけて、ふといたずらっぽい眼に返ると、

「ボートルレがいってるよ、この世の中にはルパンや探偵物語のほかに、バカロレアってものもあるって。東大の試験はしあさってからだのに、こんな状態じゃ受けられそうもない……。ルナが、どうしても一緒に受けるって、きのう出てきたんだ」

札幌で机を並べていた稚い恋人の名をいうと、深い溜息をついた。

事件にまぎれてすっかり忘れていたけれども、東大文二の一次試験は三月三日で、英・数・国の三課目、それに通ると十四日から三日間、二次試験が続く。高校生の藍ちゃんが憂鬱になるのも無理はなかった。

「そうか、それを忘れていたな」

牟礼田もいくぶん慌てた気味で、

「じゃ、きょうの会合は、これでお開きにしようか」

「あら、ちょっと待って」

ここで幕をおろされちゃたまらないというように、久生はいそいで遮った。

「そりゃ藍ちゃんには気の毒ですけど、事件を放っておくわけにもいかないわ、それに、藍ちゃん、さっきチラッと橙二郎さん殺しのトリックが判ったようなことをいってたじゃないの。あたしたちもそのことでいっておきたいことがあるし……。乗りかかった船で続けましょうよ」

「いいんだよ、ぼくのことは心配しないで」

藍ちゃんも、つとめて元気そうに、

「牟礼田さんが帰ってきたら、どうしたって一度は事件の全体を眺めて貰おうと思っていたんだから、話を続けてよ。ぼくも考えたことはいろいろあるけど、後でいうから」

「よし、それじゃ後は簡単にいこう。皓吉と藤木田老の登場までだったね。……それから、あの〝気違いお茶会〟になって、紅司君がMで始まるものの話をするんだが、彼の考えた長編『凶鳥《まがとり》の黒影《かげ》』だか、『花亦妖輪廻凶鳥《はなもようりんねのまがとり》』だか、どちらにしろ四つの密室殺人が行われてという筋書きは、いま確かにそのとおり進行している。しかし、誰かがその台本どおりに演出しているという考えは、棄てたほうがいいだろう。予言どおりとすれば、あと二人——爺やのいう黒月の呪法では瞋《いきどお》る者と痴《し》れ者と残っているわけだが、四人もが密室で変死をとげるんじゃ、いくら探偵がいても間に合わない。まあそれは偶然の一致であることを祈って、さていよいよ〝思いぞいずれあわれ師走の厳冬なり〟か、十二月二十二日の紅司君の死になるんだが」

　そこで、ちらと時計に眼を走らせてから、

「例の、死ぬ前に残した平衡式は、誰に作って貰ったかも判らないし、しばらく放っておくより仕方がないが、何にしても第一の密室には、変なことが多すぎる。まるで居合せたもの全部が、それぞれ何か思惑があって行動しているとしか思えない。紅司君自身、そうだ。もし藤木田老の調べたように、爺やを使いに出したのが、ないと知っているクリームを買いにやらせたのなら、確かに彼には皆を遠ざけて果したいことがあったとみていい。しかしそれは〝密会〟とは限らない。反対に……」

「反対に、何よ」

　不意に黙りこんだ牟礼田を促して、久生はいらだたしげにいったが、

「いや、これも臆測で、もう少し実地に調べてから話そう。しかしあの事件で、誰が、何のために密室を必要としたかという問題は、もう少し考えてみたほうがいいな」

「あらだって、それは紅司さんを病死に見せかけて殺すためでしょう」

　はぐらかされた久生は、またじれったそうに問い返したが、それには答えないで、

「あの晩の橙二郎氏のふるまいも、ずいぶん奇矯なものだが、氷沼家にエメラルドがないのを知っていたことも、〃緑司〃を氷沼家再興のために創り出そうとしたことも、たぶん事実だろう。昔からそんな人だった。ただし、星占いに凝ってという話はぼくにも初耳だが、とにかくトリックを弄して誰かを殺すなんて真似は出来ぬ人だと断言していい。藤木田氏の推理は、その点で問題にならないが、もともとあの老人の話もふるまいも、君たちの眼を真相からそらすためにわざとしたことだろうから、帰りの汽車で何もかも知っていたと自慢していたとおり、状況に合せて作り出した贋の推理としてはりっぱなものだ。決して二流の探偵とはいえない。それにしても、あの推理くらべには、ぼくも出席したかったな。皆が皆、着眼点はいいのに、どこかで話をおかしくしてしまっている。その結果、鴻巣玄次だの黄司だのという、幻のような人物が浮かびあがってくるんだが、間違ってこんな連中が実在するとなったら、探偵の方が驚くんじゃないか。それに、奈々がいい出した薔薇のお告げも、マンセル先生に怒られそうな、誤った三原色説が原《もと》になってのことだし、光田君の五色不動縁起となると氷沼家に関係があるわけもない。それでいてぼくには、薔薇や不動がただの思いつきではない深い意味を持っているような気がして、自分でも妙な気持がするけれども……まあ、いまのところ五色の薔薇よりも〃虚無への供物〃か、大変な名をつけたものだが、裏庭にある一本の薔薇の方が問題だな。紅司君の遺志というより、何かへんに邪悪なものが育っているという感じだ。……さて、これで第二の密室までの概略の経過は見直してみたことになるが、どうも紅司君の『花亦妖……』を踏まえているせいか、皆さん、ひどく人形振りだね。もっとも、グラン・ギニョールのほうが、なまじなスリラーよりよっぽど陰惨だから、ギニョールふうな死も意味がないわけじゃない。ところで奈々は、何かさっき、橙二郎氏を殺したトリックが判ったようなことをいっていたね。大丈夫かな、またやたらに死んだ筈の人間を甦《よみがえ》らせても閉口だが」

「それは大丈夫よ」

久生は急に生き生きして、

「その代り、ちょっと自分でもおそろしいんですけど、今夜はここで、はっきり犯人の名が判ることになるの。つまり橙二郎さんの死体が発見された時、書斎で、ある動作をした人がいるのよ。その人が誰か、少なくともこちらのお二人には判っている筈だから、名前をきくのが恐くって……」

「なに、遠慮はいらないさ」

牟礼田はあっさりといった。

「しかし、ひとつ断わっておきたいのは、もし第二の密室が殺人だとするなら、その犯人は前々からあの晩に必ず麻雀をしようと企んでいた筈だよ。しかも藤木田氏が、ぜひとも一度橙二郎氏を囲んで一荘やろうという、本心かどうかは判らないがその機会を狙っていたことを知っていた筈だ。でなくて、どうしてああも手際よく藤木田氏と光田君を仮の犯人に仕立てられるものか。もう一度、念を押すとね。推理くらべの終ったあとで藤木田氏が犯人をあばくための麻雀の計画を話したんだろう？ それを知っているのは君たち三人しかいない。そして藤木田氏も、おそらくその計画を誰にも洩らしはしなかったろう。それにもかかわらず、犯人はあらかじめそれを知っていた……」

「また、何てことをおっしゃるの」

けしきばんで遮りながら、

「それじゃまるっきり、あたしたち三人のうちに犯人がいるということじゃないの」

「そうとはいわないが……」

「冗談じゃないわ。いくらアリョーシャが手際よく犯人に仕立てられたからといって、何もそこまでのことを真犯人が察していたかどうか、判りっこないじゃないの。確証もないことを思わせぶりにいうのなら、あたしたちだって負けないことよ」

「変な自慢だな。……ぼくのいうのは、もし第二の密室が本物の殺人なら、ということとだ。いま話をしていて、少くとも第一の密室は殺人じゃないという確信が持てた。なぜ紅司君が死ななければならなかったのか、どうも判らなかったが、それはなぜあの風呂場が密室だったかというのと同じ意味なんだ。第二の密室も、出来れば殺人であって欲しくない……。そうであっても殺人とはよびたくない。そんな気持からいったことだが、まあいい、奈々の自慢のトリックを聞かせてくれよ」

「それが、あたしばかりじゃないのよ。アリョーシャも電話で判ったというし、ここへ来てみたら、藍ちゃんまでぽつりと、密室トリックが解けたよっていうじゃないの。そう、やっぱり前座はアリョーシャからね。この前の推理くらべと同じ順番で喋りましょうよ。さあ、どうしたの、電話じゃ『続・幻影城』にも出ていないって得意がってたのに」

「それはそうだけど、犯人が誰で、何のために橙二郎氏を殺したかという点は、まだ何も判っていないし、トリックもいまになってみると幼稚な気が……」

「何をいってるのよ。いまはとにかく、橙二郎氏が確かにガス・ストーブを消して寝たのに、何者かがそれをあけた――ところが部屋は完璧な密室で、どこかの隙間からガス栓を動かすような真似も絶対に出来ないという状況があたしたちの大きな壁になっているわけでしょう。少しでもそれを破る手がかりが摑めればいいんで、誰も本当にアリョーシャの推理をあてにしてやしないわ。さあ、気楽におっしゃいな」

「そこまでいってくれれば、ぼくも喋りやすいけどね」

亜利夫は牟礼田の方に向き直って、

「ぼくの考えたのは、結局ただの機械仕掛のトリックかも知れないけど、つまり、とざされた室内で、自動的に動き得るもの、というと、あの書斎ではただひとつ、赤い上衣の人形しかない。あれがデパートでよく売っているロボットなんかと同じ無線操縦で、リモート・コントロール——室外から操って自由に動かすことが出来るなら、ガス栓をあけさせるぐらい簡単だし、もしかしたらドアの鍵でも締めさせられるんじゃないですか。何しろアメリカでは、一キロくらい離れたところから動かせるリモコン人形があるそうだから、調節さえよくしておけば、階下からでも自由に出来たと思うんです。つまりギニョール風な死じゃなくて、ギニョールの殺人というわけですね」

30　畸型な月

牟礼田は、またついと立って隣室へゆき、すぐ帰ってくると、立ったままで、

「それじゃ君は、その人形を手にとって、とっくり見たわけじゃないんだね」

「ちょっと、何してるのよ、さっきから」

久生が横合いから眉をひそめて、

「立ったり坐ったり、おちつかない人ねえ」

「ええ、あの朝はじめてあの人形に気がついて……」

亜利夫はかまわずに答えた。

「手にとろうとしたら、ちょうど嶺田さんが来たものだから……。あとで藤木田さんも見つけて、あれはブリキ製の安物で、たぶんメイド・イン・ジャパンの三文雑貨を、知らない人がありがたがってアメリカから逆に買って来たんだろうなんていっていたけど、確かなことはいえないんです。まあ、蒼司君にもう一度きいてみれば判りますけどね」

何者かが階下で操るままに、橙二郎の寝しずまった書斎で、赤い上衣の人形がコトリと身を起し、ゆっくり歩いてストーブのところまでくると、無表情にガス栓をあけ放す。それからくるりと廻れ右をして、ガスの噴き出す音を後に、もといたところまで歩いてゆき、刻々に死の部屋に変ってゆく暗い片隅で、いつまでも耳を澄ますようにじっとしている……この想像は、亜利夫にとってはひどくなまなましい実感のある情景だが、果して本当にそれがアンテナのついたリモ・コン装置だったかどうか、肝心の人形は緑司とともに去って、確かめようもない。

「その人形も安物かも知れないけど……」

はじめに異議を唱えたのは、やはり久生だった。

「あなたの推理も相変らず二束三文というところね。考えてもごらんなさい、ブリキ雑貨の人形が、かりにトコトコ歩くことが出来るにしたって、ガスの栓は二つとも、おそろしく固かったというお話でしょう？　まさか人形の手に、ねじ廻しがついていたわけでもなし、それにどうやって机の上にまで這い戻ることが出来て。人形というんならアリョーシャ、勉強して『黒死館殺人事件』ぐらい読んでからおっしゃい。メイド・イン・ジャパンも安物ばかりじゃなくってよ」

あっさりと亜利夫の説を片付けておいて、いつもの得意げな微笑をゆったりとふりまきながら話し出した。

「藤木田さんの口真似でいえば、第二の密室にも絶妙な心理的トリックが行われたのよ。ところがこっちには、もう去年のうちから氷沼家にはガスを用いた殺人が起るって判っていたから、そのトリックも先に調べつくして見当はついていたの。覚えているかしら、アリョーシャ。紅司さんが殺された時すぐ、あたしが死因がガスじゃないかっていったこと……」

「そういえば、そんな気もするけど……」

「頼りないワトスンね。そもそもあたしが、なぜガスという点に……」

「時間がないんだ。演説はまたに願いたいな」

牟礼田はぶっきらぼうに留めた。

「奈々のいいたいのはこういうことだろう。古来の著名な探偵小説でいえば、クロフツやノックスの長編にもガスを用いた密室殺人があるけれども、トリックとしては上等といいがたい。しかるにわたしは古来に例のないようなトリックを発見した……。まあ、前説はぬきにして、本題からきかせて貰いたいな」

「先例がないわけじゃないの」

何をいわれても感じない顔で、

「クロフツやノックスの例は知らないけど、ドイルにあるわ。……でも、あたしだって、無駄なお喋りをしているわけじゃなくてよ。たとえば問題の書斎に、おそらく警察でも点検していない箇所がひとつ、残されている筈ですけど、皆さんは気づいていらっしゃるかしら。あたしもこの間お伺いした時は、わざと書斎を覗かないできたんですけどね。……ほら、どなたもお判りにならないでしょう。まさか今度はあたしも、犯人がガス・マスクをかぶってまで書斎に潜んでいたとはいいませんけれど、隠れるつもりならりっぱに隠れられるくらいの広い空間……」

「ベッドの下のことなら、ぼくが調べておいたけど」

亜利夫はこともなげにいった。

「引き違いの板戸で、あけてみたら中は埃《ほこり》だらけのがらん洞だった……。まさか、あんな処のことじゃないだろう？」

「いやだ、アリョーシャ、調べてたの」

久生は少し狼狽したように、

「頼もしいじゃないの、そこまで調べたなんて……。いいえ、ね、今度の密室は、あたしもどうやら本物の気がする。つまり、どこをどうしても犯人が出入りした痕跡はないということよ。従って犯人は何喰わぬ顔で、階下で麻雀をしていたうちの一人に違いない。それをいまここで指摘しようというんですもの、少しばかり前説がついても我慢していただくわ」

坐り直すようにして改まると、

「さっきもいったように、氷沼家にガスの殺人が起ることは、前から予想がついていた……ホラ、そもそものはじめに、アリョーシャをあたしの代理に立てて、氷沼家のようすを探りにいって貰ったでしょう？　あれはドイルの『隠居した絵具商《リタイアド・カラーマン》』の真似ですけど、アリョーシャときたら、あの小説そっくりにワトスンの台詞《せりふ》を喋るんですもの、殺人の筋まで符節を合せても不思議じゃない。その筋というのが金庫室に被害者をとじこめておいて、ガスで殺す順序ですから、これアひょっとしてと思わないでもなかったのよ。それも仕掛は剝き出しにしたガス管のはしを金庫室の天井の花模様のついた石膏細工に隠しておいて、外でいきなり栓をあけると、いっぺんにガスが噴き出すというんですから、氷沼家の事件の犯人が取り入れて、階下で麻雀をしながら簡単に開閉出来るガス孔を、書斎のどこかに取りつけておいたらどうかしら。どこって、場所は天井の中央に決まってますけど、書斎にはそこに、大きなシャンデリアが吊りさがっているんじゃなくて？」

「ああ、あるよ」

話の途中から、少し興味を覚えた顔で久生を見つめていた藍ちゃんが、すぐ答えた。

「紫水晶の花飾りがいっぱいついていて、人間がぶらさがれるくらい頑丈なやつ……」

「そこが本当のガス孔だったの」

久生はあっさりと断言した。

「犯人が誰かはまだ伏せておくとして、手口はそうよ。シャンデリアの花飾りの中に、いまでも別なガス管が口をあけているから、調べてごらんなさい。……皆さんストーブにばかり気を取られて、まさか犯人が階下にいながらシャンデリアからガスを吹きつけ、またとめたなんて想像もしなかったでしょうけど、ストーブはただ過失死と思わせるための見せかけで、みんな、手品師が舞台でやるような錯覚トリックに引っかかったのよ。判るでしょう、書斎に飛びこむ、ガスが充満している、とっさにストーブのコックも元栓も全開になっていると思いこむのは当然ね。本当は全開でも何でもない、あとから平静になって見た時と同じで、栓は二つとも締まったままなんですけど、非常の場合にはこんなトリックが一番効くのよ。ですからまず書斎に入るなりストーブと元栓に飛びついて、それを締めるふりをした人こそ犯人というわけ。……さあ、だあれ、まっさきに飛びついたのは」

ちょっとした沈黙が流れた。あの死体発見の騒ぎの中では、誰がどこで何をしていたか、いちいち記憶に留められるものでもないが、しかし、いちはやくストーブの栓に飛びついて、それを動かした人物は——もし、それが久生のいうとおり真犯人だとすれば、亜利夫にはいまでもはっきり指摘できる。その姿は、ありありと眼に灼きついているからだ。

藍ちゃんが、しかし先に口をひらいた。

「ぼくだよ、栓にとびついたのは……」

それから急に腹を立てたように、

「得意らしく何をいうかと思ったら、またこの間のグラジオラスと同じことじゃないか。ばかばかしい、警察じゃ何より先にガスの配管から調べていったんだ。二階にはどこを伝ってどう出てるか、自分でいって天井裏にでも潜ってきたらいいや。そうでなくたって、部屋の元栓が全開か締まっているかぐらい、一眼で判らア。手品もトリックもあるもんか。第一、犯人は確かに書斎へ出入りしたんだから、何も御苦労にシャンデリアの中へ配管工事をするまでもありゃしない」

「アラ、どうして出入りしたって断定できるのよ」

折角の思いつきを否定されて、久生は挑戦するように構え直した。

「いくらあなたが、密室殺人は必ず犯人が現場へ出入りすべきこと、なんていったって、現実はそう旨く運ぶとばかりは限らないわ。そりゃ外から内側の鍵をかける例は沢山あるけど、それはドアの下なり何なりに隙間があってのことだし、もうさんざん調べつくしたとおり、書斎には絶対に仕掛はないという約束なら、トリックの用いようもない筈でしょう。それともまだ犯人は、あのガス・ストーブを小脇に抱えて、自由に忍びこんだとおっしゃるつもり？」

「ストーブばかりじゃないよ。犯人は伯父さんの死体まで運びいれたんだ」

いきなり、思い切ったことをいうと、藍ちゃんはようやく元気を取戻した調子で、

「やっぱりホームズの役は、女にはつとまらないよね。自分で金庫室がどうとかいいながら、それが氷沼の家のどこにあるかも気がつかないなんて。判るだろ？　金庫室というなら、だだっ広い書斎なんかじゃない、二階の化粧室がふさわしいぐらい、すぐ思いつきそうなもんだのに。一畳の板敷でさ、窓もドアも締め切ったあそこに湯沸し器のガスを一杯に噴き出させれば、誰だって二、三分でお陀仏に出来るじゃないか。あの二、三日前から湯沸し器の具合がおかしくなって、確か元栓は締めたままになってた筈だのに、あの日に限って洩れてたってのも変だし、犯人があらかじめ何かの細工をしたとしか思えない。伯父さんはあそこで殺されてから、書斎のベッドに運びこまれたんだ」

確信にみちた口調に、久生もすっかりたじろいだ形で、

「そう……もしかしたら……でも」

などと、しどろもどろな受け答えになるのへかぶせて、

「ぼくが変だなと思いはじめたのは、あの朝、化粧室がガス臭かったのは当然にして

も、すこし臭すぎたって気がついてからなんだ。導火管の焔が消えたぐらいで、あんなに匂いがするのかなと考え出したら、何もかもいっぺんに判っちゃった。……順序立てていうとね、麻雀してた中に一人、共犯者がいたことは確かだけども、その手引で、ある人間があの晩二階へ忍びこんだんだ。前のぼくの部屋から入って、どこかに身を潜めていたそいつは、十二時前か二時半すぎか、とにかくまだ台所のメーター・コックのひらいている最中に、伯父さんの寝しずまったのを見計って書斎へあらわれた。方法はあとでいうけど、簡単なトリックだよ。睡眠薬で眠りこんでいる伯父さんをさらに麻酔で昏睡させてから、化粧室へ運び出した。……痩せて、お婆さんみたいに小さくて軽い人だもの、ぼくだって楽に担《かつ》げる。そうしてから湯沸し器の焔を吹き消し、全開にしてドアをしめたんだ。そこまでで、せいぜい五分ぐらいかな。完全に息が絶えたのを見すまして、大いそぎで湯沸し器のガスを導火用だけ残して消すと、死体をまた書斎に運び返したのさ。ベッドに横たえてから、こんどは書斎の電気ストーブを外し、書庫からあのガス・ストーブを持ってきてつけかえると、これも栓を全開にしておいて立ち去った……。これでもう誰が見ても、伯父さんは過失で書斎で死んだという状況が出来上るし、化粧室からほどよく洩れたガスが、死体の発見を早めて、共犯者を含めた皆が麻雀をしてる時というアリバイも作れるだろう……」

「ちょっと、そのことだけどもね」

何か得体の知れぬ不安に駆られながら、亜利夫が口をいれた。

「そんなに、書斎へ自由に出入り出来るというなら、ある人間とか共犯者とかいわなくても、誰か麻雀をしながらでも、ひょっと立って殺せそうな気がするけど……」

「そんな人がいた？　あの晩に」

藍ちゃんはその点も自信があるように、

「死体の出し入れで五分、ストーブのいれ替えで五分。……どうしたって十分はかかるだろ？」

確かにそれはそうだった。あの晩の動静表は、もう頭の中にしっかりと焼きついているが、トイレに立ったのは誰も二、三分だし、問題の二時半と十二時に台所へ行った亜利夫と蒼司と皓吉の三人も、すぐ帰ってきた。ほかには十一時半ごろ洗面のために藍ちゃんが、一時ごろだったか戸締りのために蒼司が座を外しているけれども、二人ともせいぜい五分ほどで、藍ちゃんはすぐタオルで顔をふきふき現われたし、蒼司はそのあと隣室でこちらに話しかけながら着替えをしていた。ことに一時前後といえば、台所のメーター・コックはとざされたままの時刻で、他には誰一人席を立った者はいない――忙しく亜利夫が頭の中に並べ立ててみるまでもなく、階下にいたうちの一人が、皆の眼を巧みにくらまして二階へ駆け上り、鎖された書斎へ自由に忍びこんだばかりか、橙二郎を担いで化粧室との間を往復するなどということは、時間的にいっても、まず考え得る話ではなかった。

しかし久生は、今度ばかりはだいぶ感服したらしい。

「でも藍ちゃん、あなたはしきりにストーブの入れ替え説に固執するけど、もし橙二郎さんが、前から御自分で入れ替えて使っていたものなら、十分もかかりやしないでしょう。犯人はただ書斎に忍びこんで、栓をあけてくればいいんですもの」

「それは駄目だ」

牟礼田も真剣な表情で、

「何のために君たちが、こうまで氷沼家の事件を殺人に仕立てたいのか判らないが、どうしてもというなら、まず殺人者の心理を考えてみたらいい。ガスの栓をあけたただけで、果して、そのまま死ぬかどうかも判らない不確実な殺し方をするものか。自分の手の中で、確かに死んだという実感だけが目的の筈だ。殺人と見るなら、橙二郎氏は化粧室で殺されたと考えていい。ただし、それもすべて、書斎に出入りする方法があるという仮定の上でだが……」

「その方法だけど」

藍ちゃんは淡々と話しはじめた。

「こうだったと思うんだよ。だってあの書斎は、抜け穴も隠れる場所もないし、窓も鉄格子と掛け金でふさがれて、階段側のドアにはナイト・ラッチまでついていたんだから、何か仕掛が出来るとすれば、書庫の側のドアっきゃないだろう？　それも、書庫の床が一段低くなっていて、紐やら紙やらを通す隙間もないんだから、ドアの鍵と鍵穴に細工するほかないじゃないか。そうなんだ。犯人は前から用意して、あのドアの合鍵を作った。それは真鍮《しんちゅう》メッキはメッキでも、尖端《せんたん》に磨いた鉄の部分が露出している贋鍵なのさ。鍵屋に原型を持ってゆけば簡単に作ってくれるよ。それを使えば、忍びこむ時には本物の鍵をつき落してあけられるし、最後にしめる時は、贋鍵の方を代りに内側から差し込んでおいて、ドアを締めてから、鍵穴に丸い棒状の、強力な永久磁石をいれるんだ。それを廻せば、贋鍵もついて廻って鍵はかかるし、磁石はすぐ抜き取れる。……ただね、共犯者がいたっていうのはそのところだけど、あの朝、蒼兄さんがつつき落したのはその贋鍵の方だったわけだろ。あんな際だから、誰もそんなことに気付きゃしないけども、手早く、犯人がおいていった本物とすり替えておく必要はあったし、逃げ出した出口の後始末もした筈だ……」

「さあ、そのトリックはどうかしら」

久生は小くびをかしげるようにして、

「橙二郎さんを化粧室で殺して、書斎へ運びこんだまではいいけど、磁石と鉄の鍵というんじゃ、あんまりパッとしないみたい。藍ちゃんがいつもいっている、ピンセットと紐に毛の生えたようなものじゃないの」

「トリックは、もうどうでもいいんだよ」

藍ちゃんは逆らわない調子で、

「ぼくはただ、本当のことが知りたいだけなんだ。本当に何が行われたのか知るために、こうも考えられるという意味で喋ったんだから。……きょうの牟礼田さんの話をきいていると、まるで真実を曝くのをためらっているとしか思えない。悪く勘ぐっていえば、氷沼家の中に犯人がいるような口ぶりだから、さっきから考え続けていたんだけど、どう客観的に見直したって、ぼくや蒼兒さんが伯父さんまで殺せたわけもないし、どだい、これ以上の無意味な死を、氷沼家の人間が作り出すもんか。もう確信がついたから、大丈夫だよ。もし牟礼田さんが何もかも知っているなら、いま話して欲しい。全部、本当のことを……」

「全部、本当のことを……」

牟礼田はおうむ返しにいったが、その眼は一瞬の間、奇妙な輝きを見せ、衝動とた

めらいとが交々《こもごも》に押し寄せた表情が微妙によぎった。それを改めて、向き直ると、

「さっきもいったように、殺人か、無意味な死か、どちらを選ぶかが岐《わか》れ目だ。この先まだ、もっと血みどろで邪悪な殺人を惹き起すよりは、事件をこのまま収めてしまった方がいいというのが、ぼくの意見だ。……しかし、そういっても納得出来ないだろうから、反対に訊くけれども、それじゃ藍ちゃん、仮りに君のいったとおりのことが行われたとして、階下にいた共犯者とやらはともかく、一体誰が橙二郎氏を抱えて化粧室と書斎を往復したり、ストーブをつけ替えたりという、そこまでのことをしたと思う？　現実にそれだけのことをし得る人間がいないばかりじゃなく、ぼくたちの知っているどんな名前も犯人にはあてはまらない。まあ、死んでしまった人間、たとえば紅司君が実は生きていてというなら別だが」

　牟礼田のいうとおり、氷沼家の事件は、つきつめてゆけばゆくほど、肝心な〝犯人〟のなり手がない。どこかに得体の知れぬ人間が潜んでいて、動機も皆目不明な殺人を続けているならばともかく、事件の関係者といえばここにいる四人と、蒼司、藤木田老、皓吉ぐらいのもので、あとはただ、おびただしい死者の群にすぎないのだ。

　しかし藍ちゃんは眼をあげると、

「ぼくもそのことは考えたけど、一人だけ、犯人にあてはまるのがいると思うんだ。

どんな人間で、どんな動機を持っているか、まるで判らない存在だけども、紅兄さんの日記にあった、あの鴻巣《こうのす》玄次さ。どう考えても紅兄さんは、わざと玄次がいるような思わせぶりをしていた——それが、二重に手のこんだトリックで、本物の玄次の存在を隠すためだったような気がしてきたんだよ」

鴻巣玄次。——本名か偽名か、どこかの坂の上のアパートにいる元電気工という、紅司の日記に記された言葉も事実かどうか判らない曖昧な存在で、誰ひとり姿を見かけたこともないそんな人物が、すべての鍵を握る犯人だといっても、事件はいっこうに解決したことにはならないが、藍ちゃんは真剣だった。

「鴻巣玄次、ねえ」

にんまりとしたふうに、久生は、

「玄次とはまた、苦しいところへ持込んだじゃないの。それじゃ、聖母の園も玄次が車を運転して火をつけにいったってわけ？」

「その玄次のことだが……」

牟礼田はもう、藍ちゃんの答を予期していたように、

「すると藍ちゃんは、玄次という男が確かに存在している証拠を摑みたい——逆にいえば、もし彼が架空の人物だという証拠さえあるなら、氷沼家の事件全部が殺人でも

何でもなかったと納得するわけだね」

渋々のように肯《うなず》くのを見ながら、そのとき亜利夫が口を挟んだ。

「でも鴻巣玄次って、なんとなくいてもいいいって感じだな」

「あら、なんのことよ、いてもいいいって」

「だってさ」

いいよどむのを藍ちゃんが引取っていった。

「そうなんだよ。紅兄さんの日記しか手がかりはないけど、玄次は元電気工っていうんだろ。そしたら、ホラ、よくいるじゃないか。ジーパンの尻がもっこりしてさ、幅の広い革バンドがずり落ちるみたいに、ビス廻しやウインペンチなんてのが重たくぶらさがってるって恰好の若者……。あんなのが玄次だったらって気がするよね」

「うーん、ちょっと違うな」

いかにも、大ビス・小ビスを差した革バンドをたゆげに腰に巻いているブルージンの若者というイメージも、そのひとつには違いないが、やはり亜利夫には、もう少し眼の鋭い、与太者ふうな肖像が思い浮かぶのだった。

「何より暗い眼をしてるんじゃないかな。ものすごく人間好きで人恋いしくって、人家の周りをうろうろしたばっかりに殺されちまう狼っていうような」

「そうかしら」

久生はまたべつな思いつきがあるらしく、

「あたしなら全身毛深くって、それでいて眼だけは澄んでるってタイプがいいわ。強靭な腰つきは、これはもう確かですけどね」

「まあまあ」

三人三様の勝手な見立てに、牟礼田が割って入った。

「せっかくの御意見だけれどね、残念ながら、鴻巣玄次という男は、この世にはいない。それだけは確かなことだ」

いきなり、そう断定してみせた。

「むろん、どこかのアパートには、〝鴻巣玄次〟に似た男、玄次の原型といってもいい奴は現実にいるかも知れない。しかし、紅司君の忌わしい趣味の相手で、一件のサジストなんていう玄次は、絶対に存在しないんだ」

「なぜ……？」という顔の三人を順番に見廻しながら、牟礼田は当然のことのように、

「紅司君の背中のアレは、鞭痕でも何でもなかった……。嶺田さんにも確かめて見給え、あの晩は蒼司君に頼まれて、やむを得ずアレを鞭痕のようにいって皆に見せた

が、本当は蕁麻疹《じんましん》の一種で、紅司君は特異なアレルギー体質にすぎなかったんだよ」

それは最後の切札にも似た言葉であった。螢光燈の点滅する仄暗い風呂場で、いきなりあの紅い瘢痕《はんこん》を見た時は、ただもう醜い鞭痕だとばかり思いこんだのだが、それならば、一体なんのために蒼司や嶺田医師は、そんな虚言を構えたのだろうか。

「昨日、腰越《こしごえ》に蒼司君を見舞ったが、彼もぜひ釈明しておいて欲しいといっていた。弟の名誉を傷つけてまで、あの時、皆に鞭痕だと思いこませたのは、何より藤木田さんを始めとして、皆がおそろしい疑惑の眼で見たり、探偵気分でいるのに堪え難かったから、……それに、その方が紅司にとっても幸福だと思ったからというんだ。十月の半ばごろ、紅司君が背中のアレを見せて、こんなものが出るようになったと打明けた。生き残った罰としか思えないといって泣き出して、いまにも自殺したいといった口ぶりだったそうだが、確かに、誰よりも愛していた母親を死なせて、すぐ紅い十字架型の瘢痕が背中にあらわれる奇妙なアレルギー症状にかかれば、いいかげん死にたくもなるだろう。蒼司君も慰めようがなくて、まだしもお前がマゾヒストか何かなら救われるのにという意味のことをいった。紅司君はその言葉にすがりついたんだね。あの瘢痕を負って生きのびるためには、自分が醜いマゾヒストだという錯覚が必要になった。でなければ、たったいま自殺するほかはない。……判るだろう。紅司君が何とかして架空の相手を創り出そうとしたのも、無理はないんだ。どこから鴻巣玄次という名前を見つけてきたかは判らないが、とにかくその日から彼は、風呂には鎌錠をつけ、友達に頼んで電話をかけさせ、あげくもっともらしい日記をつけたりして、何とか〝鴻巣玄次〟が実在するように、自分に思いこませようとした……。蒼司君も見ていて痛ましいくらいだったそうだが、アレルギーが食物のせいでなく、寒暖に左右されていたのも因果なことだし、自分でするビタミンの注射もいけなかったんだろう。そう、いい忘れてたけど、藤木田さんが油を注射して、なんて、静脈注射も皮下注射もごっちゃな話をしていたらしいが、君たち実際に紅司君の腕は見ているんだろう？

そんなアレルギー症状が、死んだあと、どれくらいまで残るものか、蒼司君も座敷に運んだあとは見ていないそうだが、おそらく埋葬されるころには、もう影も形もなかったろう。しかし、あの晩のあの雰囲気の中で、蒼司君はとっさに考えたというんだ。いまここで、これは蕁麻疹の一種だといっても、誰が紅司の哀しみまで理解してくれるだろう。一度でも見られてしまった以上、むしろ鞭痕だと思いこませて葬った方が、紅司も幸福かもしれない。それで嶺田さんを別室に連れこんで事情を打明け、わざと秘密めかしていってもらったため、とうとう紅司君の死んだあとにまで、架空の相手は生き残る形になった……。これが〝鴻巣玄次〟という男――〝凶鳥〟の本当の正体なんだ」

牟礼田はこうして、〝犯人〟の最後の一人までを消し去った。いまの打明け話のとおり紅司が、最愛の母を奪われたあと、神の刻印のような十字架を肉体の上に生じて、堪え切れずに愚かな夢の世界に逃避したというなら――そして蒼司がそれをかばい続けていたのならば、周りで皆が見当違いな〝犯人〟を追い求めても仕方のないことだった。痛ましい空想の果に生れた〝鴻巣玄次〟は、こうして霧のように四散し、それとともに『氷沼家殺人事件』も、すべては幻として終りを告げようとしているのだろうか。

誰も、何もいわなかった。牟礼田は立上って隣室へゆきかけたが、久生をふり返って、

「何か割切れない顔でいるけど、ぼくの話をもう一度きけば、説明はしつくしたつもりなんだ。念のため隣にテープで録音しておいたから、きいてみるかい?」

久生もつられたように立上って、

「呆れた。何のためにさっきから、立ったり坐ったりしているのかと思ったら……」

肩を並べながら隣室へ入ってゆく二人をぼんやり見ていた藍ちゃんは、いっそう顔

を曇らせたまま、これもついと立って窓の方へゆくと、カーテンの隙間から外を眺め始めた。亜利夫も手持無沙汰になって、そのうしろに佇むと、肩ごしにいった。

「本当だろうか、きょうの話……。何もかも、ぼくたちの錯覚だったなんて」

藍ちゃんは答えようとしなかったが、急に気がついたように飾り紐を引いて、カーテンを小開けにすると、

「ごらんよ、あの赤い月。まるで笑ってるみたいじゃないか」

二人は重なるようにして空を窺った。春も近い、生暖かな夜気が流れているのは、ここからも察しられたが、西南の方角には、お椀型をした、赤銅色《しゃくどういろ》の月が浮いている。いま、その月の表面には、青ぐろい雲が流れ、それはちょうど二つの眼と、それから唇をあらわす位置にさしかかっていた。雲の動きにつれて唇のはしは捩じくれ、歪み、藍ちゃんのいうとおり、その畸型な赤い月は、そのとき確かに笑ってみせたのである。

「ルナ・ロッサじゃないの、本物の」

ききつけて牟礼田たちもやってきたが、久生が思わず見とれたようにいうと、

「そうだ、あの唄は、きっとこんな月のために作られたんだね」

藍ちゃんも興奮した声で、

「ぼく、あの唄がシャンソンの中で一番好きさ。歌詞もすごくいいんだもの」

「唄いましょうよ、藍ちゃん」

久生は無理にはしゃいだように肩へ手をかけると、

「ヒヌマ・マーダーも変な幕切れになっちゃったけど、せめて二人でフィナーレの合唱をしない？　〝ルナ・ロッサ〟なら、ちょうどふさわしくてよ」

仲のいい姉弟のように、二人は低く声を合せて唄い始めた。

すべての終りを告げているのか、それとも何かの始まりの合図なのか、一九五五年二月二十八日夜の赤い月は、皆に見守られながらいつまでも笑い続けていた。

そして、翌三月一日、昭和女子大の大火とともに、この世にはいない筈の鴻巣玄次が突然に出現し、またたちまち異様な犯罪の中に消えていったことは、当日の新聞に詳しく報じられたとおりである。


（『新装版　虚無への供物（下）』につづく）

おことわり

本作品中には、気違い、盲、不具者、土人など、精神障害者・人種差別として好ましくない用語および医学的知識に無理解な表現があります。

しかし、作品が書かれた時代背景、および著者がすでに故人であり、差別助長の意図で使用していないことなどを考慮し、あえて発表時のままといたしました。この点をご理解くださいますよう、お願いいたします。

(出版部)

|著者| 中井英夫　1922年、東京・田端に生まれる。東大在学中に吉行淳之介らと第14次「新思潮」を創刊。「短歌研究」「短歌」編集長として葛原妙子、塚本邦雄、中城ふみ子、寺山修司、春日井建らを紹介。'64年、塔晶夫の筆名で『虚無への供物』を刊行、推理小説の墓碑銘とまで絶賛された。その後、『幻想博物館』『悪夢の骨牌《かるた》』（泉鏡花文学賞）『人外境《にんがいきょう》通信』『真珠母《しんじゅも》の匣《はこ》』の「とらんぷ譚」四部作をはじめとした幻想文学、エッセイ集『ケンタウロスの嘆き』、日記『彼方より』、短歌論集『黒衣の短歌史』、詩集『眠るひとへの哀歌』などの多彩な著作で人気を博した。'93年逝去、享年71。

新装版《しんそうばん》　虚無《きょむ》への供物《くもつ》(上)

中井英夫《なかいひでお》

1974年3月28日　第1刷発行
2003年8月26日　第52刷発行
2004年4月15日新装版第1刷発行
2024年7月23日新装版第30刷発行

発行者――森田浩章
発行所――株式会社　講談社
東京都文京区音羽2-12-21　〒112-8001
電話　出版（03）5395-3510
　　　販売（03）5395-5817
　　　業務（03）5395-3615

Printed in Japan

講談社文庫
定価はカバーに表示してあります

KODANSHA

デザイン―菊地信義
製版―――株式会社KPSプロダクツ
印刷―――株式会社KPSプロダクツ
製本―――株式会社国宝社

ISBN4-06-273995-X

講談社文庫刊行の辞

二十一世紀の到来を目睫に望みながら、われわれはいま、人類史上かつて例を見ない巨大な転換期をむかえようとしている。

世界も、日本も、激動の予兆に対する期待とおののきを内に蔵して、未知の時代に歩み入ろうとしている。このときにあたり、創業の人野間清治の「ナショナル・エデュケイター」への志を現代に甦らせようと意図して、われわれはここに古今の文芸作品はいうまでもなく、ひろく人文・社会・自然の諸科学から東西の名著を網羅する、新しい綜合文庫の発刊を決意した。

激動の転換期はまた断絶の時代である。われわれは戦後二十五年間の出版文化のありかたへの深い反省をこめて、この断絶の時代にあえて人間的な持続を求めようとする。いたずらに浮薄な商業主義のあだ花を追い求めることなく、長期にわたって良書に生命をあたえようとつとめるところにしか、今後の出版文化の真の繁栄はあり得ないと信じるからである。

同時にわれわれはこの綜合文庫の刊行を通じて、人文・社会・自然の諸科学が、結局人間の学にほかならないことを立証しようと願っている。かつて知識とは、「汝自身を知る」ことにつきていた。現代社会の瑣末な情報の氾濫のなかから、力強い知識の源泉を掘り起し、技術文明のただなかに、生きた人間の姿を復活させること。それこそわれわれの切なる希求である。

われわれは権威に盲従せず、俗流に媚びることなく、渾然一体となって日本の「草の根」をかたちづくる若く新しい世代の人々に、心をこめてこの新しい綜合文庫をおくり届けたい。それは知識の泉であるとともに感受性のふるさとであり、もっとも有機的に組織され、社会に開かれた万人のための大学をめざしている。大方の支援と協力を衷心より切望してやまない。

一九七一年七月

野間省一

堂場瞬一　埋れた牙
堂場瞬一　Killers(上)(下)
堂場瞬一　虹のふもと
堂場瞬一　ネタ元
堂場瞬一　ピットフォール
堂場瞬一　ラットトラップ
堂場瞬一　焦土の刑事
堂場瞬一　動乱の刑事
堂場瞬一　沃野の刑事
堂場瞬一　ダブル・トライ
土橋章宏　超高速！参勤交代
土橋章宏　超高速！参勤交代 リターンズ
戸谷洋志　Jポップで考える哲学〈自分を問い直すための15曲〉
富樫倫太郎　信長の二十四時間
富樫倫太郎　スカーフェイス〈警視庁特別捜査第三係・淵神律子〉
富樫倫太郎　スカーフェイスII　デッドリミット〈警視庁特別捜査第三係・淵神律子〉
富樫倫太郎　スカーフェイスIII　ブラッドライン〈警視庁特別捜査第三係・淵神律子〉
富樫倫太郎　スカーフェイスIV　デストラップ〈警視庁特別捜査第三係・淵神律子〉
豊田　巧　警視庁鉄道捜査班〈鉄血の警視〉

豊田　巧　警視庁鉄道捜査班〈鉄路の牢獄〉
砥《と》上《がみ》裕《ひろ》將《まさ》　線は、僕を描《えが》く
夏樹静子　新装版 二人の夫をもつ女
中井英夫　新装版 虚無への供物(上)(下)
中村敦夫　狙われた羊
中島らも　僕にはわからない
中島らも　今夜、すべてのバーで〈新装版〉
鳴海　章　フェイスブレイカー
鳴海　章　謀略航路
鳴海　章　全能兵器AiCO《アイコ》
中嶋博行　新装版 検察捜査
中村天風　運命を拓く〈天風瞑想録〉
中村天風　叡智のひびき〈天風哲人　箴言《しんげん》註《ちゅう》釈《しゃく》〉
中村天風　真理のひびき〈天風哲人　新箴言《しんげん》註《ちゅう》釈《しゃく》〉
中山康樹　ジョン・レノンから始まるロック名盤
梨屋アリエ　でりばりぃAge
梨屋アリエ　ピアニッシシモ
中島京子　妻が椎茸だったころ
中島京子ほか　黒い結婚　白い結婚

奈須きのこ　空の境界(上)(中)(下)
中村彰彦　乱世の名将　治世の名臣
長野まゆみ　簞笥のなか
長野まゆみ　レモンタルト
長野まゆみ　チマチマ記
長野まゆみ　冥途あり
長野まゆみ　45°〈ここだけの話〉
長嶋　有　夕子ちゃんの近道
長嶋　有　佐渡の三人
長嶋　有　もう生まれたくない
永嶋恵美　擬態
永井　均 / 内田かずひろ 絵　子どものための哲学対話
なかにし礼　戦場のニーナ
なかにし礼　生きる力〈心でがんに克《か》つ〉
なかにし礼　夜の歌(上)(下)
中村文則　最後の命
中村文則　悪と仮面のルール
中田整一 編/解説　真珠湾攻撃総隊長の回想〈淵田美津雄自叙伝〉
中田整一　四月七日の桜〈戦艦「大和」と伊藤整一の最期〉

講談社文庫 目録

講談社文庫　目録

西尾維新　零崎軋識《ぜろざきしきしき》の人間ノック
西尾維新　零崎曲識の人間人間
西尾維新　零崎人識の人間関係　匂宮出夢との関係
西尾維新　零崎人識の人間関係　無桐伊織との関係
西尾維新　零崎人識の人間関係　零崎双識との関係
西尾維新　零崎人識の人間関係　戯言遣いとの関係
西尾維新　xxxHOLiC アナザーホリック ランドルト環《かん》エアロゾル
西尾維新　難民探偵
西尾維新　少女不十分
西尾維新　本題〈西尾維新対談集〉
西尾維新　掟上《おきてがみ》今日子《きょうこ》の備忘録
西尾維新　掟上今日子の推薦文
西尾維新　掟上今日子の挑戦状
西尾維新　掟上今日子の遺言書
西尾維新　掟上今日子の退職願
西尾維新　掟上今日子の婚姻届
西尾維新　掟上今日子の家計簿
西尾維新　掟上今日子の旅行記
西尾維新　新本格魔法少女りすか
西尾維新　新本格魔法少女りすか2
西尾維新　新本格魔法少女りすか3
西尾維新　新本格魔法少女りすか4
西尾維新　人類最強の初恋
西尾維新　人類最強の純愛
西尾維新　人類最強のときめき
西尾維新　人類最強の sweetheart
西尾維新　りぽぐら！
西尾維新　悲鳴伝
西尾維新　悲痛伝
西尾維新　悲惨伝
西尾維新　悲報伝
西尾維新　悲業伝
西尾維新　悲録伝
西尾維新　悲亡伝
西村賢太　どうで死ぬ身の一踊り
西村賢太　夢魔去りぬ
西村賢太　藤澤清造追影
西村賢太　瓦礫の死角
西川善文　ザ・ラストバンカー〈西川善文回顧録〉
西川　司　向日葵《ひまわり》のかっちゃん
西　加奈子　舞台
丹羽宇一郎　民主化する中国〈習近平がいま本当に考えていること〉
似鳥　鶏　推理大戦
貫井徳郎　新装版 修羅の終わり(上)(下)
貫井徳郎　妖奇切断譜
額賀　澪　完パケ！
A・ネルソン　「ネルソンさん、あなたは人を殺しましたか？」
法月綸太郎　法月綸太郎の冒険
法月綸太郎　新装版 密閉教室
法月綸太郎　怪盗グリフィン、絶体絶命
法月綸太郎　怪盗グリフィン対ラトウィッジ機関
法月綸太郎　キングを探せ
法月綸太郎　名探偵傑作短篇集　法月綸太郎篇
法月綸太郎　新装版 頼子のために
法月綸太郎　誰《たそ》彼《がれ》〈新装版〉
法月綸太郎　法月綸太郎の消息
法月綸太郎　雪密室〈新装版〉

乃南アサ 不発弾
乃南アサ 地のはてから (上)(下)
乃南アサ チーム・オベリベリ (上)(下)
野沢 尚 破線のマリス
野沢 尚 深紅
野村克也・宮本慎也 師弟
乗代《のりしろ》雄介《ゆうすけ》 十七《じゅうしち》八《はち》より
乗代雄介 本物の読書家
乗代雄介 最高の任務
乗代雄介 旅する練習
橋本 治 九十八歳になった私
原田泰治 わたしの信州
原田泰治・原田武雄 泰治が歩く〈原田泰治の物語〉
林 真理子 みんなの秘密
林 真理子 ミスキャスト
林 真理子 ミルキー
林 真理子 新装版 星に願いを
林 真理子 野心と美貌〈中年心得帳〉
林 真理子 正妻 (上)(下)〈慶喜と美賀子〉

林 真理子 大《お》原《はら》御《ご》幸《こう》〈帯に生きた家族の物語〉
林 真理子 さくら、さくら〈おとなが恋して〈新装版〉〉
林 真理子・見城 徹 過剰な二人
原田宗典 スメル男〈新装版〉
帚木蓬生 日御子 (上)(下)
帚木蓬生 襲来 (上)(下)
坂東眞砂子 欲情
畑村洋太郎 失敗学のすすめ
畑村洋太郎 失敗学実践講義〈文庫増補版〉
はやみねかおる 都会《まち》のトム&ソーヤ(1)
はやみねかおる 都会《まち》のトム&ソーヤ(2)〈乱! RUN! ラン!〉
はやみねかおる 都会《まち》のトム&ソーヤ(3)〈いつになったら作戦《ミッション》終了?〉
はやみねかおる 都会《まち》のトム&ソーヤ(4)〈四重奏《カルテット》〉
はやみねかおる 都会《まち》のトム&ソーヤ(5)〈IN塀戸《VADE》〉(上)(下)
はやみねかおる 都会《まち》のトム&ソーヤ(6)〈ぼくの家へおいで〉
はやみねかおる 都会《まち》のトム&ソーヤ(7)《怪人は夢に舞う〈理論編〉》
はやみねかおる 都会《まち》のトム&ソーヤ(8)《怪人は夢に舞う〈実践編〉》
はやみねかおる 都会《まち》のトム&ソーヤ(9)〈前夜祭《イヴ》 内人《ないと》side〉
はやみねかおる 都会《まち》のトム&ソーヤ(10)〈前夜祭《イヴ》 創也《そうや》side〉

半藤一利 人間であることをやめるな
半藤末利子 硝子戸のうちそと
原 武史 滝山コミューン一九七四
濱 嘉之 警視庁情報官〈シークレット・オフィサー〉
濱 嘉之 警視庁情報官 ハニートラップ
濱 嘉之 警視庁情報官 トリックスター
濱 嘉之 警視庁情報官 ブラックドナー
濱 嘉之 警視庁情報官 サイバージハード
濱 嘉之 警視庁情報官 ゴーストマネー
濱 嘉之 警視庁情報官 ノースブリザード
濱 嘉之 ヒトイチ 警視庁人事一課監察係
濱 嘉之 ヒトイチ 画像解析〈警視庁人事一課監察係〉
濱 嘉之 ヒトイチ 内部告発〈警視庁人事一課監察係〉
濱 嘉之 新装版 院内刑事
濱 嘉之 新装版 院内刑事〈ブラック・メディスン〉
濱 嘉之 院内刑事〈フェイク・レセプト〉
濱 嘉之 院内刑事 ザ・パンデミック
濱 嘉之 院内刑事 シャドウ・ペイシェンツ
濱 嘉之 プライド 警官の宿命

講談社文庫　目録

平岩弓枝 新装版 はやぶさ新八御用帳(九)〈王子稲荷の女〉
平岩弓枝 新装版 はやぶさ新八御用帳(十)〈幽霊屋敷の女〉
東野圭吾 放課後
東野圭吾 卒業
東野圭吾 学生街の殺人
東野圭吾 魔球
東野圭吾 十字屋敷のピエロ
東野圭吾 眠りの森
東野圭吾 宿命
東野圭吾 変身
東野圭吾 仮面山荘殺人事件
東野圭吾 天使の耳
東野圭吾 ある閉ざされた雪の山荘で
東野圭吾 同級生
東野圭吾 名探偵の呪縛
東野圭吾 むかし僕が死んだ家
東野圭吾 虹を操る少年
東野圭吾 パラレルワールド・ラブストーリー
東野圭吾 天空の蜂

東野圭吾 名探偵の掟
東野圭吾 悪意
東野圭吾 嘘をもうひとつだけ
東野圭吾 赤い指
東野圭吾 流星の絆
東野圭吾 新装版 浪花少年探偵団
東野圭吾 新装版 しのぶセンセにサヨナラ
東野圭吾 新参者
東野圭吾 麒麟の翼
東野圭吾 パラドックス13
東野圭吾 祈りの幕が下りる時
東野圭吾 危険なビーナス
東野圭吾 時《トキ》生《オ》〈新装版〉
東野圭吾 希望の糸
東野圭吾 どちらかが彼女を殺した〈新装版〉
東野圭吾 私が彼を殺した〈新装版〉
東野圭吾作家生活25周年祭り実行委員会 東野圭吾公式ガイド〈読者1万人が選んだ東野作品人気ランキング発表〉
東野圭吾作家生活35周年実行委員会 編 東野圭吾公式ガイド〈作家生活35周年ver.〉
平野啓一郎 高瀬川

平野啓一郎 ドーン
平野啓一郎 空白を満たしなさい(上)(下)
百田尚樹 永遠の0《ゼロ》
百田尚樹 輝く夜
百田尚樹 風の中のマリア
百田尚樹 影法師
百田尚樹 ボックス!(上)(下)
百田尚樹 海賊とよばれた男(上)(下)
平田オリザ 幕が上がる
東 直子 さようなら窓
蛭田亜紗子 凜
樋口卓治 ボクの妻と結婚してください。
樋口卓治 続・ボクの妻と結婚してください。
樋口卓治 喋る男
平山夢明 〈大江戸怪談どたんばたん(土壇場譚)〉魂《たま》豆《どう》腐《ふ》
平山夢明 宇佐美まこと ほか《ほか》 超怖い物件
東川篤哉 純喫茶「一服堂」の四季
東川篤哉 居酒屋「一服亭」の四季
東山彰良 流《りゅう》

講談社文庫　目録

東山彰良　女の子のことばかり考えていたら、1年が経っていた。
平田研也　小さな恋のうた
日野　草　ウェディング・マン
平岡陽明　僕が死ぬまでにしたいこと
ビートたけし　浅草キッド
ひろさちや　すらすら読める歎異抄《たんにしょう》
藤沢周平　新装版　春秋の檻〈獄医立花登手控え(一)〉
藤沢周平　新装版　風雪の檻〈獄医立花登手控え(二)〉
藤沢周平　新装版　愛憎の檻〈獄医立花登手控え(三)〉
藤沢周平　新装版　人間の檻〈獄医立花登手控え(四)〉
藤沢周平　新装版　闇の歯車
藤沢周平　新装版　市塵(上)(下)
藤沢周平　新装版　決闘の辻
藤沢周平　新装版　雪明かり
藤沢周平　義民が駆ける〈レジェンド歴史時代小説〉
藤沢周平　喜多川歌麿女絵草紙
藤沢周平　闇の梯子
藤沢周平　長門守の陰謀
古井由吉　この道
藤田宜永　樹下の想い
藤田宜永　女系の総督
藤田宜永　女系の教科書
藤田宜永　血の弔旗
藤田宜永　大雪物語
藤　水名子　紅嵐記(上)(中)(下)
藤原伊織　テロリストのパラソル
藤本ひとみ　新・三銃士　少年編・青年編〈ダルタニャンとミラディ〉
藤本ひとみ　皇妃エリザベート
藤本ひとみ　失楽園のイヴ
藤本ひとみ　密室を開ける手
藤本ひとみ　数学者の夏
福井晴敏　亡国のイージス(上)(下)
福井晴敏　終戦のローレライ I～IV
藤原緋沙子　遠花火〈見届け人秋月伊織事件帖〉
藤原緋沙子　春《はる》疾《は》風《やて》〈見届け人秋月伊織事件帖〉
藤原緋沙子　暖《ぬくめ》鳥《どり》〈見届け人秋月伊織事件帖〉
藤原緋沙子　霧の路《みち》〈見届け人秋月伊織事件帖〉
藤原緋沙子　鳴《なる》子《こ》守《もり》〈見届け人秋月伊織事件帖〉
藤原緋沙子　夏ほたる〈見届け人秋月伊織事件帖〉
藤原緋沙子　笛吹川〈見届け人秋月伊織事件帖〉
藤原緋沙子　青《せい》嵐《らん》〈見届け人秋月伊織事件帖〉
椹野道流　亡羊の嘆〈鬼籍通覧〉
椹野道流　新装版　暁天の星〈鬼籍通覧〉
椹野道流　新装版　無《む》明《みょう》の闇〈鬼籍通覧〉
椹野道流　新装版　壺《こ》中《ちゅう》の天〈鬼籍通覧〉
椹野道流　新装版　隻《せき》手《しゅ》の声〈鬼籍通覧〉
椹野道流　新装版　禅《ぜん》定《じょう》の弓〈鬼籍通覧〉
椹野道流　池《ち》魚《ぎょ》の殃《わざわい》〈鬼籍通覧〉
椹野道流　南《なん》柯《か》の夢〈鬼籍通覧〉
深水黎一郎　ミステリー・アリーナ
深水黎一郎　マルチエンディング・ミステリー
藤谷　治　花や今宵の
古市憲寿　働き方は「自分」で決める
船瀬俊介　かんたん「1日1食」!!〈万病が治る！　20歳若返る！〉
藤野可織　ピエタとトランジ
古野まほろ　身元不明《ジェーン・ドウ》〈特殊殺人対策官　箱崎ひかり〉
古野まほろ　陰陽少女

2024年3月15日現在